国家社科基金
后期资助项目

红色翻译家
沙博理
研 究

刘红华 著

图书在版编目（CIP）数据

红色翻译家沙博理研究／刘红华著．—北京：中央编译出版社，2024.7
ISBN 978-7-5117-4540-8

Ⅰ．①红…　Ⅱ．①刘…　Ⅲ．①沙博理（Shapiro, Sidney 1915-2014）–文学翻译–研究　Ⅳ．①I046

中国国家版本馆 CIP 数据核字（2023）第 180923 号

红色翻译家沙博理研究

责任编辑	付　瑾
责任印制	李　颖
出版发行	中央编译出版社
网　　址	www.cctpcm.com
地　　址	北京市海淀区北四环西路 69 号（100080）
电　　话	（010）55627391（总编室）　（010）55627394（编辑室）
	（010）55627320（发行部）　（010）55627377（新技术部）
经　　销	全国新华书店
印　　刷	北京文昌阁彩色印刷有限责任公司
开　　本	710 毫米×1000 毫米　1/16
字　　数	226 千字
印　　张	14.25
版　　次	2024 年 7 月第 1 版
印　　次	2024 年 7 月第 1 次印刷
定　　价	88.00 元

新浪微博：@中央编译出版社　　　微　信：中央编译出版社（ID: cctphome）
淘宝店铺：中央编译出版社直销店（http://shop108367160.taobao.com）　（010）55627331

本社常年法律顾问：北京市吴栾赵阎律师事务所律师　闫军　梁勤
凡有印装质量问题，本社负责调换，电话：（010）55627320

国家社科基金后期资助项目
出版说明

后期资助项目是国家社科基金设立的一类重要项目，旨在鼓励广大社科研究者潜心治学，支持基础研究多出优秀成果。它是经过严格评审，从接近完成的科研成果中遴选立项的。为扩大后期资助项目的影响，更好地推动学术发展，促进成果转化，全国哲学社会科学工作办公室按照"统一设计、统一标识、统一版式、形成系列"的总体要求，组织出版国家社科基金后期资助项目成果。

全国哲学社会科学工作办公室

总　序

沙博理（Sidney Shapiro，1915—2014）为华籍美裔犹太人，毕业于美国耶鲁大学，于1947年3月来到中国，长期在国家外文局进行中国文学与文化的对外翻译工作，认真践行国家翻译实践，译著等身。他于2012年荣获"中国翻译文化终身成就奖"，2013年获得"中国图书特殊贡献奖"，多次受到中央领导的接见和嘉奖。在强调通过翻译"讲好中国故事"，推动中国文化走出去，构建融通中外的中国话语体系的今天，研究沙博理与其翻译有着特殊的现实意义。

刘红华博士的《红色翻译家沙博理研究》系统梳理了沙博理半个多世纪的翻译活动史，全面探究了沙老作为红色翻译家的翻译惯习，将沙博理研究推向了一个新的高度和广度，也透视了新中国的中国文化对外传播史，具有一定的理论和现实意义。

此书中所构建的分析译者思想和行为的"场域—网络"理论框架可为译者研究提供新颖的和操作性强的理论支持。目前已有的译者研究长于发掘相关资料，但总体上仍缺少一定的系统性，此书中结合社会实践理论和行动者网络理论的社会翻译学新视角在很大程度上弥补了这一缺陷，具有较高的学术价值和理论价值。

刘红华博士系统整理了沙老一生所翻译的200部中国文学作品，发掘出许多此前不为大多数人所知的作品，可为后来学者提供一个系统、全面、扎实、生动的研究底本。为了搜集沙老翻译过的所有作品，在武汉求学的她前往中山大学（当时中山大学存有《中国文学》（英文版）的旧刊），数日待在图书馆，从老旧的期刊库中搜寻出沙博理曾负责译审的《中国文学》（英文版）100多期，筛选出载有沙博理译文的部分，拍照保存10000余张，并多方一一核查译文的原文和原作者，为后来的研究打下了坚实的基础。国内虽然有少数学者研究沙博理及其翻译成果，但还未见与此书同样详实丰富的相关史料。

《红色翻译家沙博理研究》中总结的沙老的翻译惯习及其成因可为我国当前红色翻译实践和高层次中译外人才培养提供启示。沙老在中国红色文学翻译上的成就令人仰望，他在我国对外翻译与传播史上也享有独特地位，研究其作为红色翻译家的翻译惯习，其价值并不仅仅是为丰富沙博理研究，更在于以之为典型个案，达成对我国国家对外翻译实践史更深入的认识，为我国当前的红色翻译实践提供有益启示。沙老在翻译中表现出对中国共产党的赞颂之情，对中国文化的欣赏与热爱之情，他对中西语言与文化差异的精准把握，对目的语读者阅读习惯与接受能力的明显关照，对译文的忠实性与可接受性的合理平衡以及对中西语言与文化的适当调和，这些都可以作为我们遴选和培养翻译人才的重要参照标准。沙老圆满调和中西两种语言与文化的技巧，为培养翻译人才翻译技能的训练提供了丰富译例。

黄勤
2024 年 2 月 4 日于武汉

序 言

沙博理（Sidney Shapiro），犹太人血统的华籍美裔翻译家兼作家，1915年出生在美国纽约布鲁克林，1947年来到中国，1963年取得中国国籍，定居中国60余载，2014年10月18日在北京辞世，享年99岁。沙博理在其50余年的翻译生涯中共完成了英文著译207部，其中自撰专著4部，编译3部，译作200部，为中国文化的对外传播付出了辛勤的努力，其贡献也得到了广泛的认可。沙博理于1994年获得"中美文化交流奖"；1995年获得"彩虹翻译奖"；2003年被推选为全国翻译专业资格（水平）考试专家委员会委员；2009年获得"国际传播终身荣誉奖"；2010年获得"翻译文化终身成就奖"；2011年获得"影响世界华人终身成就奖"。

沙博理从事翻译工作50余年，英译中国文学作品200部，其中199部为红色文学作品，为中国红色文学的英译做出了重大贡献。这样一位红色翻译家，其半个多世纪的翻译活动到底呈现出怎样的理路？其典型译作的传播途径如何？他的翻译活动在怎样的社会背景中进行？主流意识形态、主流诗学、主流翻译规范是什么？翻译活动场景怎样？涉及多少行动者？每个行动者在其中的角色和地位如何？译者沙博理本人的人生经历对其翻译行为的影响程度如何？沙博理的红色文学翻译实践对当前中国红色文化对外传播有何启示？这些都是本书尝试探究的问题。

为尝试解答有关红色翻译家沙博理的以上几个问题，理清沙博理翻译活动的来龙去脉及其翻译行为的各种影响因素，以及这些因素对沙博理翻译行为的影响程度，本书尝试建构基于布迪厄的社会实践理论和拉图尔的行动者网络理论的翻译社会学新视角下的译者行为理论框架，基于此框架分析沙博理多种因素共同影响下的翻译行为。笔者将两种理论中所涉及的关键词"场域""网络""惯习""资本""行动者"和"能动性"进行融合并重新界定，从新的社会翻译学视角全面与系统地研究沙博理的翻译观及其翻译实践，呈现沙博理半个多世纪翻译活动的全貌，重点探究沙博理的翻译惯习并深入挖掘其翻译惯习的深层成因。

笔者首先将沙博理一生的主要翻译活动划分为三个不同的翻译网络，探究沙博理在相应翻译网络中的翻译惯习。沙博理的翻译惯习是沙博理带着自身的个人惯习在翻译网络中与其他行动者互动的结果。在某个具体的翻译网络中，沙博理的个人惯习能多大程度地体现在其翻译惯习中，主要取决于这个翻译网络中的主导行动者。第一个翻译网络涉及沙博理初涉译坛时的翻译活动，此时的主导行动者为初涉译坛时沙博理的个人惯习；第二个翻译网络涉及沙博理在中国政府机构30余年的翻译活动，此时的主导行动者为新中国的主流意识形态、诗学与翻译规范；第三个翻译网络涉及沙博理退休之后的翻译活动，此时的主导行动者为资深译者沙博理的个人惯习。

其次，将沙博理的翻译惯习置于三个不同的翻译网络中进行考察，结果发现，沙博理在三个不同翻译网络中的翻译惯习因其个人初始惯习的影响呈现出一定的恒定性；沙博理在三个不同翻译网络中的翻译惯习因受到不同主导行动者的影响，呈现出一定的差异性。沙博理的恒定性翻译惯习主要表现在其浓厚的中国情怀、明晰的读者意识以及圆满调和的方法上。具体而言，沙博理在翻译中表现出对中国共产党的赞颂之情，对中国文化的欣赏与热爱之情；对中西语言与文化差异的精准把握；对目的语读者阅读习惯与接受能力的明显关照；对译文的忠实性与可接受性的合理平衡以及对中西语言与文化的适当调和。沙博理在不同翻译网络中的翻译惯习的差异性主要表现为：在第一个翻译网络中，沙博理更倾向于关照目的语读者的阅读习惯与接受能力；在第二个翻译网络中，沙博理更倾向于忠实原作，尤其是原作中的政治思想、中国文化的内涵等；在第三个翻译网络中，沙博理在对原作的忠实与对目的语读者的关照之间寻求平衡，力求圆满调和中西两种语言与文化。

沙博理恒定性的翻译惯习与差异性的翻译惯习共同构成沙博理的翻译惯习这一译者行为的规律性表征。由此可见，沙博理的译者行为是沙博理的个人惯习在具体翻译网络中与其他行动者互动所产生的翻译惯习的具体体现。

结合布迪厄的社会实践理论与拉图尔的行动者网络理论所建构的理

论框架可为译者行为研究提供新的理论视角,即全面客观探究译者的翻译惯习及其深层成因,为译者行为的合理性提供解释。对沙博理的翻译惯习的探究可为中国文化"走出去"提供一定的启示。为了让中国文化在海外的传播更准确、更有效,较为理想的中国文化外译者应具有像沙博理一样的翻译惯习,即具有向世界传播真实中国文化的立场、熟谙中西语言与文化的差异、力求兼顾对原作的忠实与对目的语读者的关照、努力调和中西语言与文化。

目　录

第一章　绪论 ·· 1
　第一节　研究背景 ·· 1
　第二节　翻译家类型研究综述 ··· 2
　第三节　沙博理研究综述 ·· 2
　　一、翻译史著、译学词典、译者词典上对沙博理的评价 ········ 3
　　二、报刊上的访谈、生平叙述与回忆录中对沙博理生平
　　　　的简述 ··· 3
　　三、期刊论文与硕博士论文中对沙博理翻译观与翻译实践
　　　　的研究 ··· 4
　第四节　研究问题与研究方法 ··· 8
　　一、研究问题 ··· 8
　　二、研究方法 ··· 8
　第五节　研究范围与内容 ·· 9
　　一、沙博理第一个翻译网络中的译作 ································· 10
　　二、沙博理第二个翻译网络中的译作 ································· 10
　　三、沙博理第三个翻译网络中的译作 ································· 12
　第六节　研究意义与创新点 ·· 12
　　一、研究意义 ·· 13
　　二、创新点 ·· 14

第二章　红色翻译家沙博理概述 ··· 16
　第一节　红色翻译家概述 ·· 16
　第二节　沙博理的人生经历 ·· 17

第三节　沙博理的翻译成就与影响 …………………………… 19
　　　　一、中国红色文学英译与传播之先驱 …………………… 20
　　　　二、中国红色文学英译与传播之巨匠 …………………… 23
　　　　三、国内外影响力较大的《水浒传》英译全译本之产出者 … 30
　　　　四、研究中国古代犹太人的学术成果以及中国古代刑法
　　　　　　在西方之推介者 ………………………………………… 33
　　第四节　沙博理的翻译观 …………………………………………… 34
　　　　一、翻译目的：让世界了解真实的中国 ………………… 35
　　　　二、翻译主张："信、达、雅"与"忠实性叛逆" …………… 35
　　　　三、翻译策略、方法与技巧：圆满调和 ………………… 41
　　　　四、文学翻译者的基本能力与素养 ……………………… 43
　　第五节　本章小结 …………………………………………………… 43

第三章　社会翻译学视角下的译者研究理论框架："场域—网络"
　　　　理论框架 ……………………………………………………… 45
　　第一节　社会翻译学发展概述 …………………………………… 45
　　第二节　社会实践理论与行动者网络理论相结合的"场域—
　　　　　　网络"理论视角 ………………………………………… 54
　　　　一、社会实践理论 ………………………………………… 54
　　　　二、行动者网络理论 ……………………………………… 60
　　　　三、社会实践理论与行动者网络理论相结合对于译者研究
　　　　　　的意义 …………………………………………………… 62
　　第三节　"场域—网络"理论视角在本书中的应用 ……………… 64
　　　　一、"场域"与"网络"在本书中的应用 …………………… 65
　　　　二、"惯习"在本书中的应用 ……………………………… 68
　　　　三、"资本"在本书中的应用 ……………………………… 73
　　　　四、"行动者"与"能动性"在本书中的应用 …………… 73
　　　　五、"场域—网络"译者研究理论框架图 ………………… 74
　　第四节　本章小结 …………………………………………………… 75

第四章　沙博理的翻译网络及其主导行动者：行动者网络 ………… 77
　　第一节　第一个翻译网络及其主导行动者 ……………………… 78
　　　　一、第一个翻译网络：沙博理初涉译坛时的翻译活动 … 78

二、第一个翻译网络中的主导行动者 ………………………… 80
　第二节　第二个翻译网络及其主导行动者 ……………………… 87
　　一、第二个翻译网络：沙博理作为中国政府机构译者时
　　　　的翻译活动 ………………………………………………… 87
　　二、第二个翻译网络中的主导行动者 ………………………… 91
　第三节　第三个翻译网络及其主导行动者 ……………………… 95
　　一、第三个翻译网络：沙博理后期的自主翻译与编译活动 … 95
　　二、第三个翻译网络中的主导行动者 ………………………… 95
　第四节　本章小结 ………………………………………………… 98

第五章　沙博理的恒定性翻译惯习：让世界了解真实的中国 ……… 100
　第一节　政治与文化立场选择的恒定性惯习 …………………… 103
　　一、政治立场选择的恒定性惯习 ……………………………… 103
　　二、文化立场选择的恒定性惯习 ……………………………… 115
　第二节　翻译标准选择的恒定性惯习 …………………………… 126
　　一、遵守"信、达、雅"翻译主张的恒定性惯习 …………… 127
　　二、遵守"忠实性叛逆翻译主张"的恒定性惯习 …………… 148
　第三节　本章小结 ………………………………………………… 162

**第六章　不同翻译网络中沙博理翻译惯习的差异性：红色情怀
　　　　逐日浓** ……………………………………………………… 164
　第一节　不同翻译网络中沙博理翻译惯习在不同维度上的
　　　　　差异 ……………………………………………………… 165
　　一、内容的增删与重组之惯习差异 …………………………… 166
　　二、文化负载词的翻译惯习差异 ……………………………… 167
　　三、副文本的使用惯习差异 …………………………………… 172
　第二节　不同翻译网络中沙博理翻译惯习的整体差异 ………… 172
　　一、第一个翻译网络中沙博理的翻译惯习略微向读者
　　　　倾斜 ………………………………………………………… 173
　　二、第二个翻译网络中沙博理的翻译惯习略微向原作
　　　　倾斜 ………………………………………………………… 176
　　三、第三个翻译网络中沙博理的翻译惯习在原作与读者
　　　　之间趋于平衡 ……………………………………………… 177

第三节　本章小结 …………………………………………… 180
第七章　结语 …………………………………………………… 182
　　第一节　结论 ………………………………………………… 182
　　第二节　启示 ………………………………………………… 185
　　　一、"场域—网络"视角对译者研究的启示 ……………… 185
　　　二、沙博理的翻译惯习及其影响因素研究对中国文化
　　　　　"走出去"之启示 ………………………………………… 187
　　第三节　局限 ………………………………………………… 190

参考文献 ………………………………………………………… 191

第一章 绪论

> 我不是什么大师，我希望自己是一座桥，能沟通中文和英文，沟通中国和世界，使世界上不论什么肤色、哪个族群或信仰何种宗教的人们，都能来看看中国风景，读读中国故事，听听中国声音。
> ——沙博理（转引自温志宏，2014：56）

第一节 研究背景

当今中国综合实力与日俱增，世界对中国的关注之高前所未有。让世界更好地认识中国、了解中国，就必须以高度文化自信讲好中国故事，展示好真实、立体、全面的中国。向国外译介中国的红色文学作品是坚定文化自信的重要表现。中国共产党带领中国人民为独立和解放所做的一切斗争应当为世界了解和铭记。而对中国红色文化的传播，一群红色翻译家功不可没。从中国共产党成立之初至今，有这样一群红色翻译家，他们努力向世界讲述中国共产党的革命事迹，促进国际社会对中国形成更深入、更客观的了解和认知。其中一位最典型的红色翻译家就是华籍美裔译者沙博理。

沙博理出生于美国，32 岁来到中国娶妻生子。他热爱中国，为入中国国籍而放弃了美国国籍，在中国生活工作长达 60 余年。沙博理致力于中国红色文化的海外传播事业，投身中英翻译工作 50 余年，翻译了 199 部中国红色文学作品，译作题材丰富、数量颇丰、质量上乘，被誉为"洲际文化的艄公"。对这样一位身份与经历特殊的红色翻译家沙博理进行研究，可为中国红色文化如何通过翻译"走出去"提供一定的启示。

第二节　翻译家类型研究综述

国内外翻译家研究多数为个案研究，对翻译家类型研究较少。国外尚未发现专门的翻译家类型研究。国内翻译家类型研究，一般按国别、地域、时间、性别、翻译作品类型、翻译模式等对翻译家进行归类，分析同一类型翻译家在翻译选材、翻译策略、翻译风格、翻译目的、译者主体性等方面的共性，如《大陆现当代女翻译家群像——〈基于中国翻译家辞典〉的扫描》分析了大陆现当代女翻译家的群体特征，从地域、时间、性别等多方面对翻译家进行了归类研究（刘泽权，2017）；《国家翻译实践史书写的初步探索——国家翻译实践中的"外来译家"研究综述》纵览 20 世纪五六十年代这一历史时期，聚焦国家翻译实践这一特殊翻译模式，对"外来译家"这一群外国译者的文化身份与翻译行为的共性进行研究（任东升，2016）；《译者语言与译文语言的地缘性——以苏籍译者群及其吴语运用为个案》考察了同一地域译者的区域语言运用共性（周领顺，2016）；《胡僧东来：汉唐时期的佛经翻译家和传播人》描绘了背负经卷、疾步前行的西域胡僧群像（尚永琪，2012）。

翻译家类型研究中，学界对翻译红色文学作品和书写红色中国这一类翻译家的研究成果较少。

第三节　沙博理研究综述

沙博理可谓中国文学翻译界巨擘之一，其中国文学英译活动可以追溯到 1949 年末①，此后译笔不辍，成果丰硕，尤以《水浒传》英译而闻名海内外。经笔者统计，沙博理共完成英文著译 207 部，其中自撰专著 4 部、编译作品 3 部、译作 200 部。译作体裁丰富，包括长篇小说（15 部）、中短篇小说（127 部）、散文（20 篇）、诗歌（30 首）、报道（4 篇）、戏剧（1 部）、连环画（1 部）、动画片场景（1 个）及相声（1 部）。可以说，沙博理为中国文化对外传播的英译事业做出了卓越的贡

---

① 根据沙博理（1998：88—89）自传中的回忆可知，沙博理 1950 年 1 月之前便进入外联局工作。此前，沙博理就已开始翻译《新儿女英雄传》，因此，其翻译生涯应是始于 1949 年末到 1950 年 1 月这段时间。方便起见，笔者暂且将沙博理开始从事翻译的时间定为 1949 年末。

献。但与沙博理本人的丰硕英译成果相比,译学界对其研究还不够。国外虽从1981年起就开始关注沙博理的翻译作品,却鲜有学者对其进行研究,只有少数几篇对其《水浒传》英译本的评论(沙博理,1985:410—412)。国内对沙博理的研究至今尚无专著问世,因此只能从翻译史著、译学词典、译者词典上对沙博理的评价,报刊上的访谈、生平纪事与回忆录中对沙博理生平的简述,以及期刊论文与硕博士论文中对沙博理翻译观与翻译实践的研究这几个方面来对沙博理的现有研究成果加以考察。

一、翻译史著、译学词典、译者词典上对沙博理的评价

一些翻译史著(马祖毅、仁荣珍,1997:382)、译学词典(林煌天,2005:580—581)、译者词典(林辉,1988:484—485)当中偶有提及沙博理的翻译成果和翻译思想,大多仅以一句话或一小段文字来简单概括。这一现象说明沙博理在中国翻译史的研究中未受到应有的重视。有幸的是,张经浩等学者(2005:312—339)专辟一章介绍沙博理的生平与其翻译经历,通过分析沙博理的译文和沙博理对翻译的见解来剖析其翻译思想。他们对沙博理译文所做的中肯而精炼的评价"信而不死,活而不乱",成为目前译学界评价沙博理译作的八字金言。书中所收录的沙博理的回信可以作为研究沙博理翻译观的珍贵材料。此外,李美(2008:253—289)在其专著《母语与翻译》中以沙博理《家》的英译本为例,从篇章和语域两方面探究译者沙博理在小说英译中所体现出的母语特色。

二、报刊上的访谈、生平叙述与回忆录中对沙博理生平的简述

各类报纸杂志上所刊发的有关沙博理的文章对沙博理的生平及主要成就进行了简单回顾与总结。在本书目前所掌握的文献中,最先提及沙博理的应是1983年《瞭望》杂志所刊登的一篇访谈录。这篇名为《政协委员中的中国籍外国人》的访谈录简单介绍了沙博理其人其事。之后只有零星几篇介绍沙博理的文章。直至20世纪末,关注沙博理的报道和访谈才日渐增多。有的记述沙博理与中国妻子凤子的跨国婚恋(丁跃忠、范学凤,2006等);有的赞美沙博理对中国的一片赤子之心(丁庆龙,

2011 等);有的肯定沙博理对中国文化传播所做的贡献(刘彬,2014);更多的是整体介绍沙博理的生平,重点介绍他在中美两国的人生经历、作为译者的工作经历以及其对中国文化对外传播的功绩(武际良,1988 等)。

三、期刊论文与硕博士论文中对沙博理翻译观与翻译实践的研究

笔者在阅读了中国知网上以"沙博理"为主题的文献后发现:21 世纪之前,学界对沙博理的研究仅仅局限于其《水浒传》的英译本,而且大部分是将沙博理的《水浒传》英译本与其他译者的《水浒传》英译本进行比较研究。当时的研究主要是因《水浒传》的英译本而涉及沙博理,并未有学者真正关注过沙博理的其他英译作品。随着时间的推移,译界学者们逐渐开始关注沙博理的其他英译作品,此时作为译者的沙博理渐渐浮出水面。最近几年还有学者专门对译者沙博理进行了总体性研究。截至 2020 年 6 月,笔者查询整理出 210 篇对沙博理的翻译观与翻译实践进行过研究的学术论文,其中有 144 篇对沙博理《水浒传》的英译本进行过研究、46 篇对沙博理的其他英译作品进行过研究、20 篇对沙博理翻译实践活动进行了总体性研究。沙博理《水浒传》英译研究学术论文占沙博理研究学术论文总数的 68.6%。

(一) 对沙博理《水浒传》英译本的研究现状

如上所述,沙博理现有研究中有 68.6% 的文献是对其《水浒传》英译本的研究。大致可分为两类:一类是将沙博理《水浒传》英译本 *Outlaws of the Marsh* 与另外三个英译全译本①进行对比研究(唐艳芳,2009;刘克强,2013 等),其中将沙博理《水浒传》英译本与赛珍珠《水浒传》英译本对比研究者居多。此类研究大多是探究不同《水浒传》英译本在翻译策略与方法上的差异(刘宏照,2008 等),或深究造成此种差异的原因(李晶,2006 等)。另一类是仅对沙博理《水浒传》英译本进行研究,有单纯研究沙博理《水浒传》英译本中各种语言与文化现象的(任东升、马婷,2015 等),有在语言现象基础上探究沙博理作为

---

① 赛珍珠(Pearl S. Buck)译的 *All Men are Brothers*(1933)、杰克逊(J. H. Jackson)译的 *Water Margin*(1937)、登特-杨父子(John and Alex Dent-Young)合译的 *The Marshes of Mount Liang*(1994)。

译者的主体性与译者风格的（李菁、王烟朦，2016等），也有从文化学、社会学等角度挖掘影响沙博理翻译行为的各种成因的（徐婧，2012等），还有从翻译形象学视角分析沙博理《水浒传》英译本是如何进行各种形象的建构的（王鸿运，2019）。其中，张晓（2016：12—15）所撰写的《沙博理与〈水浒传〉》一文回顾了沙博理英译《水浒传》的始末，对沙博理翻译《水浒传》的细节进行了多方调查取证。张晓所收集到的黄友义对沙博理的整体评价为本书对沙博理的评价提供了一定的参照。关于《水浒传》英译的研究，国内已有多位学者进行过综述（许燕，2008；文军、罗张，2011；周鹏飞，2013），在此不再累述。

（二）对沙博理其他英译作品的研究现状

何珊（2007）对沙博理《林家铺子》英译本的研究开阔了译学界对沙博理研究的视野，从此，学者们跳出了沙博理《水浒传》英译本的研究瓶颈，将目光投向了沙博理的其他英译作品。至今共有31篇期刊论文和硕博士论文探讨了沙博理的其他英译作品，如《我的父亲邓小平："文革"岁月》（任东升、张静，2012）、《家》（马丽，2013）、《新儿女英雄传》（王晓燕，2013；黄勤、刘红华，2016）、《小二黑结婚》（刘红华、黄勤，2016）等。以上文献的研究主题主要集中在以下几个方面：探究沙博理的翻译观、翻译策略与方法（杨全红，2014；黄勤、刘红华，2016；任东升、段杨杨，2020）；分析沙博理与葛浩文等其他译者的异同（任东升、朱虹宇，2019）；挖掘沙博理的文化身份对其翻译行为及翻译思想的影响（张静，2012；刘玉娟，2013；黄勤、党梁隽，2019）；关注沙博理对红色文学的翻译情况（张白桦、聂炜，2018）；阐明沙博理的翻译策略与译者模式对中国文化"走出去"之启示（任东升，2014）。

（三）对沙博理翻译实践活动的整体性研究现状

从2010年至今，已有20篇期刊论文对译者沙博理进行了从翻译实践到翻译思想的比较全面的论述，开始将沙博理作为译者进行专题讨论（何琳、赵新宇，2010；洪捷，2012；杨全红，2013；粟长江，2014；任东升、张静，2011，2014，2015；刘红华，2018a；刘红华，2018b等）。其中，任东升的研究成果最为显著。任东升作为主持人，2010年获"'外来译家'沙博理研究"的校级立项，2012年又获"国家翻译实践中的'外来译家'研究"的国家项目基金立项（批号：12BYY018）。任东升（2011）将沙博理的翻译生涯分为三个阶段，对沙博理的部分译作进行了介绍，对沙博理的翻译思想进行了述评。任东升（2014）在一篇文章中非常详尽地阐述了译者沙博理的方方面面，从其生平、翻译经历到翻译成就。任东升对沙博理翻译生涯三个阶段的代表性译作 *Daughters and Sons*（《新儿女英雄传》）、*Outlaws of the Marsh*（《水浒传》）以及 *Deng Xiaoping and the Cultural Revolution—A Daughter Recalls the Critical Years*（《我的父亲邓小平："文革"岁月》）进行了赏析性分析，总结了沙博理的翻译策略与翻译思想，探究了沙博理的文化身份对其翻译行为的影响，最后建构了沙博理译者模式，为读者呈现了译者沙博理的全貌。此外，任东升（2015：64—70）还肯定了沙博理翻译研究的三重价值，即沙博理的文化翻译模式之价值、沙博理的译本语料中的"中国英语"之价值、沙博理《水浒传》英译本的传播价值。这一肯定为沙博理对中国文化外译所做的贡献提供了有力的依据。任东升还从国家叙事视角考察了沙博理翻译行为的深层成因，认为沙博理的"翻译行为是其政治选择行为的结果和延续"（任东升，2017：12）。

综上所述，沙博理的现有研究成果为本书提供了有益的借鉴，包括对沙博理译作中丰富语料的准备和对沙博理生平的各种事实考证，同时也在以下四个方面为本书提供了研究空间。

第一，对沙博理译作研究的覆盖面可以进一步拓宽。对沙博理《水浒传》英译本进行研究的学术论文约占沙博理研究总学术论文的一半以上，沙博理其他英译作品极少受到关注。即使是对译者沙博理进行系统研究的学者，也仅选择了沙博理的两三部英译作品进行分析，不够全面。本书统计的210篇研究沙博理翻译观与翻译实践的学术论文中，仅涉及译作21部，与沙博理的200部译作相比，相差甚远。现有研究中涉及沙博理英译的21部小说为《水浒传》《家》《小二黑结婚》《我的父亲邓小平："文革"岁月》《林家铺子》《新儿女英雄传》《春蚕》《秋收》《残冬》《铁木前传》《保卫延安》《满江红·和郭沫若同志》《春桃》《湖畔儿语》《月牙儿》《创业史》《平原烈火》《小城春秋》《鹭鹭湖的忧郁》《林海雪原》及《酱油和对虾：政治讽喻诗》。以上译作多为容易获得的单行本，而极难查阅的《中国文学》杂志上所刊载的沙博理的译作几乎无人问津。为了对译者沙博理进行更客观公允的评价，我们应对其译作进行全面系统的研究，而非仅关注其某一部译作。

第二，对沙博理的研究应横向对比与纵向对比兼具。现有研究成果在单个译作的分析方面，除沙博理《水浒传》与《满江红·和郭沫若同志》两部英译作品与其他译者的译本进行过横向对比之外，其他译作均采取源文本与译文本对比分析的方法来研究沙博理的翻译策略及其成因。因此，单个译作的横向对比还有待加强，以便凸显沙博理作为一个有着特殊文化身份的译者的独特性。在译者沙博理的整体研究方面，学者们均选择其每个时期的代表性译作，通过将这些译作进行纵向对比分析考察沙博理不同时期译作的不同特点及其成因。如果能将横向对比与纵向对比相结合的分析方法运用到沙博理的整体研究中，则更能全面系统地研究译者沙博理。

第三，对沙博理研究的理论视角可以更加多样化。现有研究或从语言学理论视角分析沙博理的翻译策略与方法（杨全红，2014等），或从文化理论视角挖掘沙博理文化身份对其翻译行为的影响（任东升，2014等），或从国家叙事视角探究政治意识形态对沙博理翻译行为的深层影响（任东升，2017），如果能从社会翻译学的视角探究各种社会文化因素对沙博理翻译策略与方法的综合影响以及沙博理的译作对社会的影响，则能对沙博理进行更系统的研究。

第四，对沙博理的史料尤其是其译作的整理工作有待完善。一方面，有关沙博理的部分史料不够准确。上文提及的部分史著与词典中尚存在史实上的错误。如马祖毅等（1997：382）称"沙博理的译本《水浒传》（*Outlaws of the Marsh*）原在1960年由北京外文出版社出版"，实际上应为1980年而非1960年。另一方面，对沙博理译作的挖掘与整理不够全面并且存在一定误差。任东升（2016：6—11）将沙博理英文自传 *My China: The Metamorphosis of a Country and a Man* 中出现的《满江红·和郭沫若同志》（*Reply to Comrade Kuo Mo-Jo*）（Shapiro，1997：236）与官方译本和许渊冲译本进行了对比分析。但是目前仍无法确定 *Reply to Comrade Kuo Mo-Jo* 这篇译作是否出自沙博理之手。沙博理在呈现这篇译文之前表示"我最喜欢的是下面这篇译文"（Shapiro，1997：236），因此，这篇译文极有可能出自他人之手，被沙博理摘录在其自传中。《满江红·和郭沫若同志》是否为沙博理所译这一问题还有待进一步查证。张静（2012）整理了26部沙博理译作的单行本和四部沙博理的专著，将《春桃》与《湖畔儿语》两部小说的英译归为"新时期三十年"的翻译活动。据笔者查阅，*Big Sister Liu*（《春桃》）与 *The Child at the Lakeside*

(《湖畔儿语》）这两部译作并非沙博理"新时期三十年"的译作，而是其20世纪50年代的译作。Big Sister Liu 原载于《中国文学》1957年第1期第79—96页，The Child at the Lakeside 原载于《中国文学》1959年第9期第92—98页。张静对沙博理作品整理中的另一个缺失是未能顾及沙博理在《中国文学》期刊上发表的译作。不过，江昊杰（2014）在其硕士论文中弥补了这个缺失。他整理了1951年到1966年之间沙博理在《中国文学》杂志上发表的所有译作及其对应的中文作者与作品名称，这不能不说是一项巨大的工程，为今后的沙博理研究提供了丰富的史料。但是，可能因为需要翻阅的期刊较多且部分译作的原文作者并不出名，因此，江昊杰未列出这些译作对应的中文作者与作品名称。这也为笔者对沙博理译作的进一步查询与整理留下了空间。

第四节 研究问题与研究方法

一、研究问题

本书尝试回答以下问题：红色翻译家沙博理有着怎样的翻译惯习？主流意识形态与诗学、翻译规范、译者个人惯习等各种因素对红色翻译家沙博理的翻译惯习产生何种影响？在不同的翻译网络中，涉及翻译活动的各种因素（本书称之为"行动者"）对红色翻译家沙博理翻译惯习的影响程度有何差异？这种差异对沙博理的翻译惯习产生何种影响？红色翻译家沙博理的翻译惯习对中国红色文化"走出去"有什么启示？

二、研究方法

为了解决上述问题，本书拟采取规范研究与实证描写相结合，定性分析与定量分析相结合，横向分析与纵向分析相结合，宏观研究、中观研究与微观研究相结合的研究方法，以确保整个研究过程的完整性、科学性与系统性。

（一）规范研究与实证描写相结合

本书首先假设沙博理的翻译惯习可能会受到多种因素的共同影响，包括主流意识形态与诗学、翻译规范等宏观因素，直接参与翻译过程的各种行动者等中观因素以及译者本人的心智结构等微观因素。然后再通过实证检验这种假设的合理性，具体表现在：将沙博理翻译活动置于特定的场景中进行描述，挖掘并整理与沙博理翻译活动有关的基本史料，包括所搜集到的一些自传、回忆录等材料，在对这些史实进行充分描述的基础上对沙博理翻译惯习的成因进行深度分析与阐释。

（二）定性分析与定量分析相结合

本书采取定性分析与定量分析相结合的方法。定性分析主要用于对沙博理的翻译观进行阐释；对选取的例证进行分析以形成对沙博理翻译惯习的整体认识；对涉及沙博理翻译活动的各种史料进行深入分析以确定沙博理在具体翻译过程中的角色与地位；借助社会翻译学理论，对沙博理翻译惯习形成的多种成因进行全面考察。为了弥补定性分析的不足，本书同时也采取定量分析的方法，以使研究结果更可信。比如整理沙博理的所有翻译作品，以数字形式呈现其译作总量；对沙博理部分作品的再版情况进行数据统计；对沙博理译作中的文化负载词的翻译策略与方法以及其他一些特殊的翻译现象进行具体统计等。

（三）横向分析与纵向分析相结合

本书将沙博理与其他八位译者进行横向对比分析，凸显沙博理这一具有特殊文化身份与特殊经历的译者的独特性；同时，通过对沙博理每个时期的代表性译作进行纵向对比分析，考察沙博理不同时期译作的不同特点。

（四）宏观研究、中观研究与微观研究相结合

本书摒弃翻译研究中"一分为二"的宏观与微观研究方法，采取方梦之所推崇的"一分为三"的宏观、中观与微观研究方法（方梦之，2015：8—9），既注重以文本为主的内部研究，即微观研究，也关注以影响翻译活动的文化与社会因素为主的外部研究，即宏观研究，更未忽视以翻译过程为主的宏观与微观之间的研究，即中观研究。中观研究修补了宏观与微观研究的断裂，将社会与文化因素对翻译文本的影响具体化、明细化，在一定程度上能避免天马行空、毫无根据的主观臆测。

第五节 研究范围与内容

本书将沙博理整个翻译生涯中所从事的翻译活动划分为三个翻译网

络,从每个翻译网络中选择代表性译作进行分析。第一个翻译网络涉及沙博理1949年进入外联局①工作之前的翻译活动;第二个翻译网络涉及沙博理进入外联局之后到1983年从外文出版社退休这段时间在中国政府机构中所从事的翻译活动;第三个翻译网络涉及沙博理从外文出版社退休至2002年完成最后一部译作这段时间的翻译活动。

一、沙博理第一个翻译网络中的译作

在第一个翻译网络中,沙博理仅翻译了袁静与孔厥夫妻合著的长篇抗战小说《新儿女英雄传》,因此,本书选取其英译本 *Daughters and Sons* 作为第一个翻译网络中的代表性译作。

二、沙博理第二个翻译网络中的译作

在第二个翻译网络中,沙博理共完成了198篇译作,由于篇幅所限,本书无法对这198篇译作逐一展开研究,因此只选取了部分代表性译作进行分析。另外,由于与其他译者进行对比分析更能凸显沙博理独特的翻译惯习,所以本书选取了目前存在他译本的沙译作品作为横向分析的语料。经多方查询,本书发现了沙博理英译的八部文学作品存在他译本,并已搜集到相关资料②,这八部文学作品沙译本与他译本的版本详情参见下表。

表1-1 八部文学作品的沙译本与他译本版本详情

原作题名与作者	沙译本题名与出版年代	他译本题名与出版年代	他译者中英文姓名
《小二黑结婚》(赵树理)	*The Marriage of Young Blacky*(1950)	*Little Erhei's Marriage*(1998)	匿名

---

① 1949年为对外文化联络事务局,1955年更名为对外文化联络局,简称外联局。
② 以下所列仅限于目前本书搜集到的资料范围。由于沙博理译作颇丰,其翻译的其他文学作品很可能还存在他译本。比如,叶君健(1989:107)就曾于1940年在重庆英译过部分中国文学作品,1944年在英国由斯泰波出版社(Staples press)出版,书名为 *Three Seasons*(《三季》)。这本书收录了叶君健英译的茅盾、张天翼、白平阶等人的作品,其中就有《春蚕》《秋收》和《残冬》的英译本。除这三部作品之外,此书中收录的叶君健其他英译中国文学作品可能也在沙博理所翻译的文学作品之列。遗憾的是,目前尚未找到这本书,因此无法核实具体内容,也无法将叶君健《春蚕》《秋收》和《残冬》的英译本与对应的沙译本进行对比研究。

（续表）

原作题名与作者	沙译本题名与出版年代	他译本题名与出版年代	他译者中英文姓名
《春蚕》（茅盾）	Spring Silkworms (1956)	Spring Silkworms (1974)	伊罗生（Harold R. Isaacs）
		Spring Silkworms (1944)	王际真（Chi-chen Wang）
《"一个真正的中国人"》（茅盾）	A True Chinese Patriot (1956)	A True Chinese (1944)	王际真（Chi-chen Wang）
《延安人》（杜鹏程）	Yenan People (1959)	The Natives of Yenan—Old Hei and His Wife (1980)	曾宪斌（Maurice H. Tseng）
《创业史》（柳青）	Builders of New Life (1960)	The Builders (1980)	威廉·克劳福德（William B. Crawford）
《套不住的手》（赵树理）	The Unglovable Hands (1961)	The Unglovable Hands (1980)	茅国权、杨立宇（Nathan K. Mao and Winston L. Y. Yang）
《鹭鹭湖的忧郁》（端木蕻良）	Shadows on Egret Lake (1962)	The Sorrows of Egret Lake (1988)	葛浩文（Howard Goldblatt）①
《长长的流水》（刘真）	Long Flows the Stream (1963)	The Long Flowing Stream (1980)	胡志德(Ted Hunters)②

　　以上八部作品的沙译本与他译本是对沙博理的翻译惯习进行横向分析的主要语料来源。但由于无恒定性则不称其为惯习，因此，对沙博理的翻译惯习的探究需要兼顾每个翻译网络中的代表性译作。由于沙博理在第二个翻译网络中英译的作品数量较多，体裁较丰富，所以本书从第二个翻译网络中选取的译作多于其他两个翻译网络。综合考虑所占有资料的程度与社会翻译学视角分析的需要，本书选取了沙博理英译的长篇

---

① 端木蕻良的《鹭鹭湖的忧郁》英译本收录在了由葛浩文与孔海立合译的 The Sorrows of Egret Lake (2009) 这本译文集中。这本合译文集并未说明这两位译者究竟采取哪种合译模式：是共同完成每一个短篇的翻译还是各自翻译不同的短篇？笔者曾试图联系孔先生与葛先生一探究竟，未果。偶然间发现这篇译文同时也出现在外文出版社出版的熊猫丛书里的 Red Night (1988) 中，这本端木蕻良作品译文集是由葛浩文独译的，由此可以断定，这篇译作是由葛浩文独译的。
② 胡志德（1946— ），美国著名汉学家，钱钟书研究专家，翻译过北岛、汪晖等人的作品。

小说、短篇小说和诗歌三种体裁的作品作为对沙博理的翻译惯习进行纵向分析的文本。本书选择的第二个翻译网络中的沙博理英译的长篇小说包括 The Living Hell（《活人塘》）、Annals of a Provincial Town（《小城春秋》）、The Builders of New Life（《创业史》）和 Outlaws of the Marsh（《水浒传》）。其中，《水浒传》的英译本虽说是沙博理最成功的译作之一，但因现有沙博理研究中涉及颇多，本书不再专门对其进行分析。在必要的时候会借鉴现有研究成果，也会适当加以分析对于本书有帮助的译例。本书选择的第二个翻译网络中的沙博理英译的短篇小说主要来自 Rhymes of Li Youcai and Other Stories（《李有才板话及其他》）以及 Spring Silkworms and Other Stories（《春蚕集》）。Rhymes of Li Youcai and Other Stories 中包含了五部赵树理短篇小说的英译本，Spring Silkworms and Other Stories 中包含了 13 部茅盾短篇小说的英译本。这两部英译短篇小说集基本上囊括了赵树理与茅盾的短篇小说精华，也是沙博理英译短篇小说的典型代表。本书选择的第二个翻译网络中的沙博理英译的诗歌主要来自 Rhymes of Li Yu-Tsai and Other Stories、Outlaws of the Marsh 和 Soy Sauce and Prawns：Satiric Political Verse（《酱油和对虾：政治讽喻诗》）。

三、沙博理第三个翻译网络中的译作

在第三个翻译网络中，沙博理编译了三部作品，翻译了一部长篇传记。其中，编译作品 Jews in Old China：Studies by Chinese Scholars 与 The Law and the Lore of China's Criminal Justice 的译作与原作文本均未能搜集到，因此，第三个翻译网络中的译本分析主要集中在长篇传记《我的父亲邓小平："文革"岁月》的英译本 Deng Xiaoping and the Cultural Revolution—A Daughter Recalls the Critical Years 以及编译作品 A Sampler of Chinese Literature From Ming Dynasty to Mao Zedong 上。

综上，本书所选取进行研究的沙博理译作共计 18 部，将在篇幅允许范围之内尽可能全面地分析沙博理的代表性译作，以勾勒沙博理 50 余年翻译活动的全貌，力求客观公允地评价沙博理的译者行为与译作。

第六节　研究意义与创新点

通过对有关沙博理的现有研究成果进行综述可知，对沙博理翻译活

动的研究正处于起步阶段，其准确度有待提高，深度和广度有待拓展。目前，对沙博理的研究主要局限于对其生平进行简述、对其《水浒传》英译活动进行探究，以及对其部分其他译作进行分析。现有沙博理研究在资料的整理中还存在一定的偏差，尤其是对沙博理译作的整理还不够全面和准确。在对沙博理译作的分析与探究中，译学界重点关注沙博理文化身份对其翻译行为、翻译策略与方法的影响，而忽视了其他社会因素，如其所处的社会文化背景以及具体的翻译过程所涉及的行动者的重要作用。此外，对沙博理的前期研究未注意到沙博理红色翻译家这一特殊身份，结合布迪厄的社会实践理论与拉图尔的行动者网络理论①的社会翻译学②视角恰好能弥补现有沙博理研究中的上述局限。基于详实的史料，借鉴这一社会翻译学视角，本书拟对具有特殊身份的译者沙博理做一次宏观与微观、横向与纵向相结合的考察，从而对其进行相对公允的、能为人们理解和认可的评价。

一、研究意义

第一，为译者研究建构了新的社会翻译学视角下的理论框架。现有翻译研究中的社会翻译学视角大多仅借鉴一个社会学理论，纵使有小部分研究呼吁结合布迪厄的社会实践理论与拉图尔的行动者网络理论来研究翻译现象，也并未构建具体的理论框架。本书尝试结合布迪厄的社会实践理论与拉图尔的行动者网络理论来构建社会翻译学视角下的以分析译者翻译惯习为中心的译者研究理论框架，这一理论框架可操作性较强，可用于对译者及其行为进行较为全面与客观的考察。

第二，为沙博理研究的进一步推进充实了史料和语料。在沙博理现有研究以及大量史料和语料收集工作的基础上，笔者整理并统计了沙博理的译作。此外，本书发现，沙博理英译的作品中，有八部小说被其他译者翻译过。经过多番努力，本书搜集到这八部小说的他译本，为沙博理研究的横向对比充实了语料。

---

① 行动者网络理论并非拉图尔提出，但是由于他对这个理论的发展起到了核心作用，学界也常以"拉图尔的行动者网络理论"来称行动者网络理论，因此，本书也称"拉图尔的行动者网络理论"，区别于其他可能以"行动者网络理论"命名的理论。

② 译界大部分学者称这一研究视角为"翻译社会学"。本书是从社会学理论视角来研究翻译现象，因而使用"社会翻译学"这一名称。关于"社会翻译学"这一名称的合理性，见王洪涛（2016：6—13）《"社会翻译学"研究：考辨与反思》一文。

第三，为中国红色文学的外译提供一定的启示。本书深入探究了沙博理的翻译惯习之后发现，沙博理立足向世界传播真实的中国文化，在翻译中兼顾对原作的忠实与对目的语读者的关照，圆满调和中西语言与文化。沙博理的这种翻译惯习可以为中国文学外译在较为理想的译者的选择上提供一定的参考。

第四，引起各界对红色翻译家这一群体的关注。来自英国、美国、加拿大等西方国家的埃德加·斯诺夫妇（Edgar Snow and Helen Snow）、托马斯·毕生（Thomas Arthur Bisson）、艾格尼丝·史沫特莱（Agnes Smedley）、安娜·斯特朗（Anna Louise Strong）、菲利普·贾菲（Philip Jaffe）、欧文·拉铁摩尔（Owen Lattimore）、伊文·金（Evan King）、莫伊（Clarence Moy）等人翻译了大量中国红色文学作品。这些红色翻译家采取了何种翻译策略？其翻译活动呈现出怎样的理路？涉及哪些翻译主体？译文质量如何？一系列问题都值得深入探究。无论是翻译学界还是传播学界，对这群红色翻译家的研究和关注都较少。"红色翻译家沙博理研究"可引起学界对红色翻译家这一群体乃至红色文学外译研究的重视。

二、创新点

本书的创新性主要体现在以下四个方面。

第一，建构了译者研究的理论框架。本书将布迪厄的社会实践理论与拉图尔的行动者网络理论相结合，建构出社会翻译学视角下的以分析译者的翻译惯习为中心的译者研究理论框架，为更全面与客观地考察译者行为提供了可操作性的理论框架。

第二，较为全面与客观地考察了红色翻译家沙博理的翻译惯习。本书通过对沙博理的18部译作进行横向与纵向对比分析，探究了沙博理的翻译惯习，即沙博理具有娴熟的双语双文化能力，立足向世界传播真实的中国文化，在翻译中兼顾对原作的忠实与对目的语读者的关照，在一定程度上调和中西方语言与文化。沙博理的这种翻译惯习可以为中国文化"走出去"在较为理想的译者的选择上提供一定的参考。此外，经本书考察，沙博理的翻译惯习还会随着他的个人惯习以及工作环境的改变而变化，这一结果表明译者个人、译者所处的社会文化背景等任何单一因素都无法对译者行为起决定性作用，译者行为是由多种因素共同作用的结果。因此，在对译者行为的成因进行考察时应综合考虑多种因素对译者的共同影响。

第三，进一步充实了红色翻译家沙博理研究的语料。本书收集到了在现有沙博理研究中尚未涉及的沙博理所译部分文学作品的他译本，将它们与沙博理译本进行了横向对比研究。此外，本书还对比分析了沙博理的 18 部译作，其中有 11 部在现有沙博理研究中尚未涉及。丰富语料的使用，增加了本书研究结果的可信度。

第四，对红色翻译家沙博理的翻译贡献进行了较为客观公允的评价。本书通过真实的数据呈现沙博理《水浒传》英译本以及当代文学作品英译本的再版、馆藏、收录等情况，较为客观地评价了沙博理对中国文学英译事业所做的贡献，展现了沙博理研究对推动中国文化"走出去"的重要意义。

第二章 红色翻译家沙博理概述

意大利文学家有句妙语"Traduttore é traditore",很有道理。它不是讲政治方面的背叛,而是一个人做文学翻译,无论如何不可能把原作的细微差别和传统风味完全翻译出来。翻译像走钢丝,倒向这边不行,倒向那边也不行。能够表达风格,而且外国人可以接受,那就可以了。

——沙博理(转引自洪捷,2012:63)

第一节 红色翻译家概述

自 1921 年中国共产党成立至今,有一批来自西方的记者、学者、政治活动家、翻译家以及旅居海外的华人,他们前赴后继,通过翻译中国红色文献,向西方传播中国红色文化。红色文化是我们党领导中国人民在艰苦卓绝的革命斗争中形成的精神文化结晶,是涵盖不同历史阶段红色文化具体形态的综合性、集成性概念。

文化翻译狭义上指翻译过程中保留原文文化的策略,广义上指在翻译和创作中用一种语言表达另一种语言所承载的文化(Bhabha,1994),如在英文著作中表达中国的文化。本书从文化翻译的广义角度出发,将书写中国红色文化的英文作者和翻译中国红色文献的译者统称为"红色翻译家"。

1926 年,詹姆斯·道森(James H. Dolsen)在《中国的觉醒》(*The Awakening of China*)一书中首次向西方介绍了中国共产党,开启了中国红色文化的英译之旅。来自英国、美国、加拿大等西方国家的学者埃德加·斯诺夫妇(Edgar Snow and Helen Snow)、托马斯·毕生(Thomas

Arthur Bisson)、艾格尼丝·史沫特莱（Agnes Smedley）、安娜·斯特朗（Anna Louise Strong）、白修德（Theodore Harold White）、伊斯雷尔·爱泼斯坦（Israel Epstein）、罗伯特·白英（Robert Payne）等人对中国共产党及其革命历程进行了系统介绍，在《纽约时报》（*New York Times*）、《曼城卫报》（*Manchester Guardian*）、《共产党人》（*Communist*）、《亚洲》（*Asia*）、《美亚》（*Amerasia*）、《大众》（*The Masses*）等西方知名报刊发表了大量文章，创作了数部英文著作。其中，斯诺所著的《红星照耀中国》在西方产生了巨大影响（Hamilton，1988；Thomas，1996）。除了红色文化书写，斯诺、史沫特莱、白英等人还组织翻译了红色文学作品，通过文学传播中国红色文化。参与红色文学翻译的还有金守拙（George A. Kennedy，化名水门汀 Cze Ming-ting）、伊文·金（Evan King）、莫伊（Clarence Moy）、鲁迅、茅盾、王际真、林语堂、林如斯、林太乙、崔骥、杨宪益、戴乃迭（Gladys B. Tayler）、路易·艾黎（Rewi Alley）、沙博理等。在这些红色翻译家中，沙博理是翻译红色文学作品最多的译者。

第二节　沙博理的人生经历

沙博理，1915年12月23日出生于美国纽约布鲁克林的一个犹太家庭，父亲是一位律师，母亲是一位家庭主妇。1921年，6岁的沙博理进入197小学（P. S. 197）学习，在小学期间开始迷上冒险和奇幻小说，如《罗弗兄弟》（*The Rover*）、《木偶奇遇记》（*The Adventures of Pinocchio*）、《三个火枪手》（*The Three Musketeers*）等。此外，197小学对学生音乐能力的重点培养使得沙博理对音乐产生了浓厚的兴趣。1928年，沙博理小学毕业之后就读于詹姆斯·麦迪逊（James Madison High School）中学，高中毕业时还与自己的同学前往芝加哥，经历了扒火车等惊险的事情，这一尝试将沙博理的冒险精神诠释得淋漓尽致。

1934年，沙博理进入纽约圣约翰大学（St. John's University）攻读了两年法律，毕业后成为一名律师。后来，沙博理创办了评论作家协会（Review Writer Guild），他在从事律师工作的同时也接触了一些进步作家。虽然律师是父母希望他从事的职业，但沙博理历经两年多，在感受纽约律师界的黑暗与虚伪之后还是希望改变当时的职业状态。于是，沙博理决定成为一名士兵，他在1941年11月应征入伍参加"二战"，随即成为一名高射炮炮手。

次年，27岁的沙博理被派往康奈尔大学学习一门外语，便阴差阳错地与中文结缘。在学习了9个月中文之后，沙博理能用中文简单对话，还能阅读简短的文章，但还不会书写。在学习中文期间，沙博理还常去中国餐馆吃饭，练习使用筷子，感受中国文化，渐渐对中国语言与文化产生了微妙的兴趣。1943年，沙博理在檀香山的太平洋总司令部侦听与破译日文密码期间，抽空到夏威夷大学学习中文，从那时起他便爱上了这门语言。1946年，沙博理退伍后，一度迷茫，于是暂且利用能免费上大学的机会，在哥伦比亚大学注册学习了两个学期中文，第三个学期转入耶鲁大学继续学习。在哥伦比亚大学学习中文期间，沙博理开始与《水浒传》结缘，他阅读了赛珍珠的《水浒传》英译本，几年后还阅读了杰克逊的《水浒传》英译本。

1947年，沙博理在其中国朋友的劝告下决定亲自前往中国。3月，他拿着500美元的退伍工资（300美元买了船票，200美元带在身上），只身启程前往中国，在船上历经一个月的时间之后到达上海。来到中国后，沙博理结识了中国戏剧家凤子。1948年5月16日，沙博理与凤子喜结连理，从此决心定居中国。当时，他的身份是一名在上海工作的美国律师。妻子凤子是沙博理学习中文和中国文化的一扇窗口。凤子出身于书香门第，曾就读于复旦大学，是一名戏剧演员，她文化底蕴深厚，对于沙博理在中国语言与文化的学习中以及在翻译工作中遇到的问题都能给予解答。

1948年，沙博理与凤子参与了上海的共产主义运动，11月，他们跟随地下党移居解放区，行至北平受阻，从此定居北平，而这一住就是60余年。新中国成立后，沙博理开始翻译自己喜欢的一部长篇小说《新儿女英雄传》，希望将这部作品推向美国市场，这一举动开启了沙博理长达50余年的翻译生涯。沙博理的第一部翻译作品《新儿女英雄传》，正是一部中国红色经典文学。同年，沙博理受洪深邀请①，以外国专家的身份进入外联局从事翻译工作，正式成为一名中国政府机构的专职译者。

1951年，沙博理试着与叶君健、杨宪益和戴乃迭三人一起承担《中国文学》杂志的有关工作。直至1972年，沙博理一直担任这本杂志的翻

---

① 据凤子（1998：368）回忆，洪深应是受周恩来总理之托为沙博理安排工作的。此前，凤子给总理写过信，提出给沙博理安排工作的请求。

译与改稿员，他所英译的中国文学作品的 70% 以上都刊载在这本杂志上。随着 1953 年《中国文学》杂志的隶属机构外文出版社的成立，沙博理开始从外联局转入外文出版社工作，该社从选材、编辑、翻译到定稿阶段都制定了严格的程序，沙博理的翻译自由度较之其在外联局时更小。

1966 年以前，沙博理完成了他的大部分译作，其中的代表性译作有：Daughters and Sons（《新儿女英雄传》）、The Family（《家》）、Annals of a Provincial Town（《小城春秋》）、Builders of a New Life（《创业史》）、Spring Silkworms and Other Stories（《春蚕集》）、Rhymes of Li Youcai and Other Stories（《李有才板话及其他》）等。这一时期的所有翻译作品都为红色文学作品，大部分为红色经典文学。1972 年，沙博理转入外文局的中国画报杂志社担任审译工作，他在这期间完成了《水浒传》的英译，这部中国古典小说的英译被认为是沙博理最优秀的作品。据沙博理本人回忆，《水浒传》也是他作为中国政府机构译者翻译的最后一部作品（沙博理，1998：301）。

1983 年，沙博理从《中国画报》退休。同年，被任命为第六届中国人民政治协商会议委员，一直连任到第十二届。在此期间，他曾前往新疆、青海等地考察，就中国社会方面的问题递交提案，以自己的微薄之力为国家做出贡献。此外，沙博理还曾为中国文化的对外传播提出了多项有价值的提案，如"让中国文化走出去""发挥文学在文化宣传中的作用"等。担任政协委员期间，沙博理仍然从事翻译、编译与写作工作。他编译的 Jews in Old China: Studies by Chinese Scholars 在国际犹太人研究界以及以色列引起了广泛关注。沙博理还将自己的大部分译作编入 A Sampler of Chinese Literature From Ming Dynasty to Mao Zedong 当中，此书浓缩了沙博理半个世纪的翻译成就。此外，沙博理还独立撰写了两本自传以及他人传记等。

2014 年 10 月 18 日，沙博理在北京逝世，享年 99 岁。

第三节　沙博理的翻译成就与影响

沙博理的翻译生涯历经半个多世纪，从 1949 年末开始到 2002 年结束。据不完全统计，在其 50 余年的翻译生涯中，沙博理翻译与编译中国文学作品达 203 部之多，其中红色文学作品共计 199 部。译作题材丰富，包括小说、散文、诗歌、戏剧等。这些译作中出版了单行本的有 16 部，在《中国文学》杂志上发表的译文共计 157 篇，涉及原作 143 部①，涉及作者 104 位，包括袁水拍、秦兆阳、茅盾、赵树理、刘白羽、孙犁、杜鹏程、徐怀中、玛拉沁夫、柳青、端木蕻良、敖德斯尔等。由此可见，沙博理为中国文学作品尤其是当代文学作品的英译做出了突出的贡献，沙博理所获得的"翻译文化终身成就奖""影响世界华人终身成就奖"等殊荣就是对其贡献的极大肯定。下文将对沙博理的翻译成就与影响进行简述。

一、中国红色文学英译与传播之先驱

红色文学，即广义上的红色经典文学，主要是指从 20 世纪 20 年代的"革命文学"到新中国"十七年"文学（李新，2012）。红色文学是革命文学的同义词，"指称的是以激进的革命理念为中心内容的文学作品"（曹万生，2010：440）。毛泽东（1991：849）对革命文学的主要内容进行了以下规范：书写以往的战争（解放战争、抗日战争）的历史；暴露他们（日本帝国主义和一切人民的敌人）的残暴和欺骗，并指出他们必然要失败的趋势；赞扬人民群众，人民的军队，人民的政党。

沙博理的处女译作 *Daughters and Sons*（《新儿女英雄传》）就是一部红色经典。除此之外，沙博理还陆续翻译了《柳堡的故事》《活人塘》《铜墙铁壁》《平原烈火》《保卫延安》《小城春秋》《林海雪原》《创业史》《红岩》《火种》《草原烽火》《欧阳海之歌》共 12 部红色长篇小说。沙博理翻译的这些长篇小说以及大部分中短篇小说都属于典型的红色小说，它们大都是反映抗日战争和解放战争、歌颂新生政权、描写新中国成立后农村政策和农民风貌、描写工业生产和工人等内容的当代文学作品。这些作品大体上可划分为革命战争题材与工农题材两类。

（一）沙博理翻译的革命战争题材文学作品

沙博理翻译的革命战争题材作品包括描写抗日战争、解放战争的小说以及抗美援朝战争的回忆录。以解放战争为题材的作品包括长篇小说《保卫延安》（杜鹏程）、《林海雪原》（曲波）、《铜墙铁壁》（柳青）和

---

① 《创业史》《红岩》等中长篇小说的译文分两篇或几篇连载，因此，此处统计结果中译文篇幅多于原作总数。

《活人塘》(陈登科);中篇小说《胸中自有雄兵百万》(闫长林);短篇小说《七根火柴》(王愿坚)等。描写抗日战争的作品居多,包括长篇小说《新儿女英雄传》(袁静、孔厥)、《小城春秋》(高云览)、《红岩》(罗广斌、杨益言)、《平原烈火》(徐光耀)等;短篇小说《战争的里程》(肖木)等。此外,还有反映抗美援朝战争的回忆录,如《平壤战役》(李兴业)、《我的战友邱少云》(李元兴)、《美国侵略者赤裸的灵魂》(戴庆山)、《痛击英军格罗斯特团》(何永清)、《范佛里特的"压轴戏"》(黄浩)等。

其中,《红岩》是"三红一创"① 四部作品中的一部,《保卫延安》和《林海雪原》是"青山保林"② 四部作品中的两部,《林海雪原》与《新儿女英雄传》还被列为"革命英雄传奇"代表作品。《红岩》是一部关于革命者为了迎接解放而进行最后决战的解放战争题材小说,书中描写了中国共产党领导的城市地下斗争、学生与工人运动、狱中斗争以及武装斗争。《保卫延安》再现了延安保卫战波澜壮阔的历史,塑造了彭德怀、周大勇等无产阶级革命者的形象,彰显了共产党人的初心和使命。《林海雪原》描写了一支由36位侦察兵组成的解放军小分队,在东北茫茫的林海雪原中追剿国民党反动派残余势力和土匪的故事。《新儿女英雄传》讲述了抗日战争时期,冀中白洋淀地区以牛大水为代表的广大劳动人民在共产党员黑老蔡等的领导下进行抗日自卫斗争的英雄故事。

(二) 工农题材文学作品

除革命题材作品之外,沙博理翻译最多的就是工农题材的作品,有反映工人崇高品质的短篇小说,如《延安人》(杜鹏程)、《夜走灵官峡》(杜鹏程)、《检验工叶英》(南丁)、《小技术员战服神仙手》(范乃仲)等;有揭露封建礼教和官僚、反映解放后阶级斗争的小说,如长篇小说《家》(巴金)、短篇小说《风波》(石果)等;有展现新中国发展、讴歌劳动人民的小说,如长篇小说《创业史》(柳青)、中篇小说《铁木前传》(孙犁)、短篇小说集《农村散记》(秦兆阳)、短篇小说《耕耘记》(李准)等;有歌颂进步农民与知识分子的小说,如《李有才板话》(赵树理)、《小二黑结婚》(赵树理)、《登记》(赵树理)等;有赞美新

---

① "三红一创"包括《红旗谱》《红日》《红岩》与《创业史》。
② "青山保林"包括《青春之歌》《山乡巨变》《保卫延安》与《林海雪原》。

时代女性冲破封建夫权制、家长制等枷锁，翻身做主的小说，如《孟祥英翻身》（赵树理）、《传家宝》（赵树理）等；也有揭露帝国主义的侵略给商人与农民带来深重灾难的小说，如茅盾的两部著名短篇小说《林家铺子》和《春蚕》。

其中，《创业史》是一部探索农民历史命运和生活道路的多卷本长篇小说，是"三红一创"中的"一创"，是一部描述农村合作化运动的"史诗性著作"，被认为代表了"十七年"农村题材长篇小说的最高成就（曹万生，2010：464）。巴金的《家》揭示封建礼教与封建家长专制对青年一代的残害，赞颂青年一代与封建势力的不妥协斗争。赵树理的小说《小二黑结婚》《登记》《李有才板话》《传家宝》等在揭露农民思想上存在的痼疾的同时，凸显新一代农民不畏强暴、对胜利充满信心的精神风貌，关注农民的自我教育与自我改造问题。

沙博理所翻译的这些红色作品都通过《中国文学》杂志及部分国内外出版社传播到世界各地（详见表2-1），为他赢得了"新中国文学向西方传播的前驱使者"的美誉。其中在国外影响较大的有袁静、孔厥合著的中国红色经典长篇革命题材小说《新儿女英雄传》以及巴金所著的反封建题材长篇巨作《家》。

《新儿女英雄传》的英译本 *Daughters and Sons* 在《中国文学》上刊载后不久就被加拿大进步书会印成单行本在北美发行，并于1952年由美国自由图书俱乐部（Liberty Book Club）在纽约出版，只字未改。这部小说第一次让美国人了解到中国共产党领导的英雄儿女在抵抗日本侵略过程中所表现出的勇敢无畏、不怕牺牲的革命精神（沙博理，1998：201）。

《家》的英译本 *Family* 早在20世纪就已经被用作一些国家的大学英语课的教材（沙博理，1998：357），成为大学生的必读书籍了。从目前所掌握的资料可知，《家》在美国的传播都有赖于沙博理的英译本。《家》的沙译本于1958年由外文出版社出版，在国外传播。1972年，美国纽约双日出版公司（Doubleday & Co., Inc）将《家》的沙译本重印，作为"锚版图书"（Anchor Books）系列丛书在美国出版。1989年，韦夫兰出版社（Waveland Press, Inc.）又在美国再版这一重印本。*Family* 重印本的译文部分完全出自《家》的沙博理译本，只是增加了对《家》的介绍、补全了巴金的三篇序文以及增加了部分注释。

此外，沙博理其他红色小说英译本也通过外文出版社传播到世界各地,详情参见下一节。

二、中国红色文学英译与传播之巨匠

如果说杨宪益、戴乃迭夫妇"翻译了整个中国",那么说沙博理"翻译了整个红色中国"并不过分。沙博理的翻译以中国红色文学作品为主,数量达199部,囊括了大部分题材与体裁的红色文学作品。这些译作在海内外也得到了较为广泛的传播。

(一)沙博理中国红色文学作品的英译

沙博理翻译了199部中国红色文学作品,体裁丰富多样,包括小说、诗歌、散文、戏剧等。这些红色小说中仅长篇小说就有14部,《我的父亲邓小平:"文革"岁月》《林海雪原》《创业史》等都是长篇巨作。虽然长篇小说翻译难度较大,费时费力,但沙博理毫无怨言,"甘于寂寞,脚踏实地"(黄友义,转引自马海燕,2014),产出精品译作。难怪同在《中国文学》工作的沙博理的同事熊振儒会说,在与沙博理工作的十几年间,《中国文学》每月出一期,沙博理总是承担长篇小说的翻译,而且译作质量上乘,无需修改(熊振儒,转引自马海燕,2014)。

沙博理还翻译了127部中篇和短篇小说,这些小说并非仅出自少数几位红色作家,而是出自近100位红色作家之手,包括茅盾、赵树理、刘白羽、杜鹏程、孙犁、徐怀中、柳青、玛拉沁夫、端木蕻良、敖德斯尔等。小说的题材虽然大都不离反映抗日战争和解放战争,歌颂新生政权,描写新中国成立后农村政策和农民风貌,描写工业生产和工人等内容,但创作的风格却千差万别。"山药蛋派"的创始人赵树理的作品质朴幽默、口语色彩浓郁、乡土特色浓厚;"荷花淀派"的创始人孙犁的小说温柔婉约、清新刚健;"社会剖析派"的代表茅盾的短篇小说磅礴工细,具有"压缩了的中篇"之特色;记者兼作者的刘白羽的作品具有雄伟与激情浑然一体的艺术风格;杜鹏程的风格则是"哲理性和诗情的结合"。此外,这些作者中还包括满族作家端木蕻良以及蒙古族作家敖德斯尔、玛拉沁夫等。这些少数民族作家主要描写少数民族的风土人情,作品在主题、叙事策略以及文化内容上都与主流文学存在一定的差异。

除小说之外,沙博理还翻译了诗歌集《酱油和对虾:政治讽喻诗》(袁水拍);诗歌《晨学》(郭国栋)、《永远跟党走》(吴树德)、《回顾我们创业的日子》（匿名）、《五个年轻人上岗》（甄友林）、《全国各地劈山架桥》（云星）、《给伐木工人送饭的女孩》（刘德忠）；散文《枯杨生花》（许地山）、《歌声像春雷一样震响》（刘白羽）、《造车的人》（靳以）、《火花》（靳以）、《红烛》（靳以）、《灯火》（刘白羽）等；新闻报道《屹立在贤良江畔》（西虹）、《飞机也怕民兵》（魏巍）等；评剧剧本《夫妻之间》（北京人民艺术剧院集体创作）；中国民间故事连环画《巧媳妇》（熊塞声、梁彦）；动画片场景《公社院墙上的壁画》；相声《昨天》（赵忠、常宝华和钟艺兵）等。除了以上独立的诗歌之外，沙博理还翻译了大量存在于小说中的诗歌、民歌、歌谣等。此外，沙博理在其自传中也翻译了部分诗歌、民歌、民谣以及其他中国文化元素。

由此可见，沙博理翻译的中国红色文学作品不仅包含各类体裁，还涉及多位不同风格的作家，可为中国红色文学不同体裁、不同作家作品的英译提供启发和借鉴。

（二）沙博理红色文学英译本在国内外的传播

沙博理翻译了数量如此丰富的中国红色文学作品，这些译作在国外的传播与接受情况究竟如何？一部译作在国外的传播与接受需要通过对译作的销售量、世界各图书馆的馆藏量、译作受众的评价、译作的再版量等各项指标进行调查取证。由于地域限制，本书目前无法完成部分情况的调查，只能提供沙博理译作在世界图书馆的馆藏情况、在国外的销售情况以及在国外的再版与收录情况①。

沙博理的大部分译作都是在外文出版社工作期间完成的。虽然该社通过在国外举办书展、与国外出版社或书店合作、免费赠阅等多种方式在国际上传播外文书刊，但是由于国际关系格局、政治意识形态等各种因素的共同影响，书刊的发行情况不尽如人意。我国书刊在开始进入美国的 1951 年，各种期刊订户最高期发数不足 500 份，至 1970 年，近二十年的时间，我国对美出口中外文书刊 35 万余册。

不过，销量的多少并不是衡量外文出版社英译作品在国外销量的唯一因素，馆藏也是一个重要指标。据李清柳与刘国芝（2016：31—38）考察，外文出版社英译的中国现当代小说有 68 部被 20 家美国图书馆馆

---

① 沙博理的译作在世界图书馆的馆藏情况、在国外的销售情况以及在国外的再版与收录情况相关数据收集时间截止于 2022 年 7 月 1 日。

藏。其中收藏 Selected Stories of Lu Hsun 的美国图书馆多达 630 家，面对的读者群的数量不可小觑，而由外文出版社出版的沙博理的 10 部单行本译作与译文集①就有 9 部跻身于这 68 部作品之列。馆藏这 9 部译作的美国图书馆数量分别是：Spring Silkworms and Other Stories 为 303 家，Family 为 298 家，The Builders of New Life 为 228 家，Tracks in the Snowy Forest 为 120 家，Annals of a Provincial Town 为 116 家，Wall of Bronze 为 68 家，The Planes are Ablaze 为 54 家，Rhymes of Li Youcai and Other Stories 为 49 家，Defend Yenan 为 36 家。以上译作在美国图书馆的馆藏情况可以说明沙博理的译作在美国拥有的潜在读者群体数量还是比较乐观的。

同时，沙博理的红色文学作品英译本在世界图书馆的馆藏量也非常不错（详见表 2 - 1），馆藏 Spring Silkworms and Other Stories 的图书馆达 361 所之多。

表 2 - 1　沙博理红色作品译作单行本以及译文集在世界图书馆的馆藏量

译文单行本或译文集	出版年代	世界图书馆的馆藏量
Rhymes of Li Youcai and Other Stories	1950	82
Daughters and Sons	1951	177
It Happened at Willow Castle	1951	35
Six A. M. and Other Stories	1953	79
Wall of Bronze	1954	110
Flames Ahead	1954	7
Living Hell	1955	67
The Plains are Ablaze	1955	90
Spring Silkworms and Other Stories	1956	361
Defend Yenan	1956	61
Village Sketches	1957	65
Family	1958	142
Annals of a Provincial Town	1959	152
I Knew All Along and Other Stories by Contemporary Chinese Writers	1960	74

---

① 榜上无名的由外文出版社出版的沙博理英译长篇小说还包括 The Living Hell。

(续表)

译文单行本或译文集	出版年代	世界图书馆的馆藏量
Sowing the Clouds: A Collection of Chinese Short Stories	1961	81
Tracks in the Snowy Forest	1962	182
Soy Sauce and Prawns: Satiric Political Verse	1963	40
Builders of a New Life	1964	258
Wild Bull Village and Other Stories	1965	60
The Song of Ouyang Hai	1966	5
Modern Literature from China	1973	286
Autumn in Spring and Other Stories	1981	152
Stories from the Thirties	1982	169
Masterpieces of Modern Chinese Fiction: 1919-1949	1983	199
Jews in Old China: Studies by Chinese Scholars	1984	339
Crescent Moon and other stories	1985	217
Deng Xiaoping and the Cultural Revolution—A Daughter Recalls the Critical Years	2002	170

此外，刊载沙博理大部分译作的《中国文学》杂志在国外也具有一定的影响力。《中国文学》杂志是新中国成立到1979年之间，真正引起西方对中国新时期文学关注的期刊（金介甫，2006：70）。

除借助外文出版社与《中国文学》杂志这两个平台外，沙博理的译作还通过其他途径在国外进行传播：由国外出版社出版；被国外出版社出版的英译作品集收录；被国内出版社销售到国外的英译作品集收录。其中由国外出版社出版的沙博理译作在国外的传播自不必说，有些国内出版社销售到国外的作品在国外也具有一定的影响，如由杨宪益推出的"熊猫丛书"。沙博理的部分译作被收录在了"熊猫丛书"的几个英译集之中，如 The Vixen、Spring Silkworms and Other Stories、Stories from the Thirties、Autumn in Spring and Other Stories 等。这一丛书在国际上，尤其是国际学术界产生了一定的影响。中国文学出版社总编辑唐家龙（1995：13）就曾指出，"熊猫丛书"已经成为世界各国汉学家研究中国文学必不可少的读物，在世界各大城市的书店中都能看到"熊猫丛书"。另外，汉学家金介甫（2006：73）也曾指出，"熊猫丛书"使古华等一批中国优秀作家在海外成名。

据本书查证，沙博理的 22 部短篇小说英译本被收录到了美国与加拿大出版社、外文出版社、中国文学出版社等出版的英译作品集中。在这些英译作品集中，*Masterpieces of Modern Chinese Fiction: 1919–1949*、*Threshold of Spring*、*Sowing the Clouds: A Collection of Chinese Short Stories* 分别被美国 186 家、64 家、63 家图书馆馆藏（李清柳、刘国芝，2016：32—33）。沙博理译作在国外英译作品集中的收录详情参见下表：

表 2-2　沙博理英译中国红色短篇小说在国外的收录与再版情况

英译短篇小说题名	收录作品集	作品集出版社	出版年代
At Six A. M.	Six A. M. and Other Stories	Foreign Languages Press	1953
Spring Silkworms	Modern Chinese Stories and Novellas (1919–1949)	Columbia University Press	1981
	The Vixen	Chinese Literature Press	1987
Epitome	The Vixen	Chinese Literature Press	1987
The Shop of the Lin Family	Spring Silkworms and Other Stories	Foreign Language Press	1956
	The Vixen	Chinese Literature Press	1987
Second Generation	The Vixen	Chinese Literature Press	1987
A Heart-Warming Snowy Night	I Knew All Along and Other Stories by Contemporary Chinese Writers	Foreign Language Press	1960
Lingkuan Gorge	Sowing the Clouds: A Collection of Chinese Short Stories	Foreign Language Press	1961
Frustration	The Vixen	Chinese Literature Press	1987
Yenan People	I Knew All Along and Other Stories by Contemporary Chinese Writers	Foreign Language Press	1960
Summer Nights	Sowing the Clouds: A Collection of Chinese Short Stories	Foreign Language Press	1961
Wet Nurse	Stories from the Thirties	Foreign Languages Press	1982
Shadows on Egret Lake	Stories from the Thirties	Foreign Languages Press	1982
Lost	Stories from the Thirties	Foreign Languages Press	1982
A Moonlit Night	Autumn in Spring and Other Stories	Chinese Literature Press	1981
Stars	Stories from the Thirties	Foreign Languages Press	1982

(续表)

英译短篇小说题名	收录作品集	作品集出版社	出版年代
Long Flows the Stream	Wild Bull Village and Other Stories	Foreign Languages Press	1965
Brother Yu Takes Office	Modern Literature from China	New York UP	1973
The Marriage of Late Sister	A Wind Across the Grass	Red Rooster Press	1985
The Marriage of Young Blacky	Masterpieces of Modern Chinese Fiction: 1919–1949	Foreign Languages Press	1982
		Fredonia Books	2004
		Foreign Languages Press	2015
Big Sister Liu	Masterpieces of Modern Chinese Fiction: 1919–1949	Foreign Languages Press	1982
		Fredonia Books	2004
		Foreign Languages Press	2015
The Child at the Lakeside	Masterpieces of Modern Chinese Fiction: 1919–1949	Foreign Languages Press	1982
		Fredonia Books	2004
		Foreign Languages Press	2015
Crescent Moon	Crescent Moon and Other Stories	China Books & Periodicals	1985
		Chinese Literature Press	1990
	Masterpieces of Modern Chinese Fiction: 1919–1949	Foreign Languages Press	1982
		Fredonia Books	2004
		Foreign Languages Press	2015

此外，沙博理红色文学作品英译本在国内也产生了一定的影响。以下将从沙博理的译作在中国的再版与收录情况以及在译学界的研究情况两个方面来考察沙博理的译作在国内的影响。

据本书统计，沙博理的 14 部短篇小说英译本被收录在国内各大著名出版社出版的译文集中（详见表 2-3）。

表 2-3　沙博理英译中国红色短篇小说在国内的再版与收录情况

英译短篇小说题名	收录作品集 （均为汉英对照读物）	作品集出版社	出版年代
Spring Silkworms	《中国文学现代小说卷》	中国文学出版社等①	1998
	《经典的回声：林家铺子 春蚕》	外文出版社	2003

---

① 该书由中国文学出版社编，外语教学与研究出版社和中国文学出版社联合出版。

(续表)

英译短篇小说题名	收录作品集 (均为汉英对照读物)	作品集出版社	出版年代
The Marriage of Young Blacky	《中国现代名家短篇小说选》	外文出版社	2002
The Shop of the Lin Family	《经典的回声：林家铺子 春蚕》	外文出版社	2003
Big Sister Liu	《中国现代名家短篇小说选》	外文出版社	2002
Crescent Moon	《老舍小说选》	中国文学出版社等	1999
	《中国现代名家短篇小说选》	外文出版社	2002
Lingkuan Gorge	《中国文学现代散文卷》	中国文学出版社等	1998
Seven Matches	《中国文学现代小说卷》	中国文学出版社等	1998
The Child at the Lakeside	《中国现代名家短篇小说选》	外文出版社	2002
In a Tea-House	《沙汀小说选》	中国文学出版社等	1999
The Blacksmith and the Carpenter	《孙犁小说选》	中国文学出版社等	1999
Spring in a Small Town	《萧红小说选》	中国文学出版社等	1999
Parting Advice (a story)	《孙犁小说选》	中国文学出版社等	1999
A Moonlit Night	《中国文学现代小说卷》	中国文学出版社等	1998
	《巴金小说选》	中国文学出版社等	1999
Brother Yu Takes Office	《老舍小说选》	中国文学出版社等	1999
Stars	《叶紫小说选》	中国文学出版社等	1999

中国文学出版社、外文出版社等是将以上几套汉英对照丛书作为新世纪大学生"学习外语的上佳读本"（野莽，1998：1）出版，目的是希望大学生通过阅读这些作品来提高英语。此外，这些英汉对照读物还可以帮助留学生学习中文，同时还能提高学生的翻译能力，对汉译英教学起到一定的作用。沙博理的现代文学作品的英译除了在英汉对照读物中发挥翻译教学的作用之外，还被部分汉英互译教材作为标准译例来指导学生的翻译练习。陈宏薇所编的《新实用汉译英教程》借鉴沙博理《春蚕》与《林家铺子》英译本中一些声音词的翻译方法与技巧；周志培所著的《汉英对比与翻译中的转换》在探究汉语连动句与兼语句英译技巧时，借用了沙博理《月夜》《小二黑结婚》《七根火柴》《春蚕》英译本

中的例子。

除了对大学生的英语学习与翻译实践有益之外，沙博理红色文学作品的英译还为国内译学界探究中国文学翻译策略与方法提供了翔实、珍贵的语料。除《水浒传》之外，近几年已有学者开始从沙博理对《我的父亲邓小平："文革"岁月》《新儿女英雄传》《家》《春蚕》等作品的英译上寻求沙博理翻译实践的价值所在，比如探究沙博理的翻译策略与方法，挖掘其文化身份对其翻译行为和翻译思想的影响，阐明沙博理翻译策略与译者模式对中国文化"走出去"之启示等。

三、国内外影响力较大的《水浒传》英译全译本之产出者

沙博理《水浒传》英译本 Outlaws of the Marsh 是第一部也是唯一一部 100 回全译本。这一部英译全译本在国内外产生了不小的影响。

（一）沙博理《水浒传》英译本在国外的影响

自 1980 年首次出版以来，沙博理《水浒传》英译本在国外（主要是美国）引起了较好的反响，赛珍珠《水浒传》英译本的发行因此受到了一定的抑制（钟再强，2014：73）。有学者于 2010 年 11 月对美国 Amazon 图书网上中国典籍英译本的读者情况进行过调研。证据显示，沙博理《水浒传》英译本跻身于读者参与评价最多的十本中国典籍英译本之列，排名第六（陈梅、文军，2011：98）。

1981 年沙博理《水浒传》英译本在美国出版。《华盛顿邮报》《纽约时报》等对该书进行了大幅宣传与评论，称此书是新中国资深学者之最佳翻译作品。美国与加拿大文学评论家分别从译作语言、翻译策略等方面给予了沙博理《水浒传》英译本较高的评价。著名美国文学评论家麦克兰德（Joseph McClelland）十分赞同沙博理使用直率而质朴的英文来翻译这部小说（转引自沙博理，1985：411）。华盛顿大学何谷理（Robert E. Hegel）教授与丹佛大学的拉菲尔（Burton Raffel）教授在对比分析了沙博理《水浒传》英译本与赛珍珠《水浒传》英译本之后，指出了前者优于后者之处。何谷理（转引自沙博理，1985：412）认为，沙博理《水浒传》英译本较之赛珍珠《水浒传》英译本更准确、更忠实、更地道，会更受读者的欢迎。拉菲尔（转引自沙博理，1985：412）认为，沙博理《水浒传》英译本比赛珍珠《水浒传》英译本的文笔更欢快，人物

刻画更栩栩如生，译文更生动有趣，原文的隐含意义得到了更充分的显化。沙博理的老师、美国著名汉学家傅路德（Luther Carrington Goodrich）[①] 认为，沙博理在英译本中保持了《水浒传》中粗俗人物语言的"乡土气味"，不过还存在小小的缺陷，即有些词语的翻译不尽如人意，比如"梁山"不应该被翻译成"Liangshan Mountain"，其中的"Shan"与"Mountain"显得重复，同理，"渭河"亦不能译成"Weihe River"。尽管如此，这位老师还是给学生沙博理打了一个及格的分数，认为"尽管有些小毛病，但英译本《水浒传》仍不失为一部佳作"（转引自沙博理，1985：413）。评论者中对沙博理《水浒传》英译本评价最高的要数汉学家白芝（Cyril Birch）了。他认为，沙博理《水浒传》英译本比赛珍珠《水浒传》英译本要优秀三倍，因为前者比后者更准确、更优美得体、更完整（转引自沙博理，1998：322）。由此可见，沙博理《水浒传》英译本在西方（尤其是美国）学术界得到了较高的评价，几无负面评论。

除国外各大报刊上刊登的评论之外，沙博理《水浒传》英译本在国外的再版情况也可以作为衡量其在国外影响力的一项指标。沙博理《水浒传》英译本迄今为止再版已有十余次之多[②]，具体情况如下：

1980年，北京外文出版社出版沙博理《水浒传》英译本。

1981年，北京外文出版社、美国印第安纳大学出版社（Indiana University Press）再版沙博理《水浒传》英译本。

1986年，英国昂温出版社（Unwin Books）、香港商务印书馆、澳大利亚 Harper Collins Publishers 再版沙博理《水浒传》英译本（缩略本）。

1987年，美国曼达拉出版集团（Mandala Publishing Group）再版沙博理《水浒传》英译本（缩略本）。

1988年，北京外文出版社再版沙博理《水浒传》英译本。

1991年，美国波士顿剑桥出版社旗下的郑翠出版公司（Cheng & Tsui Company）再版沙博理《水浒传》英译本（缩略本）。

1993年，北京外文出版社再版沙博理《水浒传》英译本。

[①] 傅路德是沙博理1946年在哥伦比亚大学学习中文期间的老师，也是第一个向沙博理推荐《水浒传》之人。

[②] 本文列举的沙译本出版及再版版本包括全本与缩略本。版本信息均来源于worldcat图书馆目录（www.worldcat.org）以及国外图书销售网站，包括Amazon（www.amazon.com）、Alibris（www.alibris.com）、Biblio（www.biblio.com）以及Abebooks（www.abebooks.com）等。

1995 年，北京外文出版社再版沙博理《水浒传》英译本。

1996 年，北京外语教育与研究出版社再版沙博理《水浒传》英译本。

1999 年，北京外文出版社再版沙博理《水浒传》英译本（中英对照）。

2001 年，北京外文出版社再版沙博理《水浒传》英译本（缩略本）。

2003 年，北京外文出版社再版沙博理《水浒传》英译本（中英对照）。

2007 年，北京外文出版社再版沙博理《水浒传》英译本。

2008 年，美国丝塔出版社（Silk Pagoda）再版沙博理《水浒传》英译本（缩略本）。

2011 年，北京外文出版社再版沙博理《水浒传》英译本。

2015 年，亚马逊自助出版社"创作空间"出版社（Creatspace）再版沙博理《水浒传》英译本（缩略本）。

2017 年，华语教学出版社（Sinolingua）再版沙博理《水浒传》英译本（缩略本）。

（二）沙博理《水浒传》英译本在国内的影响

沙博理《水浒传》英译本在国内也有着较大的影响力。它不仅为沙博理赢得了"翻译文化终身成就奖"，还被作为最权威的英文版本收录到外文出版社编辑的"大中华文库"丛书中。此外，沙博理《水浒传》英译本还是学术界公认的"信、达、雅"兼具的绝妙译作。曾有评论称，读沙博理《水浒传》英译本，犹如品尝景阳冈上的"透瓶香"，一开酒坛便芳香绕梁，经久不散（亦歌，2007）。

国内译学界对沙博理《水浒传》英译本的研究与对赛珍珠《水浒传》英译本的研究不相上下，研究沙博理《水浒传》英译本的文献数量略多于研究赛珍珠《水浒传》英译本的文献数量。除了分析单个译本外，学者们还将沙博理《水浒传》英译本与赛珍珠《水浒传》英译本或其他英译本进行对比分析，大都将沙博理《水浒传》英译本作为评价其他译本优劣的标准。在对《水浒传》各个英译本的翻译策略与方法进行比较研究中，译学界得出的比较普遍而又公允的结论大体是：赛珍珠的译本过于异化与直译，对汉语的句式亦步亦趋，从而偏向于逐字逐句硬译、死译，导致译本句子冗长、佶屈聱牙、晦涩难懂；杰克逊的译本过于归化与意译，省译内容太多，不能忠实传达原作的思想与风格以及原作中所承载的中国的文化内涵；登特-杨父子的译本采用典型的归化策略与意译方法，强调译本的可读性，译本比较地道；沙博理的译本采取归化与异化、直译与意译相结合的策略与方法，既忠实于原作的思想、风格与文化，同时又具有可读性（孙建成，2008；刘克强，2013 等）。

四、研究中国古代犹太人的学术成果以及中国古代刑法在西方之推介者

除文学作品之外，沙博理还编译出版了研究中国古代犹太人的学术著作 *Jews in Old China: Studies by Chinese Scholars* 以及刑法著作 *The Law and the Lore of China's Criminal Justice*。

Jews in Old China: Studies by Chinese Scholars 包含了沙博理翻译、校正、编辑的由著名中国学者著述的关于中国古代犹太人的 12 篇论文。这部编译作品追溯了 20 世纪末之前居住在中国的犹太人的全部历史，探索了犹太人移居中国的缘由，并记述了他们的种种遭遇。这本第一次用英语在西方世界出版的研究古代中国犹太人的书，1984 年由纽约希普克林书屋（Hippocrene Books）[①] 在美国纽约出版，在国内外进行犹太人研究的学术界引起了轰动。这种轰动让美国认识到了此书的价值。美国媒体曾通过沙博理询问当时中国的情况。以色列媒体对这本书也极其关注，其主要报纸以色列《晚报》（Maariv）为此专访了沙博理，并刊登了长达四页的特写。题为《中国和以色列之间在不久的将来的关系》的特写除了涉及沙博理编译此书的缘由与过程之外，还谈及中以未来的建交问题。1987 年，*Jews in Old China: Studies by Chinese Scholars* 被翻译成希伯来文在特拉维夫出版，译者是具有较高声望的曾兼任以色列总理和外交部部长的莫伊什·沙拉特（Moishe Sharat）的儿子雅科夫·沙拉特（Yakov Sharat）。这也为沙博理的这本书在以色列以及世界各地犹太人当中的传播增加了足够的象征资本。沙博理也因此成为最早公开到访以色列的中国公民，这也为后来中以建交埋下了伏笔，起到了一定的"加温"作用（殷罡，转引自刘彬，2014）。

The Law and the Lore of China's Criminal Justice 是一本融法律与文学于

[①] 研究沙博理的文献中提及此出版社时大都称其为赫利孔出版社，主要由于他们仅查阅沙博理自传的中文版本。沙博理（Shapiro, 1997: 239）在英文自传中称 *Jews in Old China: Studies by Chinese Scholars* 是由希普克林书屋（Hippocrene Books）而非赫利孔出版社（Helicon Publishing）出版。

一体的编译作品,包含了法律知识与文学两个部分。前一部分主要是从周密所撰的《中国刑法史》上摘译了对中国刑法演化过程的描述,对中国古代的刑法历史与制度进行了梳理,便于西方人了解中国古代的审判制度。文学部分首先是由 15 个 "疑案" 构成的,即颇受欢迎的、根据口头流传下来的真实案例编写的公案小说和民间故事,如《无头妻》《母亲何时不是母亲?》《延期判决》《花招失灵》等。然后是选自宋慈的《洗冤录集》中的三个民间故事疑案。再后面是四出极受欢迎的戏曲,著名的 "四大奇案"。最后是摘自古典小说《水浒传》中关于武官林冲与武松的两个案例。这些案例说明了中国古代刑法的主要特点。沙博理的这一编译作品是西方国家了解中国古代刑法制度的珍贵文献。这本书于 1990 年由北京新世界出版社出版以后,同年也在新加坡出版,"在外国读者中引起相当大的兴趣"(沙博理,1998:392)。

第四节　沙博理的翻译观

作为一位中国政府机构的资深译者与外国专家,沙博理对中国文学的英译功绩是有目共睹的。冯亦代(转引自杨全红,2013:121)就曾称沙博理为向西方介绍中国文学的杰出人物之一。沙博理翻译的中国革命战争小说《新儿女英雄传》享有美国第一部 "红色" 小说的美誉。其《水浒传》英译本 *Outlaws of the Marsh* 是第一部 100 回全译本,被再版十余次,并被收录至 "大中华文库" 丛书中。*Outlaws of the Marsh* 不仅在国内被奉为《水浒传》英译本的楷模,还在国外受到了极大赞赏和极力推崇(沙博理,1985:411—412)。从国内外专家学者的评论可知其译笔忠实流畅,享誉海内外。

另外,沙博理还翻译了 14 部红色长篇小说、127 部中短篇小说和一些散文、诗歌、戏剧等体裁的红色文学作品。然而,在中国翻译史著作或译者词典中,沙博理或被一笔带过,或只字未提,实属遗憾。涉及沙博理翻译观的文字更是难觅踪迹。比起其他既进行翻译实践又撰写翻译理论著作的翻译家来说,沙博理的确只能算一个仅从事翻译实践的译者。但是沙博理在其半个多世纪的中国文学英译实践中对翻译有着深刻的见解。沙博理的文章、自传、译序、访谈和书信等,均能体现其鞭辟入里的翻译观。

沙博理的翻译观对其翻译生涯的影响颇为深远。因此，本书将通过整理沙博理对翻译的见解归纳其翻译观，以期为后文对沙博理译者行为的全面公允的评价做铺垫，也期望对中国文学的英译提供一定启示。以下拟从翻译目的、翻译主张、译者素养等方面对沙博理的翻译观进行归纳。

一、翻译目的：让世界了解真实的中国

中国曾一度受西方的误解和敌视。沙博理认为，在"敌视中国"的氛围中，外国人需要更真实地了解中国。他曾坦言："我觉得任何一个国家的普通人，只要他们像我一样地认识中国人，就不能不喜爱他们并敬佩他们"（沙博理，1998：213）。沙博理认为，美国对中国的敌对态度缘起于其对中国以及中国人民的了解不够深入。中国文学博大精深，中国的小说、诗歌和戏剧甚至比纯粹真实的报道给人以更真实的感受（沙博理，1998：118），可以成为外国人了解中国真实面貌的好窗口。

沙博理本人就是本着让世界了解真实中国的想法进行文学翻译的。沙博理接受洪捷的采访时曾表示，他从事翻译的目的是让外国读者更好地理解中国文化的本质内涵，包括当时中国的政治情况、中国的历史以及中国人的感情（转引自洪捷，2012：63）。沙博理（转引自张贺，2010）认为，这一翻译目的的实现还需要译者有着坚定的向国外受众介绍真实中国的立场。沙博理反对那些为了赚钱而翻译出版中国文学的国外出版社，因为他们随意改动作品以谋取经济利益而非真正为了传播中国文化。沙博理（转引自任东升，2012：108）曾指出，要将真实的中国介绍给世界，译者就需要在翻译中清晰表达作者的意图，并传达中国语言与文化的原汁原味。沙博理通过文学作品的翻译向世界展示中国的形象，尽全力向世界诠释中国的真实情况。

二、翻译主张："信、达、雅"与"忠实性叛逆"

沙博理曾在与张经浩的通信中明确表达过自己的翻译主张：

> 至于翻译准则，我基本赞同"信、达、雅"的主张。问题在于怎样做。我觉得，译者不但要精通所译文学作品相关国家的语言，了解其历史、文化、传统、习惯，而且对他本国的这一切，也要精

通和了解。译文质量的高低取决于精通和了解的程度。例如，想翻译诗歌，译者自己首先就得能用母语写诗。当然，"信、达、雅"标准永远无法完全达到，但应时时朝这个方向努力。我感到我是个有明显不足的译者。（转引自张经浩、陈可培，2005：321）

这段话表明沙博理基本认同"信、达、雅"的翻译主张，但却没有对什么是"信、达、雅"做一个定义，而是更注重一个译者如何达到"信、达、雅"这一至高境界。沙老虽未对"信、达、雅"这一标准进行专门界定，但这一标准的基本内涵在其以下两段论述中得到了充分阐释：

首先要记住，我们是在谈文学，文学包括内容和文风。我们的翻译若不把内容和风格二者都表达出来，那就不算到家。意大利人戏言，"Traduttore é traditore"——"译者即逆者"。要做到忠实，不致背离正在翻译的作品，我们就得用英文创作一个短篇或一部长篇，读来同样好懂，具有与中文原作相同或相当的文学特点。（沙博理，1991：3）

它到底是文学作品，文学作品有它的风格。我们既要翻译文字，也要表达风格。就像"知琴"，要能听得出弹琴人琴弦不同的振动（vibes），才是非常理解原文。用外国文字反映中国文学作品的内容，具体怎么做，没有一定的模式。每个文学作品不一样，每个人对作品的欣赏也不一样。不但要让外国人看得懂，而且要让外国人感觉到中国文学的高水平。（洪捷，2012：63）

从上述引文可知，沙博理"信、达、雅"的基本内涵："信"即忠实原作的内容与风格；"达"即能使外国读者看懂；"雅"即具有与中文原作相同或相当的文学特点，也就是茅盾所述的"文采"或"风格"（茅盾，1984e：518）。简言之，译作既应忠实传达原作的内容与风格，又应具有可读性。"达"是对"信"的必要补充（常谢枫，1984：900），译文是否具有可读性，即能否被目的语读者理解，是其能否忠实于原作的前提。因此，沙博理的"信、达、雅"主张主要侧重译文对原文内容与风格的忠实。在其《我的父亲邓小平："文革"岁月》与《水浒传》

两部长篇小说的英译本序言中，沙博理就阐明了其在具体翻译实践中对原作内容与风格的忠实情况：

> 我尽量忠实传达原作的内容，偶尔压缩一点，尽可能地传达毛毛清新的文学风格。（Shapiro，2002：iv）

> 除了了解故事之外，男女读者还要从外国古典小说的译文中得到的是"体会"一下一个远方国家的一个古老民族和原著的风格，这对于译者来说，要比仅仅地把情节准确地翻译过来，更加困难得多了。（沙博理，1985：405）

以上几段论述中所提及的忠实于原作的内容，其中"内容"这一词主要是指相对于词、句、段落等语言形式而言的意义。沙博理表示：

> 照我看，不仅可以改变一句话里的词序，也可以改变一段话里的句序。同时，如果作者写的是复杂的长句，不要截成英文短句，反之亦然。不时可以插进句子把话说明：这是一语双关，那是专门术语。如果原文重复太多，罗里罗唆，我以为可以允许压缩。这些做法对形式会稍有改动，不致改动根本的内容，有助于外国读者更加清楚的理解原意。（沙博理，1991：4）

沙博理所述的原作内容除了意义之外还包括主题思想和文化内涵。沙博理在《让中国文化走出去》提案中对中国文学进行了高度评价：

> 唐诗、宋词、明代的戏剧小说、哲学家和社会改革者的散文诗赋、"五四"时期的作品，以及在中国共产党领导下的知识分子、农民、战士笔下的故事等等，都反映了中国人民的思想和心声。这些文学作品形式多样、题材广泛，但都表达了人们对贪官污吏的痛恨，对欺压弱者的权贵的愤怒，对贪图权力的富人的嘲讽，对追逐名利者的蔑视，对大男子主义者的憎恨，对狭隘偏激者的讽刺。同时，这些作品还反映了人们对正直善良者的赞誉，对长者的尊敬，对诚实守信之人的褒奖。（沙博理，2010）

沙老认为，中国文学作品中所表达的这些主题思想应该传播到世界当中去，这也是沙老在其 50 余年的翻译生涯中尽力忠实传达的中国文学作品中的内容之一。此外，沙博理曾表示，自己做翻译的目的是让外国读者更清楚地了解中国历史文化内涵，而这一了解的前提应该是原作中所承载的这些历史文化内涵必须能在译作中忠实再现：

> 文学对外宣传是我的工作和义务，我翻译的目的是让外国人知道当时中国的政治情况、中国人的感情和中国的历史……我们是对外宣传，要保留最重要的东西，要有的放矢。搞翻译有责任也有权利，主观上为了达到目的，为了让外国读者更好理解中国历史文化的本质内涵。（洪捷，2012：63）

综上所述，沙博理所遵守的"信、达、雅"的翻译标准应该是忠实于原作的内容（包括意义、主题思想、历史文化内涵）与风格。沙老还就如何做到忠实于原作的内容与风格提出了可行性建议。

沙老强调，要在对原作充分理解的基础上进行翻译，既要熟悉小说中故事的历史环境，包括"那个社会在那个时期有什么情况，政治上经济上有什么主要的矛盾，社会和文化的状况又如何，敌对的势力有哪些，各自有什么特点，什么风俗习惯"，又要认真理解小说中各种人物角色的境遇、身份与个性特点。沙博理在翻译《水浒传》的过程中，有时会不太理解小说中所描述的服饰、方言、家用器具、人物个性，他会向研究《水浒传》的专家请教、查阅相关资料或与叶君健、汤博文、凤子等进行讨论，尽量将原作中所涉及的这些文化内涵理解透彻。据苏予回忆，"翻译《水浒传》，一开始他（沙博理）很不理解黑旋风李逵这个人物，赤着上身，露一身黑肉，握两把板斧，见人就砍，杀气腾腾，有什么可爱？凤子从人物性格和他嫉恶如仇、爱憎分明的行动，帮他了解这个人物，终于欣赏到这个人物的艺术魅力"。那么，具体理解了原作的内容之后如何忠实传达呢？沙老所述的忠实传达内容是指译者先将原作的意义、主题思想以及文化内涵等理解透彻之后再用英语进行二次创作，即用地道的英语表达原作的意义、主题思想与文化内涵。沙老表示，"翻小说，切不可逐字直译，而是要用我们的英语把我们的中文意思传达出来"（沙博理，1991：4），可以改变词序、句序，可以插入解释性的词句，也可以压缩原文中重复啰唆的内容，只要不改动原作根本的内容即可。关于风格，沙老认为需先认真识别原作的风格再进行翻译。沙老谈到了人物对白与描述性段落在译文中保留的方法。对后者的传达，沙老认为需要根据原文的文采或文或俗，或庄或谐，二者不可混为一体。而人物对白忠实传达的前提是译者不仅要透彻理解原作故事发生的历史文化背景、人物个性特征、人物生存环境，还要熟悉外国的对等词语。译作中的对话是外国人在中国的历史环境下用故事中特定的中国人的身份说话，语言可以变化，但故事中的人物个性不能变。

忠实于原作的内容却也不能牺牲译文的可读性，沙老认为译者要考虑受众对象。沙老在《让中国文化走出去》的提案中就建议选取一些优秀作品，重新编辑，使其更好地适应以英语为母语的读者的阅读习惯，此处的阅读习惯应该包含阅读能力和阅读兴趣。据周明伟（转引自温志宏，2014：59）回忆，沙老对中国文化传播所做的毕生的努力就是两点：第一，要让外国人看得懂，听得懂；第二，要有针对性。这两点正好对应读者的阅读能力与阅读兴趣。沙老不赞同赛珍珠《水浒传》英译文中"中国味道"的英语，认为赛氏译文中句型结构完全按照中文逐字逐句直译的方法并不可取，会给外国读者带来很大的阅读上的困难，因此他比较倾向于使用英语的对等词和符合英语语言规范的句型结构来进行翻译，目的是照顾目的语读者的阅读感受。在《我的父亲邓小平："文革"岁月》英译本的译者前言中，沙老也曾提及，在有些他认为外国读者不太明白的地方，他会擅自添加评论以便读者能看懂（Shapiro，2002：iv）。此外，为了照顾读者的阅读兴趣，译者可以选择翻译或者不翻译那些外国读者没有兴趣或脱离主题的内容，也可以适当删除一些泄露章节内容或破坏悬念的回目和小标题等。

综上所述，完全忠实于原作的内容与风格，且读者又能看懂，这是沙老希望遵循的翻译的最高标准。对于英汉两种语言与文化存在共同点的地方，可以通过直译使得译作同时保留原作的内容与风格而又不影响通达，因此，沙老基本上通过直译的方法来践行对原作完全忠实这一标准。但是，英汉两种语言和文化也存在差异，这种差异导致完全忠实于原作的译作无法被读者理解，沙老认为，译者在翻译中要能让读者看懂，就必然不能完全忠实传达原作的内容与形式，因此，沙博理曾多次借用意大利戏言"Traduttore é traditore"（翻译者即叛逆者）表达自己在文学翻译中对原作进行结构的调整、内容的增删等叛逆行为。但这种叛逆都是在忠实原文的基础上不得已而为之。沙博理认为，翻译既要考虑对原作的忠实，尽可能传达原作的精神，又要考虑译文读者的接受度，符合目的语读者的接受习惯。他曾说："一个人做文学翻译，无论如何不可能把原作的细微差别和传统风味完全翻译出来。翻译像走钢丝，倒向这边不行，倒向那边也不行。能够表达风格，而且外国人可以接受，那就可以了。比如，异化翻译可以用，但要讲清楚，不然很多老的文学作品就不好翻译了"（洪捷，2012：63）。沙博理将翻译比喻成"走钢丝"，倒向作者不行，倒向读者也不行，因此，只能对双方进行适度的叛逆来做到最大程度地忠实于原文作者兼译文读者。依沙博理之见，叛逆是为了获得更大程度的忠实。这种见解极大地肯定了翻译中叛逆行为的合理性与价值。在谈及文学作品内容和风格的翻译时，沙博理表示："意大利人戏言，'Traduttore é traditore'——'译者即逆者'。要做到忠实，不致背离正在翻译的作品，我们就得用英文创作一个短篇或一部长篇，读来同样好懂，具有与中文原作相同或相当的文学特点"（沙博理，1991：3）。可见，沙博理始终将忠实作为文学翻译的规范和标准，要想在目的语中忠实传达原作的思想，译文是否"好懂"是关键。因此，译者就要尽量遵守目的语的语言文学规范，"用我们的英语把我们的中文意思传达出来"（沙博理，1991：4），但是由于中英两种语言、文化间的差异，就不得已在某种程度上背离中文的语言文学规范。我们将沙博理的这种文学翻译主张称为"忠实性叛逆"文学翻译观，即译者在忠实于原文意义的基础上，为了最大程度地忠实于为读者服务的翻译目的而不得已对原文的部分内容和形式进行叛逆的翻译观，即两个"忠实"和两个"叛逆"：忠于原文意义和译文读者，逆于原文的部分内容和形式。当然，后者是在不得已的情况下而为之。忠于原文的意义就不得不背叛原文的形式，因为"要忠实翻译原文的意义，译文的表达方式往往会偏离原文"（泰特勒，2000：15）；忠于译文读者的接受效果就不得不背叛原文的表达方式而采取目的语的表达习惯，因为后者更易于读者接受。鉴于此，在无法完全忠实于原作的前提下，沙博理主张在语言层面采用以归化为主、异化为辅的翻译策略，认为要"用我们的英语把我们的中文意思传达出来"（沙博理，1991：4），具体方法如下：一方面，可以进行适当删减与压缩，即删减外国读者看了没兴趣，或与作品最重要的主题脱离的内容和一些泄露文章内容的快板、民谣，压缩重复太多、啰里啰唆的内容；另一方面，可以增加一些有助于读者理解的文内释义、注释等，还可插进句子把话说明白，抑或是改变词序与句序。概之，在沙博理看来，为了忠实于原作的思想、实现易于读者接受的目标，译者可以对原作进行内容的适度增删和结构的适当调整。

综上所述，沙博理的翻译原则是在读者能看懂的前提下尽量忠实于原作的内容与风格，如果完全的忠实使译文晦涩难懂，则需要进行"忠实性叛逆"。

三、翻译策略、方法与技巧：圆满调和

翻译本来就是一种调和的、辩证的艺术（转引自王秉钦，2004：271）。这种调和与辩证自然也包括翻译策略、方法与技巧的圆满调和与辩证统一。孙致礼（2001：32）认为，成功的译者要掌握归化与异化的辩证统一，"异化和归化两个相辅相成的翻译方法，任何人想在翻译上取得成功，都应学会熟练地交错使用这两个方法。要处理好这两者之间的关系，关键还要讲辩证法，要掌握分寸，而不可走极端"。梁启超在阐释道安"五失本三不易"中提出的8个字"既须求真，又须喻俗"（梁启超，2001：184），以及评价玄奘"则意译直译，圆满调和，斯道之极轨也"（梁启超，2001：188），指出了一种兼顾直译和意译的圆满调和的翻译方法。下文将分别探寻沙博理是如何圆满调和归化与异化翻译策略、直译与意译翻译方法以及增译、减译等翻译技巧，以至赢得了"信而不死，活而不乱""增减换改，圆满调和"等美誉的。

"归化"与"异化"这两个概念比较复杂，为避免误解沙博理的翻译策略，我们不妨先将其概念进行简单梳理。

1813年，施莱艾尔马赫在他的著名论文《论翻译的方法》中提出翻译的两种途径："要么尽量不打扰原作者而让读者靠近作者，要么尽量不打扰读者而让作者靠近读者"（Schleiermacher，1992：42）。劳伦斯·韦努蒂（Lawrence Venuti）称第一种途径为"异化法"（foreignizing method），第二种途径为"归化法"（domesticating method）。韦努蒂在此基础上对"归化"与"异化"进行了进一步界定："归化"，即遵守目标语言文化当前的主流价值观，公然对原文采用保守的同化手段，使其迎合本土的典律（canon）、出版潮流和政治需求；"异化"，即偏离本土主流价值

观,保留原文的语言和文化差异(Venuti,2001:240)。由此可见,异化与归化同时存在于语言与文化层面上,韦努蒂倡导异化式或阻抗式翻译(resistant translation),以保留原文的语言和文化差异。自"归化"与"异化"这两个概念出现之后,国内译界学者就其进行了一场有益的论争,焦点集中于对"归化"与"异化"这两个概念的界定(王东风,2002;葛校琴,2002;罗选民,2004 等)以及在翻译实践中如何恰当使用归化与异化策略(孙致礼,2001 等),取得了丰硕的成果。学者们大致将归化和异化界定为指导具体翻译方法而在文化与语言层面采取的翻译策略,归化追求译文的流畅易懂,符合译入语语言及文化规范,而异化追求原文语言及文化的特色的传真,以丰富译入语语言及文化(刘艳丽、杨自俭,2002:22)。学者们就归化与异化在翻译实践中的具体运用达成了一致,即异化与归化应相得益彰。那究竟应该如何处理这两种策略之间的关系才能达到圆满调和的境界呢?孙致礼认为,在文化层面上译者要力求最大限度的异化以保存原作的风味,而在语言层面上要进行归化以利于通俗易懂。这种适度调和既忠实于原作的内容与风格,又照顾了读者的阅读习惯,不失为归化与异化两种策略相得益彰、圆满调和之举。沙博理对归化与异化的调和与此观点如出一辙。

沙博理主张在语言层面上采用归化策略,认为要"用我们的英语把我们的中文意思传达出来"(沙博理,1991:4),努力找到"外国的对等词语",致力于实现让外国读者读懂这一目标。沙老认为,在文化层面应尽量使用异化策略,因为外国读者除了了解故事之外,还可以"从译文中体会一下远方国家的一个古老民族和原著的风格"(沙博理,1985:405)。不过,异化策略也并非可以胡乱使用,沙老认为,"异化翻译可以用,但要讲清楚,不然很多老的文学作品就不好翻译了"(沙博理,1985:405)。文化层面的异化可以将中国古典文学作品中承载的文化内涵忠实传达给读者,但是不能佶屈聱牙,要讲清楚,即在语言层面要采用归化策略。沙博理反对逐字逐句的直译,这种句型结构的直译,即语言层面上的异化,会造成译文的佶屈聱牙,给外国读者带来理解上的困难。

在翻译方法与技巧层面,沙老主张把握好翻译的度,即不能改变原作的根本内容。在保持原作根本内容不变的前提下,译者可以对其形式稍加改变,通过各种翻译方法与策略的圆满调和产出忠实通顺的译文。

沙老毕生致力于对各种翻译策略、方法的圆满调和以寻求原作与读者、中英两种语言与文化的最佳平衡，游走于"信、达、雅"与"忠实性叛逆"之间。

四、文学翻译者的基本能力与素养

沙博理认为，一个文学翻译者需要具备基本的能力和素养，要有中英文功底，要有信仰、有立场，要有吃苦耐劳、脚踏实地的精神。

首先，沙博理认为对一个文学翻译者最起码的要求是要有中英文功底，这既包括语言层面，也包括历史文化层面，因为在沙博理看来，即使是现代的文学作品也具有较深的古代历史文化底蕴。沙博理在外文出版社工作时曾培训过年轻译员，他认为这些译员对中国历史文化掌握的程度不够深。他希望搞文学翻译的年轻人要深入了解中国的历史、文化以及古老的哲学（转引自洪捷，2012：64）。

其次，一个文学翻译者要有信仰，要明白自己翻译的真正目的是什么，要有立场、有观点，若只是为了赚钱而随意改变译作，那就没有达到一个译者的素养（转引自洪捷，2012：64）。

最后，一个文学翻译者要有甘于寂寞、脚踏实地的精神。黄友义（转引自刘彬，2014）认为，沙博理在翻译上给大家树立了一个榜样——脚踏实地地从事翻译工作，淡泊名利。他以"默默无闻，却掷地有声"几个字高度评价了沙博理对翻译的态度以及对中国文化传播的贡献。

第五节　本章小结

本章对译者沙博理的人生经历进行了概述，简述了沙博理的翻译成就及影响，探究了沙博理的翻译观。沙博理在其50余年的翻译生涯中总共翻译了200部中国文学作品，获得了"影响世界华人终身成就奖"等荣誉。他完成了国内外学者大加赞赏的《水浒传》100回译本的翻译。沙博理编译的 *The Law and the Lore of China's Criminal Justice* 使外国读者对中国的刑法产生了极大的兴趣。沙博理编译的 *Jews in Old China: Studies by Chinese Scholars* 在国内外研究犹太人的学术界引起了轰动。沙博理留下的中国文学作品的英译本为不同体裁、不同风格红色文学作品的英译策略与方法的探索留下了一笔宝贵的财富。

沙博理在其半个多世纪的翻译实践中积累了丰富的经验，曾发表鞭辟入里的翻译见解，主要体现在以下几个方面：

首先，沙博理认为翻译的目的是让世界了解真实的中国，反对那些为了谋取经济利益而随意改动中国文学作品的翻译行为。

其次，沙博理的翻译见解表明了其"忠实性叛逆"的翻译主张。译者应以同时忠实于原作与读者为目标，在忠实于原作而导致译文不为目的语读者所理解的情况下，译者应对原作的形式进行适度的"叛逆"，但"叛逆"的前提是不能改变原作的根本内容。

最后，沙博理认为译者需要具备基本的中英文素养，同时也应掌握相关的历史文化知识。此外，译者还必须要有立场、有观点、有责任心。

第三章　社会翻译学视角下的译者研究理论框架:"场域—网络"理论框架

> 我认为,该给社会环境中个体的翻译行为(提供)一个更好、更全面、更易于操作的解决办法了。
>
> ——图里(Toury,1999:28-29)

本章将从社会翻译学的视角分析译者沙博理的翻译活动。社会翻译学在借鉴各种社会学理论的基础上不断发展,正在逐步形成自己的研究体系。本章首先梳理社会翻译学的发展轨迹,指出其存在的局限,然后阐明布迪厄的社会实践理论与拉图尔的行动者网络理论相结合对译者研究的意义,最后尝试将这两个理论的核心概念与基本观念运用到本书中,建构社会翻译学视角下的以分析译者的翻译惯习为中心的译者研究理论框架——"场域—网络"理论框架,为更全面与客观地考察译者及其行为提供可操作性强的理论框架。

第一节　社会翻译学发展概述

早在1972年,詹姆斯·霍尔姆斯(James Holmes)就开始呼吁重视社会翻译学(socio-translation studies)的研究,只是霍尔姆斯所指的社会翻译学仅限于描述翻译"在译入语社会文化语境中的功能"(Holmes,2000:177),而未将翻译过程等因素纳入社会翻译学研究之列。虽然霍尔姆斯提倡的社会翻译学在当时未引起太大的重视,但是自20世纪90年代开始,就有学者开始关注这一领域(Newmark,1993;Parks,1998;Lefevere,1998),只是仍重点关注翻译在目的语社会文化语境下的功能,并未跨出霍尔姆斯社会翻译学的范畴。

丹尼尔·西梅奥尼（Daniel Simeoni）将社会翻译学的关注点从翻译的功能转向了翻译与社会的互动关系。他将布迪厄的"惯习"（habitus）这一概念引入翻译研究，对"惯习"在翻译研究中的应用进行了纲领性探讨，认为"译者惯习"（translatorial habitus）在翻译研究中占据重要地位。

此后，国内外学者对社会翻译学这一领域的研究进行了有益的尝试（Hermans, 1999；Gouanvic, 2002, 2005；Inghilleri, 2003, 2005a, 2005b；Sela-Sheffy, 2005；Buzelin, 2005b, 2007；Buzelin and Deborah, 2007；Meylaerts, 2008；Wolf, 2007a, 2007b, 2010, 2012；Tyulenev, 2009, 2014；胡牧，2006；李红满，2007；武光军，2008；杨晓华，2011；邵璐，2011；王悦晨，2011；刘立胜，2012；徐敏慧，2013；刘晓峰、马会娟，2016；汪宝荣，2018；刘晓峰、马会娟，2020；王洪涛，2021；骆雯雁，2022 等）。这些学者的研究成果主要表现在以下两个方面：第一，尝试建构社会翻译学理论范式；第二，借鉴布迪厄、拉图尔以及卢曼等人的社会学理论与方法分析翻译现象。关于国内外社会翻译学研究的综述详情可参见王洪涛（2016）与邢杰（2016）等学者的著作、文章。

在社会翻译学理论建构方面，米凯拉·沃尔夫（Michaela Wolf）做出了很大贡献。她通过总结前人的研究成果，尝试建构了社会翻译学的方法论框架（conceptualize a methodological framework）。沃尔夫（Wolf, 2007a：4）认为，社会翻译学就是指借用各种社会学的理论与方法来研究翻译与社会间互动关系的一门翻译学的子学科。学者们借鉴各种社会学理论与方法对翻译进行研究，他们将翻译视为一种社会行为（social action），从行为主体（译者及其他行动者）、行为过程（翻译过程）以及行为结果（译作）三个方面来研究翻译。沃尔夫将这三个方面的研究内容总结成社会翻译学的三个分支，即"行动者社会学"（sociology of agents）、"翻译过程社会学"（sociology of translation process）和"文化产品社会学"（sociology of the cultural product）（Wolf, 2007a：14-17）。

行动者社会学重点研究翻译活动中的各个行动者（尤其是译者）的社会角色与地位及其对翻译活动乃至整个社会的影响。比如，让·德利尔（Jean Delisle）和朱迪斯·伍兹沃斯（Judith Woodsworth）（1995）考察了译者在民族文学的形成、知识的传播以及宗教传播过程中的角色；

安东尼·皮姆（Anthony Pym）（1998）呼吁翻译研究的重心应该从文本与社会文化背景转向译者；让·古安维奇（Jean Gouanvic）（1997，1999）和沃尔夫（2002）借鉴布迪厄社会实践理论分析了译者及翻译活动中的其他行动者的地位与作用。翻译过程社会学主要关注译作的产出过程，如各种因素对翻译策略与方法的影响等。文化产品社会学则重点探究翻译对目的语社会所产生的影响，这也是霍尔姆斯提出社会翻译学的初衷。这种意义下的社会翻译学研究跳出了只关注翻译在社会中的功能的瓶颈，对文本生产者、生产过程、产品的社会性等方面进行了全面关注，为社会翻译学的进一步发展提供了更广阔的研究视角。

社会翻译学研究的理论基础主要来自布迪厄的社会实践理论（Theory of Social Practice）、拉图尔（Bruno Latour）和卡龙（Michel Callon）的行动者网络理论（Actor-Network Theory）以及卢曼（Niklas Luhmann）的社会系统理论（Theory of Social Systems）等社会学理论体系。分别借鉴社会学中的这三个理论来研究翻译问题是目前社会翻译学研究中的主流现象，基本体现其主要发展脉络。

（1）布迪厄的社会实践理论在翻译研究中的应用

布迪厄的社会实践理论颇受译学界欢迎。国际权威译学期刊 *The Translator* 在 2005 年专门开设名为 "Bourdieu and the Sociology of Translation and Interpreting" 的专栏，借鉴布迪厄的 "场域"（field）、"惯习"（habitus）、"资本"（capital）等核心概念来分析口笔译活动的社会本质，探究布迪厄的社会实践理论对翻译研究的重要意义。除此之外，"惯习" "场域" "资本" 等概念被广泛运用到翻译研究尤其是译者主体性研究当中。

"惯习" 与社会翻译学共同发展，成为学者们在翻译研究中喜闻乐见的分析工具（Simeoni，1995，1998，2005；Sela-Sheffy，1997，2005；Gouanvic，2005；Inghilleri，2003，2005a，2005b；Wolf，2006，2007a，2007b，2012）。因为 "惯习" 这一概念较为复杂，所以学者们对其理解不一，于是对 "惯习" 这一概念的界定展开了一系列的研究。西梅奥尼的文章成为研究 "译者惯习"（translatorial habitus）的经典之作。他认为，译者的惯习包括 "特殊的"（special）惯习与 "社会的"（social）或 "普通的"（generic）惯习（Simeoni，1998：18）。由于西梅奥尼关注的是译者这一集体的特殊惯习，即译者的职业惯习，所以他主要讨论的还是译者这一集体的职业惯习，而忽略了对译者社会惯习的关注，译者的社会惯习其实是译者的集体惯习形成的重要基础。西梅奥尼所讨论的译者惯习确如塞拉谢斐（Rakefet Sela-Sheffy）（2005：15）所述，是一种"场域惯习"（field habitus），一种在翻译场域中形成的特殊惯习（specialized habitus of the field），忽略了译者其他惯习存在的可能性，也正是这种局限导致了西梅奥尼过分强调译者惯习的"屈从性"（subservience）。他的这一观点受到多位学者（Inghilleri，2003；Sela-Sheffy，2005；Yannakopoulou，2008）的抨击，他们一致认为，译者对规范的屈从程度需要被置于具体场景中进行考察，这也说明译者本身的某个惯习并不能对具体的翻译行为起决定性的作用。这一观点跨越了布迪厄"惯习"概念本身的决定论倾向。

　　西梅奥尼之后的学者根据理解的不同与各自研究的需要，从不同角度对多元的、动态的惯习进行了分类，包括个人惯习（individual/personal habitus）与集体惯习（collective/class/field habitus）、初始惯习（primary/initial habitus）与次级惯习（secondary habitus）、文化惯习（cultural habitus）与语言惯习（linguistic habitus）、职业惯习（professional habitus）、译者惯习（translatorial habitus/translator's habitus）等。古安维奇（2014：32-33）认为，译者惯习是造成译者在翻译中主观抉择的主要原因，属于一种特殊惯习（specific habitus），是译者在双语文化的训练与实践（bicultural disciplinary practice）中逐渐形成的，这些双语文化训练包括文化浸润（immersion）、学习、实习、讨论等。与西梅奥尼不同的是，古安维奇强调了初始惯习的重要性，认为译者的特殊惯习是在其初始惯习的基础之上形成的（Gouanvic，2014：38），并通过实例分析了初始惯习到特殊惯习的形成过程。但古安维奇对"初始惯习"这一概念的理解还是沿袭了布迪厄的定义，似乎更倾向于指涉社会实践中的行动者在童年时期形成的惯习，从而忽略了行动者在后期形成的、同样可能对翻译行为产生影响的惯习。

　　对于译者的不同惯习，研究者们讨论较多的是职业惯习与个人惯习。译者的职业惯习是在译者培训与翻译工作中内化出来的，而译者的个人惯习是通过译者的整个人生经历、阶级背景、教育背景、意识形态定位和文化资本等共同形塑出来的，它们共同构成译者惯习（Yannakopoulou，2014：169）。瓦索·亚纳科波卢（Vasso Yannakopoulou）（2008：10）强调个人惯习的重要性,认为个人惯习比职业惯习对译者在翻译活动中的抉择的影响可能更大一些。这一观点突破了前人过分强调职业惯习的局限,同时也超越了布迪厄与古安维奇所说的初始惯习,包含了译者在不同时期的不同场域中形成的性情倾向。但亚纳科波卢所界定的个人惯习与职业惯习的具体内涵还有待商榷,下文在谈及"翻译惯习"概念时会专门讨论。

国内学者也致力于译者惯习(刘立胜,2012;骆萍,2013;屠国元,2015)和翻译惯习(鄢佳,2013)的研究,为译者研究中主客观因素的考察提供了有力途径。译者惯习可以指译者的社会惯习与职业惯习(刘立胜,2012:xiv),也可以指译者"在翻译场域和其他场域之中培养而成的思维习惯和思维定势"或指挥和调动译者行为的"前结构"(骆萍,2013:110)。上述两种界定都包括了译者在各种场域之中内化出的所有可能的性情倾向。翻译惯习是指通过译者的翻译选材、翻译策略以及翻译观所体现出来的惯习(鄢佳,2013:45)。国内学者们所界定的译者惯习与亚纳科波卢所界定的译者的个人惯习概念相似,国内学者们所界定的翻译惯习则与亚纳科波卢所界定的译者的职业惯习概念相似,但翻译惯习更凸显译者在翻译中表现出来的倾向,而不是在翻译培训与实践中内化在译者体内待表现出来的倾向。译者惯习指代一种潜在的性情倾向,而翻译惯习则指代一种显在的性情倾向,翻译惯习是译者惯习的表现形式。刘晓峰等(2016:58)学者认为,从译者惯习中可以"析出译者创作惯习、译者待人接物惯习和译者翻译惯习(特指涉及文本翻译处理时的一些倾向性特征)等甚至更微观的惯习",凸显了惯习的潜在与显在、普遍与特殊等双重特征,便于更具体地研究译者的翻译惯习。

概之,国内外对译者惯习的研究取得了以下成果:第一,跳出了只关注译者集体惯习的瓶颈,侧重分析多元化的译者惯习,为译者行为提供了多种可能性的解释;第二,不同于布迪厄对惯习的被动性的关注,更强调惯习的主动性与创新性。

在分析惯习的同时,译界学者们也探讨了与惯习联系密切的其他两个概念,即"场域"与"资本",包括所有对译者惯习产生影响的场域,比如权力场域、经济场域、文学场域、翻译场域等,以及译者在这些场域中所拥有的文化资本、经济资本、社会资本与象征资本。

"翻译场域是否存在"这一议题也是社会翻译学讨论的热点。到目前为止,大部分学者认为布迪厄场域概念下的翻译场域是不存在或者是很难清晰界定的。概括起来,他们大致提出了以下理由:第一,翻译活动跨越不同的场域(Gouanvic, 2002:160);第二,翻译场域内嵌在或者从属于文学场域中(Sela-Sheffy, 2005:10);第三,翻译活动具有多变性,行动者以及行动者所追求的利益都可能随着翻译活动的变更而变化(Wolf, 2007b:111);第四,翻译这一职业并未完全规范化,从事翻译活动的人不管其是否是一个合格的译者都可以称自己为译者,而且大部分人只把翻译当成第二职业(Wolf, 2007b:112)。即便如此,国内外学者(Sela-Sheffy, 2005;邵璐,2011等)仍旧尝试对翻译场域进行探索与界定。塞拉谢斐(2005:12)认为,翻译场域可以指各个国家的译者形成的关系空间,包括不同领域的译者群体(如文学译者、字幕译者、口译者等)、翻译社区以及翻译派别。邵璐(2011:124)认为,翻译场域是每个译者带着惯习与各种资本在权力争斗中逐渐形成的,争斗的结果就是翻译规范的形成与更迭。

(2)拉图尔的行动者网络理论在翻译研究中的应用

拉图尔的行动者网络理论近年来也被应用到翻译研究中(Abdallah, 2005, 2012, 2014a; Buzelin, 2005a, 2007; Jones, 2009; 黄德先,2006; 汪宝荣,2014; 骆雯雁,2022)。国际翻译期刊 *Meta: Translators' Journal* 在 2007 年开设了名为 "Translation and Network Studies" 的专栏。此专栏的 11 篇文章当中就有四篇借鉴了拉图尔的行动者网络理论(Folaron and Buzelin, 2007; Tahir-Gürçağlar, 2007; Pym, 2007; Córdoba Serrano, 2007)。由此可见,译学界也逐渐重视拉图尔的行动者网络理论在翻译研究中的应用。为了证明拉图尔的行动者网络理论应用于翻译研究的价值,海伦·布泽林(Hélène Buzelin)开展了一系列实证研究。她借鉴拉图尔的行动者网络理论研究了加拿大小说翻译的生产过程(Buzelin, 2005a);对加拿大蒙特利尔市的三家独立出版社的文学翻译生产过程进行了追踪,认为拉图尔的行动者网络理论更能透彻分析出版社产出文学译作这一复杂的过程(Buzelin, 2006);追踪巴黎和魁北克出版社"正在进行中的"(in the making)文学翻译过程,包括翻译过程的不同阶段,比如相关行动者之间的通信与口头谈判阶段等(Buzelin, 2007)。这些文章都用事实证明了拉图尔的行动者网络理论是如何克服多元系统理论存在的局限性的①。克里斯蒂娜·阿卜杜拉（Kristiina Abdallah）是另外一位致力于将拉图尔的行动者网络理论运用到翻译研究中的学者。从 2005 年至今，阿卜杜拉共撰写了 11 篇相关文章（包括博士论文），集中探讨拉图尔的行动者网络理论在翻译研究中的应用，重点界定与分析了翻译生产网络，即译作生成过程中所涉及的各种行动者之间的关系网络。阿卜杜拉的博士论文 "Translators in Production Networks: Reflections on Agency, Quality and Ethics"（2012）运用拉图尔的行动者网络理论与其他社会学理论，通过实证研究（如采访、追踪等）描述翻译生产网络结构以及网络中的各类行动者（尤其是译者）的能动性。结果表明，译者的能动性受网络结构、行动者等多种因素的共同限制，因此，作者呼吁应该增强译者能动性以保证翻译的质量。阿卜杜拉的其他 10 篇文章（Abdallah，2010，2011，2014a 等）与其博士论文的研究主题基本一致，借鉴拉图尔的行动者网络理论分析翻译中所涉及的翻译质量、译者伦理、译者能动性等问题。此外，阿卜杜拉还撰写了一篇文章分析布迪厄所提出的"惯习"（habitus）与拉图尔的"能动性"（agency）的异同（Abdallah，2014b），下文将对其进行详细介绍。弗朗西斯·琼斯（Francis Jones）（2009：301 – 325）借用拉图尔的行动者网络理论研究了波斯尼亚和黑塞哥维那国家的诗歌英译过程中人类行动者与文本行动者之间的关系。黄德先（2006：6—11）阐述了拉图尔的行动者网络理论对翻译研究的可行性，呼吁翻译研究应该借用拉图尔的行动者网络理论来真实再现翻译的生产和消费过程，从而建立起一个稳定的翻译网络。

（3）布迪厄的社会实践理论与拉图尔的行动者网络理论的结合在翻译研究中的应用

国内外已有几位学者意识到仅借鉴布迪厄的社会实践理论或者拉图尔的行动者网络理论来研究翻译现象存在一定的局限性，并开始尝试将两者结合起来分析翻译现象（Buzelin，2005b；Kung，2009；Hekkanen，2009；Bogic，2009；Abdallah，2014b；汪宝荣，2014）。布泽林（2005b：

---

① 西奥·赫曼斯（Theo Hermans）在 Translation in Systems（1999）中提到多元系统理论模式存在三个局限，即缺乏对翻译过程中所涉及行动者的考虑（the lack of consideration for agents involved in the translation process）；具有一定的"决定论"性质（the somewhat deterministic character of this theory）；更偏向于翻译的情境而非认知（the theory's bias towards contextual rather than cognitive aspects of translation）。

193 - 218）对比分析了布迪厄的社会实践理论与拉图尔的行动者网络理论在翻译研究中的理论价值，认为布迪厄更注重行动者个体的研究，包括行动者的个人性情（dispositions）及行动者在社会结构中的地位（structural positions），而忽略了行动过程本身以及在这一过程中各个行动者之间的动态关系，而拉图尔倾向于使用人种志的分析方法研究正在形成的科学，注重过程研究，恰好弥补了布迪厄的不足，引领翻译研究进一步朝着行动者导向（agent-oriented）与过程导向（process-oriented）的研究方向发展。布泽林（2005b：214）甚至还声称，"拉图尔的概念和观点可能对翻译研究的用途最大"。莱拉·赫卡宁（Raila Hekkanen）（2009：1-22）将拉图尔的行动者网络理论与布迪厄的社会实践理论在翻译研究中的具体应用进行了对比分析，发现二者各有所长，即行动者网络理论更适合分析翻译活动发生的真实情境，而社会实践理论能更好地分析译者个人行为的成因。孔思文（Szu-Wen Kung）（2009）认为，翻译活动中行动者的角色与地位、行动者的惯习以及行动者之间的关系都会影响译作的生成。他对当代台湾小说在美国的翻译情况进行了历史追踪，结果发现一个有趣的现象，即这一翻译活动发生在原语或译语文化中，由这两种文化中的行动者共同促成，并由此找到了翻译跨文化间性的另一种解释。安娜·博吉克（Anna Bogic）在其硕士论文中对西蒙·德·波伏娃（Simone de Beauvoir）的小说《第二性》（Le deuxième sexe）的英译过程中译者与出版者等其他行动者之间的关系进行了社会历史调查，文中既关注译者的惯习，又注重各个行动者之间错综复杂的关系，进而挖掘了译者行为背后的多种深层因素，比如译者惯习、意识形态以及其他行动者。阿卜杜拉（2014b：111 - 132）结合布迪厄的"惯习"与拉图尔的"能动性"这两个概念分析了两位译者的角色与工作轨迹（work trajectories），试图阐明"惯习"与"能动性"这两个概念在分析译者的工作轨迹上能相互补充。阿卜杜拉的研究结果表明这两者各有千秋又相互依存："能动性"这一概念提醒研究者们去认识译者受各种行动者不同程度的影响，"惯习"这一概念则让研究者们更关注译者的个人性情倾向（individual dispositions）与情感（emotions）。汪宝荣（2014：20—30）尝试建构了葛浩文英译《红高粱》的翻译发起、生产与出版网络，分析了译者惯习、资本与网络中的各个行动者对译者行为与译作不同程度的影响，同时还探究了葛浩文译者惯习的形成过程，最终证明了布迪厄的社会实践理论对葛浩文既"忠实"又"叛逆"的翻译策略的解释力。

（4）其他社会学理论在翻译研究中的应用

国内外译界学者尝试将卢曼的社会系统理论应用到翻译研究中（Hermans，1997，1999，2007a，2007b；Tyulenev，2012；黄德先，2007；宋安妮，2014）。西奥·赫曼斯（Theo Hermans）首次将这一理论引入翻译研究，他认为"翻译是一个社会系统"（Hermans，1999：137），并尝试为翻译寻求描写的、系统的研究方法。谢尔盖·丘列涅夫（Sergy Tyulenev）的专著 *Applying Lumann to Translation Studies: Translation in Society*（《卢曼理论在翻译研究中的应用：社会中的翻译》）是第一本比较详细运用社会系统理论来研究翻译的专著。该书认为翻译既是一个自成体系的社会功能系统，有着自己的运作方式和规则，又是社会大系统内多个子系统中的一个，受其他系统的影响与制约。丘列涅夫选择性地借用"系统"（system）、"观察"（observation）、"媒介"（medium）、"形式"（forms）、"社会调节"（social mediation）、"自我再生"（autopoiesis）和"自我指涉"（self-referential）等概念对翻译结构与性质进行了全面界定，给翻译研究提供了一个全新的社会系统理论视角。其他学者也借鉴社会系统理论探究了翻译这一系统中的自律和他律性（黄德先，2007），深入分析了将卢曼的社会系统理论运用到翻译研究中的可行性与意义（宋安妮，2014）。

除了社会实践理论、行动者网络理论和社会系统理论之外，其他社会学理论也被陆续借鉴到翻译研究中来，比如安东尼·吉登斯（Anthony Giddens）的能动性理论（Agency Theory）（Kinnunen，2010；Koskinen，2010）、利维·维谷斯基（Lev Vygotsky）等人的活动理论（activity theory）（Jones，2009；Kinnunen，2010）和欧文·戈夫曼（Erving Goffman）的社会博弈论（Social Game Theory）（Jones，2009）等。

社会翻译学研究正蓬勃发展并日趋成熟，国内译界还于2022年6月11日成立了中国英汉语比较研究会社会翻译学专业委员会，尝试建构社会翻译学研究体系。相关研究也存在一些局限，比如"场域""网络"与"系统"这三个概念在内涵上有诸多交叉重叠；"场域""惯习""资本""能动性"等概念界定不清；因只借鉴单个社会学理论来进行翻译研究而导致研究结果不够客观等。

第二节 社会实践理论与行动者网络理论相结合的"场域—网络"理论视角

为了解决上述社会翻译学的局限性,本书尝试将拉图尔的行动者网络理论与布迪厄的社会实践理论相结合来构建社会翻译学视角下的以分析译者的翻译惯习为中心的译者研究理论框架。之所以要将这两个看似水火不容的理论结合起来研究翻译是因为这两个理论虽然互相排斥,但其结合可以使翻译研究更全面与客观。

借鉴布迪厄的社会实践理论可以合理地解释译者行为背后的因素,即译者的惯习以及这种惯习形成的历史、社会、文化等宏观因素,但这一理论极少关注译者在具体的翻译过程中的能动性,以至于会用不属于译者的行为来评价译者,给予译者不公允的评价。拉图尔的行动者网络理论正好弥补了布迪厄的社会实践理论的这一不足。行动者网络理论通过分析译者在翻译过程中的具体地位与作用,能清晰呈现译者在其中的能动性,从而将译者并未参与的行为结果排除在评价译者能力与素养的证据之外,保证了译者评价的公允性。此外,拉图尔的行动者网络理论能够通过描述译者在翻译过程中所发挥能动性的程度大小,来探究社会、文化、历史、译者心理以及其他参与到翻译过程中的行动者对译者行为以及译作的具体影响程度,因此,拉图尔的行动者网络理论可以成为布迪厄的社会实践理论在翻译研究,尤其是译者研究中的有力补充。

将拉图尔的行动者网络理论与布迪厄的社会实践理论结合来研究翻译现象并非本书首创。早在 2005 年,加拿大蒙特利尔大学的布泽林(2005b:193 - 218)就已经提出拉图尔的行动者网络理论与布迪厄的社会实践理论是翻译研究中的"意外盟友"(unexpected allies),指出行动者网络理论能弥补社会实践理论的不足。之后,国内外部分学者开始尝试结合这两个理论来研究翻译,进一步证实了拉图尔的行动者网络理论与布迪厄的社会实践理论的结合可以为翻译研究提供一个更全面与客观的视角。

一、社会实践理论

布迪厄的社会实践理论追求一种辩证的折衷主义,试图找到一条超越主观主义与客观主义、唯心主义与唯物主义这种两极对立的中间道路，将其综合成一个具有包容性的知识框架。布迪厄的社会实践理论试图打破西方传统的主观与客观二元对立的思维模式，主张主观与客观、个人与社会的双向融合与相互渗透，创建了"建构的结构主义"的独特理论视角。布迪厄的社会实践理论要解决的是文化、社会结构与行为之间的关系问题（Swartz, 1997: 6）。用于分析这一问题的主要理论工具就是布迪厄的社会实践理论的三个核心概念，即场域、惯习与资本。这三者之间的关系所形成的理论体系就是布迪厄的社会实践理论的主要内容，因此，对这三个概念的含义以及它们之间错综复杂的关系的厘定有助于理解这一理论的深刻内涵。

（一）场域

布迪厄认为社会结构不是固定不变的，而是在行动者激烈的竞争中不断变化的，与传统社会学概念下的静态的社会结构存在明显差异。场域就是布迪厄对这种动态社会结构的命名。布迪厄将场域界定为位置之间客观关系的网络（network）或构型（configuration），相当于一个力量关系不断变化的竞技场，即权力的关系网络（Bourdieu, 1992: 97），也即行动者在惯习的指导下带着资本进行实践的场所。行动者根据自己在场域中所占的位置争夺资本，以图改变或努力维持其在这个空间中的地位。场域是实践发生的结构化的斗争领域，它调节着社会结构与文化实践之间的关系，场域是行动者惯习与资本开展的空间。

对场域的这一定义具有两个重要特征：第一，各种场域都是关系的系统，而这些关系系统又独立于这些关系所确定的人群，场域像一个磁场，将各种引力与斥力强加于进入该场域的客体与行动者身上；第二，场域是一个竞争的空间，行动者相互竞争，以确保对种种有价值的资本的垄断。整个社会由不同的场域构成，每个场域，比如政治场域、经济场域、文学场域、教育场域等，都拥有自身的逻辑与规律。形形色色的场域之间都会相互关联，只是如何关联还需要看具体的历史社会背景而定。除此之外，一般来说，场域存在四个不同的等级：权力场域、普遍存在的场域（如经济场域、政治场域等）、特殊场域（如文学场域、教育场域、住房场域等）、社会行动者场域（如个人、机构）。比如研究住房情况时，需要分析权力场域、经济场域、住房场域和具体某个住房公司的场域；研究教育情况时，需要分析权力场域、高等教育场域、一个大学的场域和一个学院的场域。

布迪厄建议对场域进行研究时采取以下三个步骤，这三个步骤其实就是他对思想与艺术作品进行研究的三个必要步骤（布迪厄、华康德，1998：143）①：

第一，分析实际的实践场域在权利场域中的具体位置。布迪厄认为，应该把特定的实践场域与更大的权力场域结合起来，比如艺术家和作家所在的文学场域就处于权力场域中被统治的位置。

第二，勾画出行动者或机构所占据的位置之间的客观关系结构。在这个场域中，占据这些位置的行动者或机构为了控制这一场域特有的合法形式的权威，相互竞争，从而形成种种关系，可以通过行动者在被研究的场域中所占有的资本的种类与数量来确定其在本场域中的具体位置。

第三，分析行动者的惯习，即千差万别的性情倾向系统。行动者通过将一定类型的社会条件和经济条件内在化从而获得这些性情倾向；在所研究场域里的某条确定的轨迹中，可以找到促使这些惯习或性情倾向系统成为事实的依据。

以上三个分析步骤，构成了布迪厄社会学的一般研究方法，对于实践的分析包括建构实践发生其中的场域以及行动者带入场域中的惯习（Swartz，1997：142）。尽管布迪厄的社会实践理论被用于各种学科的研究当中，但是"场域"这一概念本身的模糊性却给具体的分析带来了一定的困扰，布迪厄并未给各种场域划定清晰的边界，他声称"文学或艺术场的主要争夺焦点之一就是对场域的边界的界定"（Bourdieu，1987b：174）。学者们在借用这一概念时通常不知道如何划定每个场域的界限，比如教育场域，除了学校教育之外，公司的培训、社区的公众教育、媒体节目上学习知识这些到底能否归为教育场域之中尚无定论。不管怎样，布迪厄使用"场域"概念来界定塑造行为的各种因素，这一点是可以确定的。对于研究影响行动者决策与行为的社会历史因素，"场域"这一概念具有重要的价值。由此可见，"场域"这一概念是进行译者研究，尤其是译者行为合理性研究的必要分析工具。

（二）惯习

布迪厄使用"惯习"这一概念来强调个体的主体性与社会的客观性

---

① 笔者在阅读英文原著 *An Invitation to Reflexive Sociology*（1992）的同时也参考其汉译本，因此，在引用中也有必要体现这一译本的价值。

是相互渗透的，而非彼此孤立存在的。惯习是一个神秘而模糊的概念，也是布迪厄实践社会学的核心概念。布迪厄曾对惯习进行过多种界定，目前使用较多的定义：惯习是"持续的、可转换的性情倾向系统，倾向于被建构的结构（structured structures），发挥具有建构能力的结构（structuring structures）功能"（Bourdieu，1990：53）。惯习所要表达的两个核心要素是结构与性情倾向，即一种在社会结构中被行动者内化的性情倾向。简而言之，惯习就是行动者在社会中形成的一种影响自己行为的性情倾向系统。惯习是被建构的，它被行动者过去与现在所处的社会环境所建构，包括家庭成长背景与教育经历。惯习是具有建构性的，因为行动者的惯习对于其现在与将来的实践具有形塑作用。惯习是一种结构，因为它是有序的、系统的而非随意的。惯习侧重于分析行动者的行为与思考方式，探究行动者做出某种决策的深层原因，赋予各种社会行为以特定的意义，成为行动者各种行为的诠释根据。

惯习可以分为初始惯习（primary habitus）和次级惯习（secondary habitus），初始惯习主要是儿童时在家庭中形塑，次级惯习是在学校和一系列的生活、工作等经历中形塑，是建立在初始惯习的基础之上的（Bourdieu，1992：134）。布迪厄本人侧重于对阶级惯习（class habitus）的分析，其阶级惯习的概念与初始惯习有很大的相似度，都强调是在家庭中形成、在教育中强化的性情倾向。

惯习是一种兼具创造性、建构性与再生性和被建构性、稳定性与被动性的性情倾向。它既是一种"被建构的结构"，也是一种"具有建构能力的结构"，还是一种既"持续不变"又"可转换"的性情倾向，既能表达行动者的个性和秉性，又渗透着他所属的社会群体的阶层性质，是个体与集体、有意识与无意识、主观与客观等的融合，"是集社会历史经验与主观创造于一体的'主动中的被动'和'被动中的主动'，是社会客观制约性条件和行动者主观的内在创造精神力量的综合结果"（高宣扬，2004：4）。只是布迪厄过于强调惯习的"集体基础，强调那些把相似的生活机会内化的个体享有相同的习性"（Swartz，1997：105），即集体惯习，而忽略了行动者集体惯习之外的惯习，即在阶级结构或特定场域之外的其他场域形成的具有自己个性的惯习。布迪厄虽然多次声称其"惯习"概念不是封闭的，而是"开放的""创造性的"，但这一点在其实际的分析中没有太大体现。另外，他还特别强调惯习的无意识与无理性（Bourdieu，1992：10）。这也难怪布迪厄的批评者会认为他是一个"极端决定论者"（布迪厄、华康德，1998：180）。本书在借用"惯习"这一概念时，会尽量摆脱布迪厄赋予惯习的"决定论"性质。

（三）资本

布迪厄的"资本"超越了单纯的经济学视野，基于总体性的实践活动之上，揭示了当代资本社会运行的复杂形式。布迪厄将资本界定为"积累的劳动（以物化的或'具体化的'、身体化的形式），当这种劳动在个体性即排他性的基础上被行为者或其集合占有的时候，他们就能够以具体的或劳动的形式占有社会资源"（Bourdieu，2007：83）。资本是积累起来的劳动，可能是物质化的，比如金钱，也可能是非物质化的，比如身体化的、社会化的、体制化的资本等。布迪厄认为，资本包括经济资本、文化资本、社会资本和象征资本四种不同的形式。

经济资本源于经济学的概念，指可以直接兑换成货币的资源（Bourdieu，1986：243），它以金钱为符号，以产权为制度化标准。经济资本可以转化成其他资本，比如通过教育投资等方式转化为文化资本，通过购买并赠送礼品等方式转化为社会资本。文化资本与社会资本积累到一定的程度则可以转化为象征资本。由此可见，经济资本贯穿于行动者社会活动的整个过程当中。

文化资本是布迪厄所有资本概念中最重要的一个，是一种不同于经济财富（经济资本）的象征化的财富，是一种文化能力及其外在体现。布迪厄将文化资本界定为"一种知识的形式，是一种内化的代码或认知体验，它赋予社会行动者欣赏与理解文化关系与文化产品的能力"（Bourdieu，1993a：7）。文化资本蕴含丰富，包括词语的熟练运用、一般的文化意识、审美偏好、科学知识以及教育文凭等。它可以以三种形式存在："第一，身体化的形式（embodied state）①，即以长久的性情形式存于在精神和身体当中；第二，物化的形式（objectified state）②，即以

---

① 也有人将"embodied state"译成"具体的形式"，此处布迪厄并非强调这种文化资本的不抽象、不笼统，而是强调其内化于行动者的身体之中这一特点，因此，此处选择"身体化的形式"这一译文。

② 也有人将"objectified state"译成"客观的形式"，此处选择"物化的形式"更凸显出这类文化产品是存在于物体当中，与第一种"身体化形式"保持统一。

文化产品的形式（如图画、书籍、词典、工具、机器等等）存在，这些文化产品是理论所留下的踪迹或具体体现，或对理论、问题等的批判；第三，制度化的形式（institutionalized state），即以一种必须被区别对待的物化形式存在，正如我们在教育资格中所看到的，这种形式赋予文化资本一种完全原初的资产，这一点是可以肯定的"（Bourdieu，2007：84）。

身体化的文化资本在人体内长期地和稳定地内在化，成为一种秉性和才能，构成"惯习"的一个重要组成部分（高宣扬，2004：149），这是行动者拥有的一种特殊的文化能力；物化的文化资本则可以被看成是行动者的文化能力在物体上的具体体现，即文化产品；制度化的文化资本则指行动者的文化资本在体制上得到官方的认可与合法化，具体表现在行动者拥有的学术头衔和资格证书等形式上，它与身体化的文化资本存在明显差异，即那些得到合法保障、其资格获得学术认可的文化资本与自学者的文化资本的差异（Bourdieu，2007：88）。文化资本可以转换为经济资本、社会资本与象征资本。

社会资本指个体或群体凭借占有持久的、相互认可的、或多或少社会化的人际关系网络而产生的实际的或虚拟的资源之总和（Bourdieu，2007：88）。这种关系网络既可以指既存的亲属、朋友、师生等关系，也可以指在某一种活动中临时建立的关系网络。行动者在这些关系网络中占有社会资本的大小取决于他能有效动员的关系网络的规模以及这一关系网络中其他人所占有的（经济的、文化的和象征的）资本的多少（Bourdieu，2007：89）。社会资本给予行动者充分利用其他有关行动者的经济、文化以及象征资本的机会，达到了"使行动者依靠自身能力所占有的资本产生了收益增值的效果"（Bourdieu，2007：89）。

象征资本指积累的声誉、威信、奉献或者荣誉的程度，是建立在对知识（connaissance）和认知（reconnaissance）的辩证基础之上的（Bourdieu，1993a：7），也可以称之为荣誉或威信资本。象征资本的获得源于对其他资本的成功利用（Bourdieu，1990：122），是其他资本积累到一定程度之后形成的。

（四）场域、资本、惯习三者之间的关系

在理解"场域""惯习"与"资本"这三个复杂的概念之后，需要进一步厘清它们之间错综复杂的关系。资本与场域、场域与惯习，以及资本与惯习之间的关系是布迪厄社会实践理论的重要内容。场域是惯习与资本形成的空间，惯习同时又建构着场域，资本的分配方式决定着场域的结构。布迪厄认为，场域与惯习是一种"双向的模糊关系"。布迪厄指出：

> 所谓惯习，就是知觉、评价和行动分类图式构成的系统，它具有一定的稳定性，又可以置换，它来自于社会制度，又寄居在身体之中（或者说生物性的个体里）；场域，是客观关系的系统，它也是社会制度的产物，但体现在事物中，或体现在具有类似于物理对象那样的现实性的机制中。（布迪厄、华康德，1998：171）

惯习与场域又是一种"无意识的关系"（Bourdieu，1993b：76）。惯习被场域结构建构与惯习反过来建构场域结构这两个过程通常都是在无意识条件下进行。此外，由于惯习是"存在不同领域的潜在的原则"（Bourdieu，1977：83），场域与场域之间的潜在联系通常是通过惯习的实践逻辑建立的，因此，对场域而言，惯习是"在场域之间客观地确立的结构同构或转化关系的真实原则"（Bourdieu，1977：83-84）。实践是从场域和惯习的互动中产生的。惯习、场域与实践活动之间存在一种部分与整体的关系。惯习与场域构成实践活动，而实践活动又将惯习与场域结合起来。惯习与场域这两者之间又是一种双向依赖的无法计算的模糊关系。场域与资本也是相互依存的关系。资本决定场域的具体位置关系，场域则是资本得以存在并发挥作用的空间（布迪厄、华康德，1998：139）。布迪厄认为，社会实践理论的研究对象是实践活动，要研究实践活动，就离不开对惯习、场域、资本之间的关系进行分析，这种"双向的模糊关系"产生了社会实践和社会表象（布迪厄、华康德，1998：171）。

布迪厄（1984：101）用一个公式来总结它们之间的关系：【(惯习)(资本)】+场域＝实践。这个公式可以这样理解：实践产生于场域中行动者惯习与资本的共同作用，即实践受行动者的性情倾向与其在场域中地位的共同影响。

二、行动者网络理论

行动者网络理论最先由法国社会学家卡龙于1986年提出，再由拉图尔和约翰·劳（John Law）发扬光大。行动者网络理论意在"跟随行动者"，记录"行动者们实际在做什么"（Latour, 1996: 380）。行动者的规模、心理结构及其背后的动机都具有不确定性（Callon, 1997: 2）。任何行动并非在真空中完成，周围各种因素必然对行动有一定的影响，因此，这些因素与完成行动的人一样都应当被加以考虑。行动者网络理论将这些因素统称为"行动者"，包括人类的和非人类的行动者（比如文本、技术和人类）。它们在构建行动者网络的过程中扮演着同等重要的角色（Callon and Latour, 1981）。较之传统社会学，行动者网络理论更注重行动者在行动过程中的不确定性，以及物体在行动中至关重要的作用。行动者网络理论是一种用于描述每个行动者之间动态关系的工具。行动者网络理论认为，具有完全相同网络结构的不同行动可能产生不同的结果，因为在不同的行动中，不同行动者之间的互动可能存在差异。因此，行动者网络理论主张追踪尽可能完整的过程。行动者网络理论的核心概念包括以下要素。

（一）行动者（actant）

行动者指能做事的实体（Latour, 1992: 241）。拉图尔的行动者概念具有三个重要特征：第一，"行动者"这一概念除了指行为人（actor）之外，还包括观点、工具、动植物等许多非人的物体（object），任何对行动产生作用的事物都可被称为"行动者"（Latour, 1996: 374）。第二，任何行动者都是转义者（mediator）而非中介者（intermediary）。在拉图尔（2005: 39）看来，中介者是"用来转达意义和转运力量的，但它不改变形式：定义它的输入就等于定义了它的输出"。转义者则不同，当意义或元素被输送给转义者时，他们会转义（translate）、改变（transform）、修改（modify）甚至扭曲（distort）它们，因此，任何信息在行动者这里都会发生改变。第三，行动者的地位和作用会随着网络结构的变化而变化。行动者的行动动机具有明显的不确定性，需要通过文献阅读或实时跟踪去记录。各种行动者相互联结构成一个网络。

（二）网络（network）

"资源集中于某些地方——节点，它们彼此联接——链条和网眼：这些联结使分散的资源结成网络，并扩展到所有角落"（Latour, 1987: 180）。网络是一个概念，而非一种事物。它是一种用于描述事物的工具，而非被描述的事物本身（Latour, 2005: 131）。"网络"这个概念被启用的主要目的是将非人类行动者提升到与人类行动者同等重要的位置。行动者网络是一个由多种行动者联结在一起的动态之网。网络与行动者是一个统一的整体，行动者是组成网络的关键要素，网络则能对其中的行动者进行重新定义和转化。网络是行动者通过"转义"（translation）这一过程被建构的。

（三）转义（translation）

转义指行动者将其他行动者的问题和利益用自己的语言转换出来的过程（Bardini，2003）。所有行动者都处在这种转换和被转换之中。转义意味着某一行动者的角色是通过其他行动者而得到界定的。转义体现异质行动者在互动中建构网络的过程，是对角色的界定和分配，也是对实际场景的描述（Callon，1986：26）。转义这一过程表明，任何行动者并非被动地接受或传递信息，而是会对信息加以改变，可能一次陈词滥调的对话都会体现行动者的转义行为（Latour，2005：39）。行动者通过转义的过程构建网络，那么行动者之间究竟如何实现转义呢？卡龙认为，需要用"必经之点"（obligatory points of passage）将各个行动者联系起来。这个必经之点即网络中行动者的共同目标。行动者都是通过这个必经之点在转义中被界定与分配角色。转义是网络构建与维持的关键环节，转义包括四个步骤：第一，问题呈现（problematisation），将行动者的问题与网络的必经之点相关联，行动者要解决各自的问题都需要越过必经之点；第二，利益赋予（interessment），通过相关手段稳定行动者在第一步中被界定的角色；第三，招募（enrolment），将每个行动者的角色与任务相互关联，形成一个整体；第四，动员（mobilisation），动员每个行动者为了一个共同的目标而行动。转义的以上四个步骤是分析网络的关键（Callon，1986：196）。

三、社会实践理论与行动者网络理论相结合对于译者研究的意义

布迪厄的社会实践理论"抛弃了近年来占据理论讨论中心舞台的另外两个二元对立。一个是结构与能动作用（structure and agency）的对立，另一个则是微观分析与宏观分析的对立"（布迪厄、华康德，2004：3）。布迪厄将结构内化到个体之中，认为社会结构与认知结构彼此关联并相互强化。赫曼斯（1999：118）曾指出以往的翻译理论尤其是多元系统理

论很少考虑翻译活动的个体,即呈现一种"去个体化的"(depersonalized)的特征。布迪厄的社会实践理论也因此被借鉴以克服这一"去个体化"的缺陷。古安维奇将布迪厄的社会实践理论运用到翻译研究的目的是将翻译中的行动者这一在多元系统理论中缺乏的元素包含到分析中来(转引自 Buzelin,2005b:203)。西梅奥尼(1988)与莫伊拉·伊基拉利(Moira Inghilleri)(2003)等学者对"译者惯习"这一概念进行解读,认为译者惯习是译者的人生轨迹与翻译规范和译者个体的心智结构共同形塑的结果。"译者惯习"这一概念突破了多元系统的另一个局限,即重语境而轻认知的倾向。虽然基于社会实践理论的翻译研究已经突破了以往翻译研究中存在的一些局限,但其自身也存在一定的缺陷:基于社会实践理论的翻译研究更关注译者在社会以及在翻译这一行业中的地位与作用,却很少涉及实际的翻译过程以及翻译过程中的参与者(Buzelin,2005:214),以至本身也带有一定的"决定论"(deterministic)倾向,译者"永远被困在社会建构的自我当中"(Inghilleri,2003:261)。

　　与布迪厄相似,拉图尔也强调"行动者"这一概念,但拉图尔行动者网络理论中的"行动者"概念范围大于布迪厄社会实践理论中的"行动者"概念范围,包括了人类与非人类行动者。拉图尔强调"跟随行动者",记录其在每个活动中的具体表现。拉图尔的行动者网络理论之于翻译研究的意义主要在于通过实地描述翻译过程中各个行动者(译者、翻译机构、委托人等)的地位与角色,更清晰地界定译者在翻译过程中的能动性。这对于通过出版的译作评价译者的能力与态度的研究更具公平性,比如葛浩文《天堂蒜薹之歌》英译本中增加结尾的情况。如果研究者不去追踪这一具体翻译过程,显然会认为葛浩文不顾原作,随意添加结尾,不忠实于原作。但实际上,译文中这一结尾的添加却是三个行动者共同参与的结果,而且译者葛浩文并非起主导作用的行动者。葛浩文在一次采访(闫怡恂,2014:197)中揭示了这一结尾添加的前因后果:出版社不喜欢《天堂蒜薹之歌》的结尾,于是葛浩文联系作者莫言说明此意,莫言应出版社要求又增加了一个新的结尾,葛浩文负责将这个新的结尾翻译出来。除此之外,翻译活动中的译材选择行为也有可能并非译者所为。这些不确定性都需要通过对翻译过程进行追踪才能得知,追踪的结果决定了是否能通过翻译选材、最终出版的译作等评价译者的行为。由此可见,拉图尔的行动者网络理论在翻译研究中的应用在某种程度上可以弥补翻译研究中借鉴布迪厄的社会实践理论所致的"决定论"缺陷。

综上所述，布迪厄的社会实践理论与拉图尔的行动者网络理论各有千秋，相互补充，将两者结合起来研究翻译，确如布泽林（2005b：193）所述，能够克服多元系统理论中所存在的局限。布迪厄的社会实践理论与拉图尔的行动者网络理论的结合，能够使翻译研究迈向更面向行动者与翻译过程的研究模式（Buzelin，2005b：195）。译者的个人惯习为其在翻译活动中的各种行为提供合理的依据，这些依据包括译者的个体意识、内化于译者自身的社会性、译者翻译活动发生之时的社会文化背景等。译者在翻译网络中的地位与作用以及译者与其他行动者之间错综复杂的关系则为译者在翻译过程中能动性的发挥程度提供了有力的证据，为探究各种因素对译者翻译惯习的具体影响提供事实依据。如果说布迪厄的"惯习"这一概念涉及翻译活动中译者的主体性与社会性，那么拉图尔的"网络"与"行动者"这两个概念则考虑到了具体翻译活动中各种因素对译者行为的作用程度，两者的结合能更具体、更全面、更系统地分析译者行为。

第三节 "场域—网络"理论视角在本书中的应用

如上所述，布迪厄的社会实践理论与拉图尔的行动者网络理论的结合可以为社会翻译学提供更宽阔的研究视野、更科学的研究方法。布迪厄的社会实践理论关注个体的人生轨迹及其社会地位，认为个体的惯习是个体内化社会结构的结果，能预测个体的潜在行为；拉图尔的行动者网络理论则更倾向于研究"行动中的科学"，认为行动者的能动性是行动者与参与同一个活动中的其他行动者互动的结果，注重产品生产的过程。布迪厄的社会实践理论的"惯习"这一概念似乎可以预测行动者的具体行为，而拉图尔的行动者网络理论则认为行动者的心理构造、行为目的都是无法预测的（Callon，1997：2），只能在实际行动中去考察。

两个理论都使用了人种志研究方法。布迪厄的社会实践理论主要通过追踪行动者的人生轨迹来分析其惯习；拉图尔的行动者网络理论则通过追踪行动过程来分析行动者的能动性。惯习与能动性都与行动者的行为息息相关，惯习是行动者与社会互动的结果，决定行动者的行为倾向；能动性是行动者与其他行动者互动的结果，决定行动者的行为能力，即能够发挥主体性的空间。布迪厄的社会实践理论为译者行为尤其是译者行为中所体现的对规范的遵从提供了合理依据；拉图尔的行动者网络理论为译者行为的合理性提供解释。

布迪厄的社会实践理论中"惯习"与"场域"这两个概念为社会环境制约下译者的翻译活动提供了新的解读视角，阐释了社会、文化等因素与译者主体性之间的关系。拉图尔的行动者网络理论中行动者之间的互动关系与翻译主体间性有一定的共同点，但行动者网络理论比翻译主体间性所涉及的主体内容更加丰富，除作者、译者、读者之外还包括原作、译作、规范等非人类行动者。与翻译主体间性关系不同的是，拉图尔的行动者网络理论中行动者之间的关系不仅包括人与人之间的互动与协商，也包括译者对翻译规范等的接纳与反抗。

本书侧重对沙博理的译者行为进行研究，具体而言，探究沙博理有规律的译者行为。沙博理有规律的译者行为具体体现在其翻译惯习上，因此，本书试图探究沙博理的翻译惯习及其成因。译者的翻译惯习不仅与译者所处的场域及其所拥有的资本相关，而且与译者在翻译中所涉及的网络以及行动者有关。这也是为何本书尝试将布迪厄的社会实践理论与拉图尔的行动者网络理论结合起来构建本书理论框架的原因。由于本书的理论框架融合了社会实践理论和行动者网络理论，因此，本框架被命名为"场域—网络"理论，体现两个理论的结合。

布迪厄的社会实践理论与拉图尔的行动者网络理论的核心概念与基本观念是建构本书理论框架所借鉴的主要分析工具。下文将具体探讨"场域""惯习""网络""行动者""能动性"这几个概念的内涵，分析它们之于本书的价值与意义。

一、"场域"与"网络"在本书中的应用

"场域"与"网络"这两个概念界限相对模糊，译学界对"翻译场域"与"翻译网络"这两个概念的认识仍不够透彻，界定仍不够清晰，导致两者在翻译研究中并未发挥它们作为分析工具的最大价值。下文将在阐述"场域"与"网络"这两个概念的区别之后，再对"翻译场域"与"翻译网络"这两个概念进行界定。

(一)"场域"与"网络"

"场域"与"网络"这两个概念既有重叠之处又相互补充。场域是行动者为了某种利益而角逐的场所,强调竞争关系。网络则是共同完成一个任务的行动者的关系总和,强调合作关系。这两个概念的主要区别如下。

1. 场域与网络都指涉一个特定的虚拟空间,但两者指的是两个不同维度的关系空间

场域是生产同一类产品的个人或机构之间竞争的空间,比如作者或出版机构在文学场域中生成文学作品,各个大学在大学场域中培养大学生或出版学术作品。文学场域还可以划分成小说或戏剧的子场域(布迪厄、华康德,1998:142),比如创作小说的作者或出版社之间构成的客观关系空间为小说场域,创作戏剧的作者或出版社之间构成的客观关系空间为戏剧场域,以此类推。知识分子场域指知识分子之间构成的客观关系空间,艺术场域指艺术家之间构成的客观关系空间,哲学场域指哲学家之间构成的客观关系的空间(布迪厄、华康德,1998:145)。由此类推,那么翻译场域当然应该指译者(包括翻译机构)之间构成的客观关系空间,而非译者与作者、编辑等之间的关系。

网络的构建主要包括问题化(problematization)、引起兴趣(interessement)、招募成员或成员注册(enrolment)和动员(mobilization)四个步骤,即为完成同一个任务将不同能力的人和物集中在一起的一个关系空间,比如一次物理实验所涉及的实验员、实验器具、记录员等行动者之间的关系空间。由此类推,那么翻译网络则是为完成翻译活动所涉及的原文、作者、译者、编辑等行动者之间的关系空间。翻译网络有宏观和微观之分,微观的翻译网络指完成一次翻译活动所涉及的行动者的关系空间,比如一部作品翻译所涉及的译者、编辑、赞助人等组成的关系空间;宏观的翻译网络指完成翻译这项活动所涉及的行动者的关系空间,比如一个翻译机构的编辑、译者等组成的关系空间。用拉图尔的话来说,网络就是"行动的空间",即一次或一种行动所涉及的行动者共同组成的空间。网络既包含在场域之中,是场域中一次行动始末所涉及的行动者关系的总和,相当于场域中个人或机构工作的关系场所,又延伸到场域之外与其他场域产生互动。

2. 场域与网络都关注行动者的角色与地位，但两者关注的是不同维度下行动者的角色与地位

场域关注的是行动者在整个领域中（比如文学、经济等）而非在每一次具体行动中的角色与地位，网络则注重行动者在每一次具体行动中的角色与地位。下文以杨宪益、戴乃迭夫妇的角色与地位为例来说明行动者在场域与网络中的角色与地位差异。在翻译场域中，杨宪益、戴乃迭是资深翻译家，他们在翻译这一行业享有盛誉，拥有较高的象征资本；在翻译网络中，他们的角色与地位则依靠实际行动者的数量以及占主导行动者的性质而定，比如杨宪益、戴乃迭在翻译《红楼梦》的过程中以杨宪益为主，戴乃迭负责润色。

对场域中行动者的角色与地位进行分析，有助于推测行动者的行为倾向；对网络中行动者的角色与地位进行分析，则可以确定行动者在行动过程中做过什么，没有做什么，能更客观地分析其行为及结果。场域所分析的行动者的地位与作用虽能合理解释译者行为，但在无法确定哪些是译者行为的情况下，这种解释只能是空谈。译者在翻译过程中的哪些阶段没有发挥能动性，哪些阶段发挥了能动性，发挥了多大的能动性，对这些问题的解决需要依靠对翻译网络中行动者的角色与地位进行分析。例如，译学界大都认为赛珍珠《水浒传》英译本的书名 *All Men are Brothers* 是译者本人所为，但有证据显示这一英文书名的敲定是出版社所为（唐艳芳，2009：95）。若赛珍珠《水浒传》英译书名是出版社所为这一事实确认无误，那么我们就不能通过这一书名来评价赛珍珠。

3. 场域与网络都注重行动者之间的关系，但场域关注竞争关系，而网络更注重合作关系

场域中的行动者带着各自的资本与其他行动者竞争以获得更高的地位，而网络中的行动者会为了完成同一个任务而共同合作，在行动过程中可能会意见相左，但最后会协调解决，向共同的目标迈进。

（二）"翻译场域"与"翻译网络"

"场域"与"网络"这两个概念都是本书的重要分析工具。它们是指代翻译这一领域的两种关系空间，它们的相互补充解决了译学界一直争论不休的问题，即布迪厄场域概念下的翻译场域是否存在。上文提到译界大部分学者的答案都是否定的，认为不存在或很难界定翻译场域。他们的理由是：第一，翻译活动跨越不同的场域；第二，翻译场域内嵌

在或者是从属于文学场域中;第三,翻译活动具有多变性;第四,翻译这一职业并未完全规范化。

不管是翻译活动跨越不同场域,还是翻译活动具有多变性,都表现在每次具体的翻译活动过程当中。这自然是"场域"这一概念无法分析的问题,因为它只关注宏观层面某一行业中个体或机构之间的关系,但这些问题却是拉图尔的"网络"概念可以解决的。"网络"的存在就是为了分析每个参与到具体活动中的行动者之间错综复杂的关系,因此,沃尔夫等人所述的翻译场域其实可以代之以翻译网络。网络中的行动者更多的是一种合作而非竞争的关系,他们为了共同的目标而相互关联。仅仅关注翻译的每个具体活动却无法确定译者在整个翻译行业中的地位,显然不能全面分析译者的翻译惯习。这时就需要求助于布迪厄的"场域"这一概念。由此可见,布迪厄理论视角下的翻译场域确实是存在的,只是无法包含具体翻译活动中行动者的关系。

综上所述,翻译场域是指译者(包括翻译机构)之间的关系空间。它主要是指同一类产品的生产者之间的关系,虽不能用于分析某次具体的翻译活动,但能在宏观层面分析译者在整个翻译行业的角色与地位。翻译场域中的行动者与行动者之间存在竞争关系,比如译者与译者之间在译作的质量与传播效果上进行竞争,译作的质量高、传播效果佳的译者可以获得更好的象征资本。翻译网络是指具体翻译活动中所涉及的译者、编辑等行动者之间的关系空间。它虽不能在宏观层面预测译者在整个翻译行业的地位与作用,但能确定译者在具体翻译活动中的地位与作用。翻译网络中的行动者之间是一种合作关系,为完成同一部译作而相互合作与妥协。翻译场域呈现整个翻译行业的规律,翻译网络则展现具体翻译活动中的实际情况。翻译场域的存在是为了分析译者行为的倾向性及其成因,翻译网络的存在则是为了分析译者行为的差异性及其成因。

二、"惯习"在本书中的应用

惯习是人在成长、家庭教育、学校学习、工作、交际等社会化过程中逐渐学习、内化及强化了的社会规律(Bourdieu,1990:54),是"一种社会化了的主观性"(布迪厄、华康德,1998:170)。惯习同社会结构始终保持着双向共时的互动,对于人们的行动方向及方式具有决定性的意义(高宣扬,2004:74)。惯习结构代表具体的思想方式、认知结构以及行为模式。惯习既是历史的、社会的也是个体的，是一种个人认知和社会规范的二维融合，同时又具有结构化与被结构化的双重特征，还具有适应环境并反复构建与灵活改变的能力。随着社会结构的改变，惯习会不断地调整自己以使自身的主体行为与所追求的理论目标相契合。译者的惯习是影响译者行为和选择的关键因素，对译者惯习的研究可为译者行为的合理性提供解释。惯习具有稳定性和可变性，会随着时间与空间的变化而变化（布迪厄、华康德，1998：178）。本书同时关注沙博理翻译惯习的稳定性和变化性，即考察沙博理的翻译惯习在不同时期所呈现的恒定性与差异性。

上文曾提到，布迪厄的"惯习"概念过于强调其集体性与对行为结果的决定性。正如他自己所承认的，结构永久化的倾向已经被植入他的社会化行为模式中，习性倾向于再生产那些与生产习性的条件相一致的行为（Bourdieu，1977：95），社会行动者的"心智是根据认知结构构建的，而认知结构正是来自这个世界的结构"（布迪厄、华康德，1998：222）。由此可见，在布迪厄看来，社会结构决定行动者惯习，惯习又决定实践的行为方式，这最终又落入他自己所批判的"决定论"的俗套。布迪厄倡导主观与客观的融合，其中的"主观"是指个体在惯习形成过程中的有意识的内化行为。但是在布迪厄对实践活动的实际分析中，行动者在行动过程中还是一种在惯习驱使下的无意识、无理性的活动。难怪有学者会用这样一个公式来归纳布迪厄的学说特征，即"结构产生惯习，惯习决定实践，实践再生产结构"（Bidet，1979：203；Giroux，1982：7）。

本书试图跳出布迪厄赋予"惯习"的这一特征，赞同戴维·斯沃茨（David Swartz）的看法，认为"惯习"具有以下两个基本内涵：第一，惯习是"代表实践与结构之间的一个中介性的概念，而不是一种在结构上具有决定意义的建构"（Swartz，1997：212）。惯习是行动者将历史与社会内化于自身的行为准则，对行动者的行为具有导向性而非决定性作用，用布迪厄的话说，惯习是"行为发生的语法规则"。从这个意义上说，惯习只是影响行动者行为方式的一套法则和规范，一种来自行动者本身的因素，本书称其为微观因素。第二，惯习的"作用一般在实践过程中发生而且跨越多种情境，这些情境在结构状态方面可以不同于塑造习性的那些情境，因此可为变化与修正留下空间"（Swartz，1997：212）。

由于跨越多种情境，惯习并非单一的，也并非"变化缓慢"的。行动者经历过的任何情境都有可能对自身的惯习产生影响，这些影响都有可能会体现在惯习当中，可以说，惯习是一个多元整合的性情倾向。

本书跳出布迪厄意义下的惯习的决定论倾向，结合译学界对译者惯习的各种阐释来界定本书中译者的个人惯习与译者的翻译惯习。译界学者使用个人惯习（individual/personal habitus）、集体惯习（collective/class/field habitus）、职业惯习（professional habitus）、初始惯习（primary/initial habitus）、次级惯习（secondary habitus）、普通惯习（generic habitus）、特殊惯习（specific habitus）、文化惯习（cultural habitus）、语言惯习（linguistic habitus）等来指称译者的各种惯习。这些关于译者惯习的概念都较易理解，不需要进一步阐述，但目前需要进一步厘定"译者惯习"（translatorial habitus）与"译者的惯习"（translators' habitus）这两个概念的内涵。下文将首先厘定"译者惯习"与"译者的惯习"这两个概念，然后再界定本书中的译者的"个人惯习"与译者的"翻译惯习"。

（一）西梅奥尼的"译者惯习"

"译者惯习"这一概念主要来自西梅奥尼。西梅奥尼（1998）使用"译者惯习"（translatorial habitus）这一概念的目的是试图解释图里的"规范"等在翻译中起作用的过程。译者惯习就是规范作用于翻译的中介，即规范被译者内化的结果。沿袭布迪厄"惯习"概念的集体性特性，西梅奥尼（1998）研究了译者这一群体的惯习，即影响翻译决策的译者的职业惯习（professional habitus）或特殊惯习（special habitus）。他认为，"译者惯习"表现最突出的倾向就是译者的"屈从性"（servitude/secondariness/submissiveness），这种特殊惯习则是译者在翻译场域中通过翻译培训，尤其是翻译实践等方式不断内化出来的。西梅奥尼表示，导致译者屈从性惯习的"唯一的决定因素可能不是翻译活动本身，不是译者本身，也不是客观存在的各种规范，而是译者内化于自身的其在翻译实践场域中的地位"（Simeoni，1998：12）。除职业惯习外，西梅奥尼还谈到了社会惯习（social habitus）、个人惯习（personal habitus）等。在他看来，社会惯习是那些译者在特定的社会中形成的普遍惯习（generalized habitus）（Simeoni，1998：18）。社会中的每个人都拥有社会惯习，但是只有极少数能拥有特殊惯习（比如译者拥有译者惯习）。如果说译者惯习是属于译者的集体惯习，即区别于其他行业中行动者的惯习，那么个人惯习就是西梅奥尼用以区别不同译者风格的一种专属某个译者的个性化惯习（specialized habitus）。综上所述，西梅奥尼的"译者惯习"这一概念是指译者这一群体特有的集体惯习，是译者所有惯习中的一种。

（二）亚纳科波卢的"译者的惯习"

上述语言惯习、文化惯习、初级惯习、次级惯习等都属于译者的惯习。亚纳科波卢（2014：169）对译者的惯习（translators' habitus）进行了精确的分类与定义。他认为，译者的惯习是译者的个人惯习与职业惯习的总和，译者的个人惯习主要是由译者的整个人生经历、阶级背景、教育背景、意识形态定位与文化资本等共同形塑出来的惯习；译者的职业惯习，主要是译者在相关翻译培训与翻译工作中内化出来的惯习。本书认同亚纳科波卢的惯习分类，但由于本书专注于描述一个译者的个性，而非总结译者这一职业的共性，因此，在对译者这两种惯习的界定上与亚纳科波卢也有所区别。因为翻译培训与翻译工作也是译者的一种人生经历，所以亚纳科波卢所述的译者的职业惯习其实只是译者的个人惯习的一部分。

亚纳科波卢的"译者的惯习"包括译者的个人惯习与译者的职业惯习。由于职业惯习是个人惯习的一部分，而且译者也并非只从事翻译这一职业，所以以上"职业惯习"的内涵无法包括译者从事其他职业时候形塑的职业惯习。

（三）本书中的译者的"个人惯习"

译者的惯习包括译者的各种惯习。由于"译者的惯习"这一概念容易使人联想到译者的集体惯习，而非个体译者的所有惯习，因此，本书采用译者的"个人惯习"这一表述，避免理解上的困扰，同时也区别于亚纳科波卢的"译者的惯习"概念。本书将译者的"个人惯习"界定为译者在与社会的互动中形塑出来的性情倾向，包括初始个人惯习与次级个人惯习。译者的初始个人惯习指译者在进入翻译场域之前的个人惯习；译者的次级个人惯习指译者在翻译场域中形成的个人惯习，也称职业惯习，即译者在从事翻译这一职业时形塑的惯习。前文所述的阶级惯习、集体惯习、语言惯习、文化惯习都是个人惯习的一部分。这一套性情倾向体系是作为译者的"前结构"而起作用的，是译者在任何行动中都可以诉诸的行为规范，用布迪厄的话来说，是"行为发生的语法规则"。译者的个人惯习还包括许多其他类型的惯习，比如，译者在着装中所表现出来的性情倾向可以被称为着装惯习，在绘画时所表现出来的性情倾向可以被称为绘画惯习，在翻译过程中所表现出来的性情倾向可以被称为翻译惯习。

译者的"个人惯习"这一概念丰富了拉图尔的"行动者"概念，将行动者个人的认知结构、社会结构与历史结构都考虑在影响行动者具体行为的因素之列。就本书而言，沙博理的译者行为不仅受到外在的各种行动者的影响，也受到个人惯习的影响。

（四）本书中的译者的"翻译惯习"

如上所述，译者的翻译惯习是译者个人惯习在翻译中的表现。本书将译者的"翻译惯习"界定为译者在翻译过程中所呈现出来的性情倾向，是译者行为的规律性表征。由于惯习具有恒定性与可变性，所以翻译惯习同样具有这两个特征。翻译惯习的恒定性表现在译者在所有翻译活动中呈现出习惯性的译者行为，其可变性则表现在译者在不同翻译活动中行为的差异性。翻译惯习的上述两种特征都是本书重点讨论的对象。

值得注意的是，不能将本书所界定的"翻译惯习"单纯地理解成亚纳科波卢所界定的译者的"职业惯习"或西梅奥尼所界定的"译者惯习"，理由有三点：第一，两者内涵不同。翻译惯习是在具体活动中体现出来的性情倾向，职业惯习则是储备在译者自身当中还未发生作用的性情倾向。职业惯习可以在翻译活动中全部体现出来，或者只有部分能够体现出来，也有可能译者会在"个人惯习"这一"行为发生的语法规则"中选择"职业惯习"之外的其他惯习在翻译中加以体现。第二，两者所指不同。职业惯习指译者共同的、集体的惯习。翻译惯习则指特定的译者在特定的翻译场域甚至是特定的翻译网络中形成的译者个人在翻译中所表现出来的惯习，即译者的个性化惯习。第三，两者侧重点不同。译者的职业惯习更侧重译者在翻译中应该怎么做，更具规范性，译者的翻译惯习则更注重译者在实际翻译中是怎么做的，更具描述性。

为了便于后文分析，还需进一步厘清译者个人惯习与翻译惯习的关系。本书所指的译者的翻译惯习是在译者个人惯习的基础之上形成的。译者的个人惯习是译者与社会互动的结果，译者的翻译惯习是译者带着个人惯习在翻译活动中与多种社会因素共同作用下的结果。译者的个人惯习影响译者的翻译惯习，译者的翻译惯习是译者个人惯习的一部分。

三、"资本"在本书中的应用

从上文可知,资本包括经济资本、文化资本、社会资本和象征资本。资本等同于行动者的权力,行动者拥有的特定资本决定其在场域中的地位(Bourdieu,1990:143)。由此可见,译者的资本影响其在翻译过程中能动性的发挥。译者的文化资本更是直接影响译者的翻译选择倾向,即译者的翻译惯习。由于身体化的文化资本是个人惯习的一部分,所以本书将其归入个人惯习。社会资本、经济资本、象征资本、物化文化资本与制度化文化资本都可以用于分析沙博理在翻译网络中的地位与作用,确定他在具体翻译活动中的能动性。

四、"行动者"与"能动性"在本书中的应用

布迪厄的"行动者"概念只包含人类,而拉图尔的"行动者"概念包含人类和非人类,认为在行动中"起作用"的人和物都具有能动性(贺建芹,2014:94;Latour,2014:1-18)。本书倾向于借用包含了人类与非人类的拉图尔的"行动者"概念,因为译者、作者、读者、赞助人等人类因素与翻译规范、意识形态等非人类因素在翻译活动中都至关重要。本书所述的翻译网络中的行动者是指对最终译作"起作用"的所有人和物。本书虽借用拉图尔的"行动者"概念,却不认同拉图尔授予物质以"能动性"(agency),只认同物体与人一样在行动中起着一定的作用。

由于"惯习"这一概念的加入,本书中的"行动者"概念不同于拉图尔所述的"行动者"概念,本书中的"行动者"是指独立于每个行动者之外的人和物,还包含每个行动者本身的个人惯习,即这些行动者的社会化的主观性。为方便分析,本书将翻译过程中所涉及的所有行动者做了细微的区分:将主流意识形态、主导诗学、主流翻译规范等称为宏观行动者;将直接参与到翻译活动中来的行动者称为中观行动者;将译者这一中观行动者本身所具有的个人惯习(包括身体化资本)称为微观行动者。宏观行动者通过中观行动者间接影响译者的行为,微观行动者直接影响译者的行为,中观行动者可进一步加强宏观行动者对译者行为的影响。值得注意的是,除译者之外的中观行动者在多数情况下不通过译者对最终译作产生直接作用。

五、"场域—网络"译者研究理论框架图

本节尝试结合布迪厄的社会实践理论与拉图尔的行动者网络理论，在新的社会翻译学视角下，构建了本书的理论框架，即"场域—网络"译者研究理论框架（详见图3-1）。

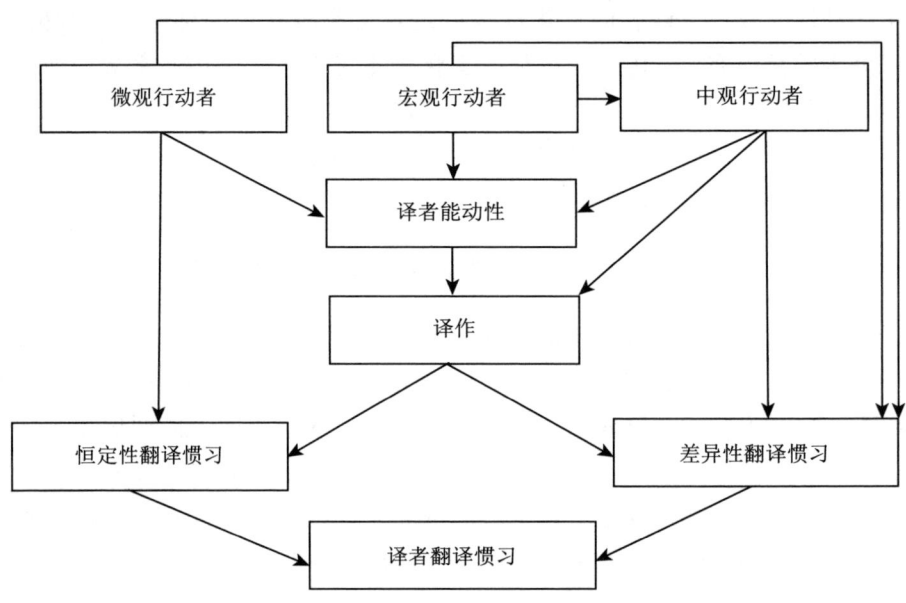

图3-1 "场域—网络"译者研究理论框架图

图3-1呈现了对译者翻译惯习进行分析的两个主要步骤：

第一，通过分析微观行动者、中观行动者与宏观行动者在翻译网络中对译者的影响来确定译者的具体能动性。由于中观行动者可以直接对译作产生影响，因此，在通过最终译作分析译者的行为之前，要剔除中观行动者对译作的行为结果。在分析微观行动者时，要注意其变化性，即每个网络中译者的个人惯习具有一定的差异。前一个网络中译者的翻译惯习与译者的初始个人惯习又共同形成译者的个人惯习，作为微观行动者对后一个网络中译者的翻译惯习产生影响。

第二，通过译作中译者的行为结果（非译者的行为结果已经在第一步中排除）来分析译者的翻译惯习，包括恒定性翻译惯习与差异性翻译惯习。恒定性翻译惯习指译者在整个翻译生涯中所表现出的性情倾向的一致性。差异性翻译惯习指译者在翻译生涯的不同时期所表现出的性情

倾向的差异性。

本书将通过"场域—网络"译者研究理论框架来研究沙博理的翻译惯习，具体研究思路如下：

第一，将沙博理的翻译活动划分为三个翻译网络。通过查询记述沙博理翻译活动的相关史料，追溯沙博理在每个翻译网络中的具体角色与地位，确定其在翻译过程中的各个阶段的能动性。在分析过程中，应将沙博理并未发挥能动性而产生的翻译结果排除在分析沙博理翻译惯习的证据之外。此外，确定参与每个翻译网络中的微观行动者、宏观行动者以及中观行动者的地位与作用，在考察这些行动者在翻译过程中对沙博理影响程度的同时，确定每个翻译网络中的主导行动者并对其进行进一步分析。

第二，探究沙博理的翻译惯习及其成因。通过研究沙博理译作中所显示的沙博理的译者行为结果，深入探究沙博理在每个翻译网络中所表现出的恒定性的翻译惯习，以及沙博理在不同翻译网络中所表现出的翻译惯习的差异性。结合第一步的分析结果，探究沙博理的恒定性翻译惯习与差异性翻译惯习的深层成因。沙博理的翻译惯习是沙博理的个人惯习这一微观行动者以及翻译活动中所涉及的其他宏观与中观行动者共同作用的结果。任何单一行动者都不足以对沙博理的译者行为起决定性作用，行动者对译者行为的具体影响程度要通过将他们置于特定的翻译场景中加以考察才能得知。

第四节　本章小结

国内外译界学者对社会翻译学的基础理论、研究方法、研究视角等方面进行了努力探究，取得了丰硕的成果。遗憾的是，大部分学者仅借鉴一个社会学理论对翻译进行研究，此举存在一定的局限性。

为弥补以上局限，本章在梳理社会翻译学发展轨迹的基础上，结合布迪厄的社会实践理论与拉图尔的行动者网络理论建构了以分析译者翻译惯习为中心的译者行为研究框架——"场域—网络"理论框架，为更科学、更系统地分析译者行为提供可行性框架。后文将在此理论框架的基础上分析沙博理在具体翻译网络中的能动性，排除沙博理并未发挥能动性的行为结果，再借助译作分析沙博理在不同翻译网络中的恒定性与差异性翻译惯习及其成因。译者的翻译惯习是译者行为的规律性表征，对沙博理的翻译惯习及其深层成因的分析，可为沙博理译者行为的合理性提供依据。

第四章 沙博理的翻译网络及其主导行动者：行动者网络

> 行动者的规模、心理构造以及行为目的都是无法预测的。
> ——卡龙（Callon，1997：2）

红色翻译家沙博理的翻译惯习受到各种因素的共同影响。对沙博理所处的翻译网络进行分析可以确定不同因素对沙博理翻译惯习的具体影响程度。此外，在通过文本分析译者的翻译惯习之前，必须弄清楚译者在翻译过程中是否发挥了能动性或者发挥了多大的能动性。在翻译选材和文字编辑等阶段，如果译者并未发挥能动性，那么这些阶段则无法用来分析译者的翻译惯习。

本章主要完成两个任务：第一，通过阅读沙博理的自传、朋友的回忆录、访谈以及史料纪事等材料来重构沙博理的翻译网络，厘清沙博理所参与的每个翻译网络中行动者的角色与地位，从而确定译者在翻译过程中各个阶段的能动性，将并非译者行为的结果排除在分析译者翻译惯习的证据之外，为后文通过译作探究沙博理的翻译惯习提供事实依据。第二，通过重构的翻译网络确定翻译网络中发挥主导作用的行动者，分析每个翻译网络中主导行动者的本质内涵，为合理剖析沙博理翻译惯习的成因做铺垫。

在重构沙博理的翻译网络之前，需要做两点说明：第一，因沙博理的翻译活动跨越时间长，产出译作颇丰，本书对于翻译网络的划分并非以一次行动的完成为标准，而是基于网络中行动者的数量与地位差异，特别是所涉及的主导行动者的差异来划分。第二，本书的研究对象是沙博理，因此，本章重点分析译者沙博理在各个翻译网络中的能动性。

沙博理初涉翻译时，翻译选材由自己做主，他的妻子凤子则在其翻译过程中协助其理解，译作完成之后沙博理自己找出版社出版，因此，整个翻译过程中的行动者只涉及沙博理、其妻子凤子以及出版社①，沙博理在整个翻译过程中起主导作用。沙博理被中国政府机构聘用之后，其翻译活动中涉及的行动者数量增加，翻译活动在政府机构的程式与规范下进行，影响这些程式与规范制定的主流意识形态与诗学、主流翻译规范等则成为主导行动者。沙博理退休之后，其翻译活动中的行动者又减少到与初涉翻译时一样，但是因沙博理个人惯习的改变与资本的不断积累，沙博理的角色与地位较之他初涉译坛时的角色与地位又有所区别。沙博理的身份有了两个重大改变：第一，沙博理从青涩懵懂的初学译者成为译作等身的翻译大家。第二，沙博理从踏入中国不久的美国人成为在中国生活工作了半个世纪的中国人②。沙博理初涉译坛时与退休之后翻译活动中的主导行动者存在差异，应该分属两个不同的翻译网络。

综上所述，本书将沙博理的翻译活动归纳并划分为三个翻译网络：第一个翻译网络涉及沙博理初涉译坛时的翻译活动；第二个翻译网络涉及沙博理供职于中国政府机构时的翻译活动；第三个翻译网络涉及沙博理从中国政府机构退休之后的翻译活动。由于第二个翻译网络中的翻译过程相对复杂，本书将翻译过程又细分为翻译选材、文字编辑、理解、表达、定稿等几个阶段，对参与这些阶段的行动者及这些行动者对译者能动性的影响分别进行阐述。

第一节 第一个翻译网络及其主导行动者

一、第一个翻译网络：沙博理初涉译坛时的翻译活动

第一个翻译网络仅涉及一部译作，因此，只要对这一个翻译行动——《新儿女英雄传》的英译活动中行动者数量以及译者在行动中的角色与地位进行分析就能重构第一个翻译网络。《新儿女英雄传》是沙博理英译中国文学作品的第一次尝试。新中国成立之初，身为美国律师

---

① 虽然原作也是行动者之一，但是由于原作对译者的影响程度差别不大，所以本书中暂且不探究原作对沙博理的影响。

② 沙博理于 1963 年加入中国国籍，成为名副其实的中国人。有学者研究了沙博理加入中国国籍前后译作的特点差异（江昊杰，2014），本书不考察这种细微差异。

的沙博理没有被安排工作，闲来无事，就着手翻译一部长篇小说《新儿女英雄传》。沙博理（1998：88）回忆说，这部小说是一个朋友所赠，自己对它甚是喜爱，加之闲来无事，就着手翻译它。叶君健（1989：108）则声称《新儿女英雄传》与《王贵与李香香》都是他为《中国文学》第一期选好的素材，然后再分别请沙博理与杨宪益夫妇翻译的。

《新儿女英雄传》究竟是叶君健请沙博理翻译还是沙博理自己选择翻译的？这个问题的答案涉及第一个翻译网络中沙博理能动性的大小问题，因此必须弄清楚。叶君健于1949年冬天回国，12月在北京与周扬见面，商讨创办《中国文学》的事宜。这就说明，叶君健应该是在12月份或者之后才选好《新儿女英雄传》这部小说。沙博理与凤子都曾提到沙博理在新中国成立不久就着手翻译，但是都未提及是受谁所托。沙博理在接受洪捷（2012：62）的采访时曾提到《中国文学》第一期没有素材，于是将自己翻译的《新儿女英雄传》刊登上去。沙博理（1998：88）还曾回忆说："这本书对我很有吸引力，我开始翻译它，希望能打入美国市场。"此外，杨宪益（2001：29）曾提及他与戴乃迭合译的长诗《王贵与李香香》是在进入外文出版社之前的旧译，这一点也可证明叶君健的回忆可能有误。由此可以推测，沙博理选择翻译《新儿女英雄传》并非受叶君健委托。在这一翻译网络中，翻译活动的发起者是沙博理本人而非叶君健，叶君健并非沙博理这一翻译网络中的行动者。

沙博理对原作中不理解的地方都会求助凤子，小说译成之后，沙博理将其刊登在《中国文学》杂志上，并联系了纽约的自由图书俱乐部将其在美国出版。《新儿女英雄传》的英译过程从翻译选材到翻译出版涉及沙博理、其妻子凤子和出版社三个行动者。沙博理成为联结后两者的核心行动者，在这个翻译网络中具有最大的能动性。沙博理作为阅读暴力小说成长起来的美国人，具有对这部战争题材作品的词汇与想象力的文化资本，在译作的表达阶段如鱼得水。沙博理的社会资本，即其妻子凤子，是沙博理的"一本活字典"。凤子在中国文学方面造诣颇深，可以随时协助沙博理更透彻地理解原文，是当时汉语语言与文化水平很一般的沙博理在翻译的理解阶段所能依仗的重要行动者，但凤子并不会干涉沙博理的译文，也不会抑制沙博理作为译者的能动性。同样，出版社也并未干涉沙博理在翻译过程中的能动性。美国出版社并未为了自己的利益去修改译作或要求译者修改译作，而是一字不改地出版了这部译作，只是扮演了协助沙博理出版译作的角色。凤子和出版社在第一个翻译网络中都未扮演主导行动者的作用。

二、第一个翻译网络中的主导行动者

由上文可知，在第一个翻译网络中主导整个翻译活动的是译者沙博理。由于译者本身所具有的个人惯习可以主导译者的行为，因此，沙博理的个人惯习也就成为影响第一个翻译网络中沙博理翻译惯习的主导行动者。在第一个翻译网络中，沙博理刚刚进入翻译场域，他的个人惯习就是本书所界定的初始个人惯习，即进入翻译场域之前形塑的惯习。沙博理的初始个人惯习贯穿其三个翻译网络的始终，对他的翻译活动产生了重大影响，使其整个翻译生涯中的翻译惯习呈现出恒定性。下文将主要从沙博理的个人语言与文化能力、个人文化身份以及个人对中国的情感等方面来详述沙博理的初始个人惯习。

（一）语言与文化惯习

语言与文化惯习是指沙博理在教育、生活、工作等经历中所形成的语言与文化方面的倾向性。沙博理语言与文化的惯习表现在其双语双文化能力、过人的语言天赋、严密的思维与逻辑能力、对音乐的特殊爱好以及对冒险精神的青睐等方面。

1. 汉英语言与中西文化能力

沙博理是一个土生土长的美国人，在纽约生活了32年，接受了美国的小学、中学与大学教育，还当过律师，体验过美国的军旅生活。英语是他的母语，他能够灵活自如地用英语写作。创办了评论作家协会后，沙博理与协会中的作家们接触并帮助他们出版作品，在这一过程中，沙博理学会了出版的技巧。沙博理译作中所呈现的简洁、通俗、易懂等特点都与这些不无联系。

沙博理于1947年来到中国，与中国演员、进步作家凤凤子结婚，亲历中国的解放，见证中华人民共和国的成立，将中国的文学作品介绍到国外，加入中国国籍，走遍中国大江南北，成为研究中国的学者，在中国生活工作了60余年直至在北京逝世。沙博理在大学进修了约两年时间，跟随文学修养深厚的妻子凤子学习，与同事、朋友等进行交流。这些生活与学习经历增强了沙博理对中国语言与文化的理解能力。他爱自己的妻子，热爱中国的语言与文化，心里渐渐地刻上了中国语言与文化的烙印。

沙博理在中西两种文化的熏陶中形成了融合中西的思维模式，即整体性与分析性相结合、模糊性与精确性相结合、求同性与求异性相结合、内向性与外向性相结合、归纳型与演绎型相结合等（连淑能，2002：40—46）。他的语言还带着美国式的幽默风趣，具有现当代美国语言的生动形象（周明伟，转引自周翔，2014）。沙博理致力于促进汉英两种语言的融合，比如他倡导用拼音来代替汉字。为此，他从1984年开始就与中国的教育机构开展了一场唇枪舌战，虽以失败告终，却体现了沙博理融合汉英两种语言的努力。

沙博理在美国的教育、工作与生活让他熟稔美国文化，在犹太人家庭的耳濡目染下，他也十分了解欧洲文化。在美国时，沙博理就开始学习中文与中国文化。来到中国后，在凤子的影响下以及出于工作的需要，沙博理阅读了大量中国文学作品，对中国的文化也渐渐熟悉。这种中西语言与文化惯习使得他能够站在文化比较的高度，在"第三空间"中去看待并阐释中英世界迥异的社会形态、文学传统以及宗教伦理道德。沙博理在其自传《我的中国》中对中美文化的差异与共同点发表了自己的看法。他认为美国更注重个人权利，而中国优先考虑的是作为整体的社会；不带种族偏见或宗教偏见是中国的传统，美国则不然；中国人更谦虚；美国人讲话直来直去，中国人讲话委婉曲折等。沙博理希望中国可以借鉴性地向美国学习，同时也希望美国停止愚蠢地攻击中国。沙博理还找到了中美文化的共同点，比如中国的英雄儿女在战斗中所表现出的勇气和闯劲与美国的拓荒精神有相似之处，这或许也是沙博理喜欢翻译战争题材小说的原因之一。沙博理站在两种文化之外看待它们的差异，并试图促进两种文化的协调与重新定位。熟悉沙博理的李霞（转引自周翔，2014）认为，沙博理本人就是融合中西文化的典型，既具备美国人的幽默和敏锐的感知力，又懂得中国式的委婉与谦让。

中西语言与文化惯习使得沙博理在汉英两种语言与文化中任意徜徉，在中国文学的英译中如鱼得水，游刃有余，为沙博理产出既忠实于原作又易于为目的语读者所理解的译作提供了有利条件。

2. 其他方面的语言与文化惯习

沙博理从小就显示出过人的语言天赋。13岁时，沙博理就因在诵读希伯来文的犹太经文时的突出表现而受到表扬。希伯来文毕竟是一种几千年前人们用来交流的语言,在那时对于一个没有专门学习过这种语言的人来说,弄懂它的确有些困难,然而沙博理却在参加了一个训练班之后,就能够流畅自如地诵读这些经文,足见其语言天赋。沙博理的语言天赋不仅表现在学习语言的能力上,也表现在运用语言的纯熟度上。周明伟(转引自周翔,2014)就曾感叹沙博理具有过人的语言天赋,认为他的语言生动形象,简洁凝练,不拖泥带水,同时蕴含深意。

此外,沙博理还熟悉出版业的相关知识。在美国工作期间,沙博理创办了评论作家协会,目的是给青年作曲家、剧作家等提供一个表达进步思想的平台。与这些作家的接触和出版协会中的作品使得沙博理对于写作和出版知识有了一定的认识,为其在翻译过程中使用符合英语语言规范的篇章结构、措辞等惯习奠定了基础。此外,在国家翻译机构从事翻译工作期间,沙博理对于出版知识有了更详细的了解。黄友义(张晓,2016)称沙博理是"三栖专家",认为他能写能改能译,还能从出版社的角度考虑问题,考虑外国读者的需要。除了作家与翻译家的身份之外,沙博理也是出版家。沙博理的译作基本上不需要修改就能直接出版,沙博理《水浒传》译本的多个版本在出版时都只字未改,坚持使用沙博理的文字(黄友义,转引自张晓,2016)。

对冒险精神的青睐是沙博理的另一个文化惯习。沙博理六岁时就迷上了冒险和奇幻小说,比如《罗弗兄弟》《木偶奇遇记》《三个火枪手》等,还喜欢观看惊险的武侠电影。大学的一个暑假,沙博理与朋友杰里带着50美元,横穿整个美国,从纽约到美国西部的加利福尼亚州。因为路途遥远,50美元远远不够两个人的旅费和伙食费。两人买不起车票就去扒火车,付不起房费就露天过夜,买不起饭就打工糊口。他们历经险阻,差点丧命,亲身体验了一番什么是真正的冒险。不仅如此,沙博理在厌倦了律师工作的枯燥与黑暗之后,放弃了这一职业。二战之际,他应征入伍,成为了一个高射炮炮手,尝试进行一次更大的冒险。在谈到自己翻译的中国文学作品大都是战争题材的小说时,沙博理(1998:118)回忆道:"我是在阅读暴力小说中成长起来的,那几乎是每个血气方刚的美国少年的特权。因此我似乎还具备所需的词汇和想象力。"这些经历对于后来沙博理选择战争题材的小说进行翻译有一定的影响。沙博理在去加利福尼亚州的过程中,感受到了农民生活的艰苦和农民朴实、好客的精神,这也为后来沙博理在翻译中对地主与农民进行正确定位,对农民的形象进行正面的描述有一定帮助。

沙博理的音乐素养也是其语言与文化能力的一种特殊体现。沙博理从小学开始就培养自己对音乐的兴趣，终身都保持着这一爱好。这种爱好也并非局限于某位音乐家或某部作品，巴赫（Bach）、莫扎特（Mozart）等音乐家他都欣赏。沙博理对音乐的沉迷为其以后在翻译诗歌以及其他音韵文字方面对韵律的把握上有很大帮助。

此外，沙博理在学习法律与从事律师这一职业中培养了严密的思维和逻辑能力，这使得他在句子甚至是字词的使用方面都精雕细琢。

（二）沙博理的多元身份认同

沙博理的祖父母是离散在俄罗斯的犹太人，为了追寻梦想带着家人迁居美国。沙博理1915年出生于美国纽约布鲁克林。1947年，他前往中国，并在中国结婚生子。在定居中国的60多年间，沙博理从事中国文学英译活动50余载，还被任命为第六届中国人民政治协商会议全国委员会委员，是为数不多的获得中国国籍的美国人。沙博理虽身在中国却仍然记挂着远在美国的亲人和朋友，曾多次回国探亲。他还将在布鲁克林的那段挥之不去的记忆记录在了自己的传记《我的中国》当中。沙博理还多次提及美国的"绿林好汉"、美国小伙子的冒险精神等。由此可见，沙博理认同自己的美国人身份。此外，沙博理同样认同犹太人文化。虽身在美国，却仍保留着犹太人的姓氏，奉行犹太人的成人礼等。他承认自己是一名犹太人，并且表示自己对犹太人的文化和烹调法特别感兴趣。沙博理对自己犹太人—美国人—中国人多元身份的认同对于其翻译有着极大的影响。

沙博理关注犹太人在中国的情况。在探索中国古代犹太人的历史期间，沙博理发现在西方没有中国学者写的任何关于中国古代犹太人的东西。他希望中国人对犹太人的研究能够为西方知晓，为此，努力搜寻相关著作及文章。由于年代久远，找到的文献中留下了许多悬而未决的问题，沙博理又走访福州、泉州等十一个地方去拜访当地的史学家、考古学家和社会学家，请他们提供见解和撰写文章。沙博理的这种执着和认真成就了其编译的 *Jews in Old China：Studies by Chinese Scholars* 一书。

沙博理的美国人身份更是对其翻译惯习产生了重大影响。他熟知英语语篇规范与文化背景，了解目的语读者的阅读习惯，这些都促成了他地道的英语表达。另外，沙博理了解中国以及中国文化在美国人心目中的地位。真实的中国与美国人所读到的、所想象的中国并不相同,沙博理希望把自己见到的、感受到的中国历史、中国文化、中国的人和事都如实地介绍给美国人,改变他们之前对中国的错误认识,这也是为何沙博理在翻译中尽量保留中国文化的原因之一。

沙博理致力于传播中国的优秀文化。他翻译了一百多部中国文学作品,还通过增译、减译等翻译技巧来强化作品中英雄人物的正面形象,展现日本帝国主义的凶残和无情,以及国民党反动派的腐败和狡诈,让目的语读者更清晰地了解中国革命烈士的勇敢无畏,了解农民的朴实无华,了解工人的兢兢业业,了解一切黑暗势力的残忍无情。此外,沙博理还编译了 The Law and the Lore of China's Criminal Justice,向西方介绍中国古代的法律法规。他不仅身体力行地为传播中国文化做贡献,还为中国文化走出国门在译本的审定、出版和发行等方面献计献策(沙博理,2010)。

(三) 中国情怀与红色中国情怀

沙博理(1998:443)曾多次公开表示自己热爱中国与中国文化。他热爱生机勃发的新中国,认同中国共产党的政治体制,喜欢刚毅与魅力并存的方块字,钟爱中国文学与其所承载的博大精深的中国文化,喜爱中国人的谦和风雅,迷恋太极拳的刚柔相济。

沙博理在美国时便已开始学习中国语言与文化。从军期间,沙博理因缘巧合得到了在康奈尔大学学习中文的机会。在九个月的学习之后,沙博理初步了解了中国的语文、历史、地理和时事,这次与中文的亲密接触成为沙博理今后在中国生活与工作的第一步。沙博理对中文的兴趣日益浓厚,在檀香山的太平洋总司令部侦听与破译日文密码期间,他抽空到夏威夷大学学习中文,也是从这时起爱上了这门语言。随后,他在哥伦比亚大学注册学习两个学期中文,第三个学期转入耶鲁大学继续学习中文。沙博理在哥伦比亚大学学习中文期间便已开始阅读中国的文学作品,也是在此时接触了赛珍珠英译的《水浒传》,觉得故事十分生动,于是喜欢上了这部小说。在学习中文和接触中国文学及文化的过程中,沙博理渐渐对这个东方古国产生了兴趣。

1947 年,沙博理踏上了中国这片土地,遇见了毕生挚爱凤子,并与其结为夫妻。凤子出身书香门第,曾就读于复旦大学,文化底蕴深厚,沙博理与凤子的结合其实就是与中国文学与文化的亲密接触。凤子是沙博理走进中国文化的引领者，是他爱上中国文化的导火索（沙博理，转引自子人，1997）。在凤子的帮助下，沙博理得以进入中国政府机构从事翻译、审译工作，阅读大量的文学作品，与老舍、郭沫若、茅盾等数十位进步人士和进步作家接触。沙博理尤其喜欢老舍的话剧和赵树理的小说。他给予赵树理很高的评价，认为赵树理"是最有才华的作家之一……他幽默地描述新的进步思想与旧的封建落后做法之间的斗争"（沙博理，1998：212）。沙博理还表达了他对自己所翻译的中国文学作品的欣赏。他认为，"《水浒传》的故事情节引人入胜，写作风格简洁，吸引力超出了国界与世纪。我对这部世界文学名著极为赞赏"（沙博理，1984：31）。《新儿女英雄传》对沙博理也有着极大的吸引力，因为这部小说让他很受感动、受教育（沙博理，转引自洪捷，2012：64）。此外，沙博理还对其他中国文学作品尤其是战争题材的作品表达了强烈的喜爱之情，他认为这些作品中所描写的中国英雄人物的那种勇气和闯劲与美国的拓荒精神极其相似（沙博理，1998：118）。

此外，沙博理还很欣赏汉语。他很喜欢方块字，方块字是他对中国产生兴趣的出发点之一，他认为汉字虽然难写，但有趣，有魅力，每个字背后都有独特的文化意蕴，是拼音字或其他任何语言的文字不可比拟的。

除了语言与文学外，沙博理对太极拳也很着迷。沙博理喜欢打太极拳并非完全为了健身，这也是他了解与融入中国文化的一种方式（周明伟，转引自温志宏，2014：58）。

此外，沙博理认同并支持新中国与中国共产党。虽然因为种种原因未能加入中国共产党，但是他一直坚持着"听党的话，跟党走"的原则。沙博理曾多次在美国报刊上发文表明自己是马克思主义者（Marxist）（转引自 Lescaze，1979：G1；Lustig，1981：B2）。沙博理于1947年来到上海之后就接触了共产党，他的妻子凤子为地下党办杂志，夫妻二人紧跟共产党领导的革命的步伐，收听解放区的短波广播，阅读秘密文章，并和地下党员保持联系（沙博理，1998：71）。随着对共产党的了解逐步深入，沙博理开始与凤子一起参与上海的共产主义运动，比如帮助编辑主张土地改革的英文杂志，以美国人的身份掩护多名地下党员，协助解放区密使通过国民党反动派的封锁区运送药品到解放区，将事务所作为地下党的秘密开会地点等。1948年11月11日，沙博理放弃了上海"挣的钱多得花不完"的律师事务所和舒适的生活,与妻子选择去往解放区。1949年10月1日,沙博理在天安门广场见证了中华人民共和国的成立,亲历了北京乃至全国发生的翻天覆地的变化。之后,沙博理入职外联局,以外国专家的身份从事翻译与编辑工作,待遇优厚,工作环境舒适。沙博理(1998:149—150)赞扬新政权领导下中国的改变,他认为这种改变是一种"宏伟壮丽的试验",将中国从狭隘的、半封建半殖民地的旧世界推入一种高度文明的新世界。《中国画报》副总编李霞与沙博理接触较多,她认为当时的新中国对于沙博理有着特别的吸引力(李霞,转引自周翔,2014)。沙博理对社会主义新中国所推崇的东西是具有坚定信仰的,他认为新中国代表了对自由、平等与正义的追求。他多次在美国知名报刊上为新中国发声,比如华盛顿邮报、纽约时报等,公开指责美国的不当行为,认为美国攻打朝鲜的行为是可耻的(disgraceful)、不可原谅的(indefensible)(转引自 Lescaze,1979:G1),并撰专文指责美国在新中国成立前后对中国从冷漠(coolness)到敌意(hostility)等一系列无视谈判和军事干扰行为(Shapiro,1994:E16)。此外,沙博理痛恨国民党的恶行。他指出,中国解放战争时期,国民党太过邪恶(vicious),他们抓捕手无寸铁的学生、知识分子、艺术界人士,对他们进行残忍折磨,甚至杀害(Shapiro,1987)。

  沙博理在与爱人、同事、朋友的相处当中,慢慢融入了中国的生活,在了解中国语言与文化的过程当中,渐渐爱上了这个国家。在被批准加入中国国籍、确定了自己中国人的身份之后,沙博理更是将自己作为中国的一员,决定为中国的发展终身努力。如果说此前只是以一个美国人的身份热爱中国的话,那么在这之后就是以一个中国人的身份爱着自己的祖国。沙博理从此坚定了自己的人生道路,决定与大家共同为中国的繁荣做出贡献(沙博理,转引自唐蓉,1989:37)。纵使当时的中国风云激荡,他也一直不离不弃,沙博理光荣而又有责任地宣称:"我是中国人,我爱中国。不论中国发生了什么事情,我的信念不会动摇。就是大家都走了,我也要留下"(沙博理,转引自唐蓉,1989:38)。纵使是生他养他的美国在他心中的地位也无法与中国匹敌,他表示:"我在中国的时间比在出生地美国长!我对中国的感情比对生我、养我的美国深。随乡入俗,中国老一辈朋友都说我比中国人还像中国人。每三年一次探亲假,回到美国不到假完,我就要回中国来。我自己也不明白,为什么这样离不开中国"(沙博理,转引自凤子,1998:389)。

第二节 第二个翻译网络及其主导行动者

一、第二个翻译网络:沙博理作为中国政府机构译者时的翻译活动

第二个翻译网络涉及外联局、外文出版社等中国政府机构中的翻译活动,这个翻译网络的构建相对复杂,笔者将借鉴行动者网络理论的另一个重要人物 Callon 所提出的转义的四个步骤,深入分析第二个翻译网络的具体形成与发展,从第二个翻译网络的结构、翻译过程以及译者在这一翻译网络中的能动性三个方面来详细重构第二个翻译网络。

(一)第二个翻译网络的结构

外联局由文化部于 1949 年 11 月设立,主要负责对外文化交流工作。新中国成立之初,以美国为首的西方资本主义国家采取政治上不承认、经济上封锁禁运、军事上围堵等策略遏制中国。在文化上,美国更是建立了主要以香港和台湾为基地的文化外交网络和机构,出版或翻译大量"反共作品",以遏制新中国社会主义文化的影响(Xiuhua,2014:2-3)。外联局开展翻译工作的主要目的是宣传新中国革命的胜利成果,让世界了解真实的中国。外联局领导为了实现这一翻译目的,着手招募合适的译者。当时的沙博理恰好赋闲在家,需要一份工作,同时他也符合中国文学英译者的基本条件,于是外联局领导聘请沙博理进入外联局从事翻译工作。这也就完成了 Callon 提到的转义的前两步,即问题呈现与利益赋予。

1951 年《中国文学》英文版创刊之后,其编辑部由外联局领导(戴延年、陈日浓,1999:19),此时的编辑部组成与分工还非常简单,副主编叶君健负责选稿、编排、定稿,洪楚贤负责审稿和校对,沙博理从事翻译(苑茵,2008:143),当然还有杨宪益夫妇提供英文译稿。沙博理(1998:88)曾回忆说自己在外联局的主要任务是将不同的书籍和小册子译成英文。外联局领导在给沙博理分配翻译任务与规定翻译目的的过程中完成了征召与动员工作。经本书统计,沙博理在外联局翻译的作品包括《柳堡的故事》和《活人塘》两部长篇小说以及《李有才板话及其

他》这一部短篇小说集。每个翻译过程涉及的行动者基本上包括原作、叶君健、沙博理、洪楚贤、《编辑计划》与《翻译守则》等。

1953年，沙博理转入外文出版社工作后，翻译网络中行动者的数量发生了变化，但由于当时的翻译发起人仍然是中国政府机构，翻译目的仍然是让世界了解真实的新中国，所以翻译网络的主导行动者没有发生根本性的变化，仍然是新中国的主流意识形态、诗学与翻译规范。因《中国文学》在1953年划入外文出版社旗下，沙博理随即以《中国文学》译者和外国专家的身份转入该社。同年10月，《中国文学》季刊编辑部成立。茅盾、叶君健等组成编委会，每期的选题与中文定稿都由编委会负责，译文的最终定稿由外文出版社社长吴文焘负责。编委会针对翻译工作提出了最基本的要求，即所发表的作品能真正代表中国文学的水平；提高译文质量，争取刊物不出现政治性差错（戴延年、陈日浓，1999：40）。此时的第二个翻译网络主要是围绕《中国文学》这本英文杂志的翻译过程所形成的翻译网络，涉及行动者较多，行动者在翻译网络中的角色与地位也极其复杂。《中国文学》的编委会主要由主编、副主编、中文编辑和译者构成。虽然《中国文学》的领导体制在20世纪五六十年代有所变更，但归根结底这一时期的对外翻译工作还是由中国政府机构主导。中国政府机构分配宏观的对外宣传的任务，比如翻译反映新中国社会主义崭新面貌的小说，外文出版社接到任务后就开始制定相关的《编辑计划》，包括图书的选材、中文编辑加工、翻译、审稿、定稿、出版和发行等方面需要遵守的程式和规范。中文编辑按照规范选择要翻译的中文作品进行编辑加工，然后选择合适的译者对编辑后的中文本进行翻译。译者遵照外文出版社制定的《翻译守则》来翻译经中文编辑修改后的文本，翻译过程中如果有重要内容需要增减的话，还要诉诸中文编辑。译本最后交由主编定稿。因为在外文出版社中所进行的每次翻译活动构成的翻译网络结构非常相似，所以下文以一次翻译行动为例对第二个翻译网络中的翻译过程进行重构。

（二）第二个翻译网络的翻译过程

为了清晰有效地呈现这个复杂的翻译网络的整个过程，本书绘制了下图来描绘第二个翻译网络中的翻译过程以及行动者在具体翻译过程中的角色与地位。

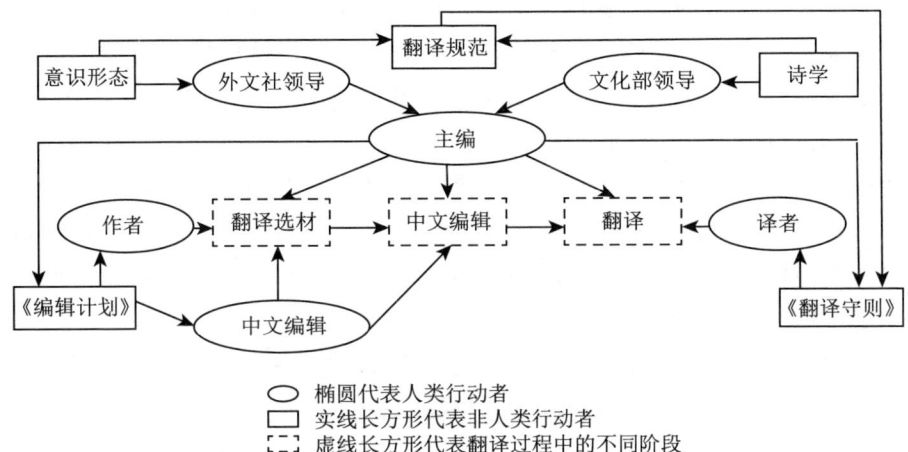

图 4-1　第二个翻译网络的翻译过程及其行动者的角色与地位

图 4-1 清晰呈现了参与到翻译选材、中文编辑、翻译各个阶段中行动者的具体角色与地位。

外文出版社翻译的中国文学作品来源于两个渠道，一是由作家协会推荐中国文学作品，二是由中文编辑从重要文艺报刊上挑选文学作品或文学评论，比如《人民文学》等。作品选好之后再挑选合适的译者进行翻译，在挑选译者时会考虑译者的兴趣或擅长领域。对于翻译译者在翻译选材中的角色问题，不同的译者看法不一。杨宪益（2001：190）认为，自己的翻译选材受到了很大程度的限制，中文编辑选择的小说或诗歌是为政治思想服务的，许多都不符合自己的喜好。沙博理（转引自洪捷，2012：63）对于这种选材模式没有那么激烈地反对，他认为虽然是编辑部决定谁来译哪些作品，但还是会问译者本人是否愿意，如果不愿意也可以选择拒绝。但不管怎样，译者无法改变选材范围，基本上还是得在编辑部确定的作品范围内进行选择。沙博理之所以不太反对这种模式，主要是因为编辑部选择的作品正好也是他喜欢的作品。也就是说，虽然译者选材的能动性在这个翻译网络中受到极大的影响，但由于编辑部所选择的作品恰好与译者沙博理的个人惯习相契合，因此，沙博理的翻译选材倾向可以作为探究其翻译惯习的一个指标。

翻译材料选定之后，中文编辑还要根据《编辑方针》对中文原文进行编辑，有时还会要求作者对自己的作品进行修改。巴金就曾被要求修改《家》的部分内容，删除了大量可能给中国带来负面形象的词句，甚至是段落（巴金，1987：255）。《编辑方针》主要是根据当时的主流意识形态与诗学来制定的，不允许有政治思想错误的词句在原文中出现。对原作进行编辑的工作必须由中文编辑或者作者来完成，译者在翻译过程中是无从插手的，因此，对于译界学者来说，在通过出版的译作与原作进行对比来分析译者对原作内容的调整与删减情况时，就需要仔细斟酌。为谨慎起见，这个翻译网络中涉及的译作对原作内容的增删情况基本上不作为衡量译者翻译惯习的指标。

中文编辑把已经编辑好的原文送至编委会手中，编委会成员定稿之后就交至译者手中，此时译者可以根据《翻译守则》进行翻译。在翻译过程中，译者可以与中文编辑进行互动，尤其是要调整或删减原文内容的时候，译者必须与中文编辑商量解决。中文编辑通常会依照《编辑计划》来决定是否可行。

译文完成之后交由审稿人审稿，然后交由主编或者是副主编定稿，编排之后出版发行。

综上所述，《中国文学》的翻译过程大致包括翻译选材、中文编辑、翻译、审稿、定稿这五个步骤。除人类行动者之外，这些步骤中还涉及《翻译守则》《编辑计划》等一些非人类行动者。这些规范的制定都受到当时政治场域与文学场域的影响。政治场域中的领导通过制定《编辑计划》等文件来主导影响翻译行为的主流意识形态，文学场域中的领导则通过推荐文学作品来主导翻译选材。

（三）第二个翻译网络中的译者的能动性

由图4-1可知，第二个翻译网络中的翻译活动由多个行动者共同参与。直接参与到翻译过程中的中观行动者包括《编辑计划》《翻译守则》、译者、中文编辑、主编等。作为宏观行动者的主流意识形态与诗学通过外文出版社、文化部领导影响主编，而主编又控制着每一个中观行动者。主编掌控着翻译过程的三个阶段，他在制定《翻译守则》与《编辑计划》中扮演着非常重要的角色，其他行动者都遵照这些规范行事。译者基本上只能参与翻译阶段，参与这个阶段的行动者最多。从图4-1可以看出，译者在这个翻译网络中是所有行动者中地位较低的一个，其能动性受到不同行动者不同程度的影响。译者在翻译选材、原文编辑这两个阶段几乎无法发挥其能动性，因为译者不能直接参与到这两个阶段中。

　　鉴于译者在翻译选材等阶段并未发挥其能动性，因此，第二个翻译网络中译者对于翻译选材的倾向性、对于原作内容的增删甚至是译文中的遣词造句都应该无法作为分析译者翻译惯习的指标。不过，沙博理不是第二个翻译网络中的普通译者，他是"外国专家"，还懂得出版的相关知识，因此，他的译文基本上是没有进行过修改的①，这也就说明最终出版的沙博理的译作的遣词造句可作为分析沙博理的翻译惯习的指标。此外，由于沙博理喜欢战争题材的小说，这一惯习恰好与《编辑方针》中所规定的翻译选材的题材一致，因此，翻译选材也可以作为评价沙博理翻译惯习的一项指标。但是第二个翻译网络中沙博理的译作对大部分原作内容的删减无法作为分析沙博理翻译惯习的指标，因为目前尚未发现有史料或证据可以进一步证明这些原作在沙博理翻译之前是没有经过中文编辑进行编辑的。

二、第二个翻译网络中的主导行动者

　　第二个翻译网络中所涉及的行动者较多，包括主流意识形态与诗学、主流翻译规范等宏观行动者，中文编辑等中观行动者，以及沙博理的个人惯习等微观行动者。从上文可知，在第二个翻译网络中，沙博理的能动性较之其他两个翻译网络受到了更大的限制，其翻译活动的每个阶段都是按照中国政府机构的程式和规范进行，而程式与规范的制定又都受主流意识形态与诗学、主流翻译规范的最终影响，因此，这些宏观行动者便成为了第二个翻译网络中的主导行动者。

　　（一）主流意识形态与诗学

　　1942年，毛泽东发表了著名的《在延安文艺座谈会上的讲话》（简称《讲话》），文中所体现的"社会主义现实主义"精神与"文艺为政治服务"的口号规定了文学的"工农兵"与"大众化"方向，成为主导20世纪五六十年代乃至新时期文学与翻译场域的主流意识形态与诗学。毛泽东指出，文艺是为了政治和人民大众，应当把政治标准放在第一位，艺术标准放在第二位。文艺是为了社会主义革命，作者要歌颂革命斗争，

---

①　此信息是笔者于2015年10月底在广州参加"翻译研究国际高层论坛"时，从沙博理的同事、中国外文局原副局长兼总编辑黄友义处得知。

赞颂革命精神，反映工农阶级的新生活（毛泽东，1991：847—879）。

新中国诞生前夕，中华全国文学艺术工作者代表大会召开，大会把毛泽东文艺思想作为新中国文艺基本方针，号召十大文艺工作者为建设"新的人民文艺"而努力奋斗。在1953年9月召开的第二次文代会上，"社会主义现实主义"被确立为新中国文艺创作和批评的"最高准则"（周扬，1984：248）。

"社会主义现实主义"渐渐成为新中国成立后的主流意识形态与诗学。一些作家开始尝试向《讲话》精神靠拢，对自己的作品进行了相应的修改，比如茅盾在新版的《子夜》中强化了工农与革命者的正面形象，删除了一些有损工人和农民形象的词句等；丁玲修正了《太阳照在桑干河上》一书中涉及土地改革政策的描述等；杨沫的《青春之歌》为迎合文学的"工农兵"方向，对原版进行了大幅度删减，突出工农兵的正面形象。在"社会主义现实主义"的指导下，文学创作与翻译主要为政治服务。

（二）主流翻译规范

新中国成立之初，正值冷战时期，国际形势非常严峻。以美国为首的西方资本主义国家在政治上、经济上采取了一系列措施打压中国，并通过文学作品扭曲中国的形象。为了对外宣传新中国的革命成果、消除新中国在西方世界中的负面形象、重塑新中国的正面形象，从而为新中国创立良好的国际环境，国家成立了外文局，开始大量对外翻译出版发行国家领导人的著作、国家法令法规以及文学作品。由此可见，外文局等中国政府机构的存在及其翻译活动的开展都是为政治外宣服务的。从茅盾、陈毅等人对翻译的定位中亦可见端倪。茅盾（1984d：504）曾在全国文学翻译工作会议上强调外译汉的翻译工作对于中国的政治贡献，认为翻译作品可以起到对人民群众进行政治思想教育的作用，青年们应该通过它们"熟悉社会主义国家的人民的生活和斗争，学习他们的国际主义和爱国主义的崇高精神"（茅盾，1984b：503）。茅盾（1984b：503—504）还指出，文学翻译工作是缓和国际紧张局势以及各国和平共处的重要一环。陈毅（1962：4—5）和文学翻译家金人（笔名）（1951：9）也都曾发表过文学翻译为政治服务的观点，沿袭了毛泽东确立的"社会主义现实主义"文艺指导思想。

综上所述，这一时期主流翻译规范的核心指导思想是为政治服务。

"为政治服务"这一宏观目标指导下的翻译规范在茅盾的报告以及诸位学者的翻译观中得到进一步体现。

1. 茅盾针对文学翻译的报告

《为发展文学翻译事业和提高翻译质量而奋斗》是茅盾于1954年8月18日在中国作家协会组织召开的第一届全国文学翻译工作会议上所做的总结。茅盾的这一报告对当时翻译界具有纲领性意义（陈福康，1992：374）。茅盾在这一报告中指出：翻译要为政治服务，译者要兼顾原文的忠实与译文中的流畅（茅盾，1984b：505）。

2. 茅盾等人的翻译观

除了茅盾的这一报告之外，这一时期的主流翻译规范还体现在几位当时具有较高象征资本的学者的翻译观之上。他们是茅盾、冯亦代、郭沫若、叶君健。他们有一个共同点，即都就文学翻译发表了大量译论，并且都赞同"信、达、雅"的翻译标准。

（1）茅盾的翻译观

茅盾主张翻译为政治与文化交流服务（茅盾，1984b：505），赞同"信、达、雅"的文学翻译标准，认为"信即忠于原文，达即译文能使别人看懂，雅即译文要有文采"（茅盾，1984c：518）。茅盾认为要做到直译是非常困难的，直译的结果能使原作的"形貌"与"神韵"并存，既能忠实于传达原作的内容与风格，又能使目的语读者能看懂，这恰好符合他所倡导的"信、达、雅"的翻译标准。意译则是在"形貌"与"神韵"未能两全的时候，为了保留"神韵"而牺牲一些"形貌"的译法（茅盾，1984a）。茅盾（1984d：510—512）认为一个合格的译者需要达到三个要求：对翻译工作有正确的认识、认真的态度以及必要的中外语文和文学修养。

（2）冯亦代的翻译观

冯亦代早在20世纪40年代就开始从事翻译工作，是最早将海明威介绍到中国的翻译家之一。就翻译而言，冯亦代认为评价翻译的标准应该是既"信"又"达"，即能准确表达原意而且符合原作的风格，至于"雅"则要视原文情况而定，原文"雅"的则"雅"，原文不雅的如果译成"雅"的就既不"信"也不"达"了（冯亦代，1983a：2—4）。冯亦代对"雅"的理解与严复相似，即文雅。冯亦代要求青年译者不断提高自己的翻译素养（冯亦代，1983b：224）。

（3）郭沫若的翻译观

郭沫若曾担任中华全国文学艺术会主席、中国文联主席等。他曾出席 1954 年举行的第一次全国文学翻译工作会议，并在会上作了题为《谈文学翻译工作》的报告。郭沫若（1984b：498）认为，翻译可以促成国与国之间的文化交流，进而增进彼此之间的相互了解。他认为"信、达、雅"是文学作品翻译的必备条件，"信达之外，愈雅愈好"，"不信就是乱译、错译，不达就是死译，硬译，不雅就是走到极端的不成话"（郭沫若，1984c：500）。要达到这一标准，译者必须具有高度的责任感以及较高的语文和文学修养（郭沫若，1984b：499）。郭沫若（1984a：331—332）对翻译方法的见解与茅盾相似，他认为理想的翻译不能改变原文的字句、意义，尤其是气韵，保留原文的字句却也不必逐字逐句地呆译，可以在不损及意义的范围内适当地变通，为保留气韵起见可以自由移易，原书费解之处也可以加上注解。

（4）叶君健的翻译观

叶君健作为中国第一个直接从丹麦文翻译安徒生童话的译者而享有盛名。他创办了《中国文学》这一新中国第一份由政府机构赞助的全面介绍中国文学作品的刊物，也是沙博理为之服务了 20 余年的刊物。叶君健翻译中国文学作品的目的非常明确，即让世界了解新中国的现实（叶君健，1989：106）。叶君健（1983：8）亦赞同"信、达、雅"的翻译标准。他认为"信"是指符合原作的内容与主题思想，"信"与"达"是政治标准，而"雅"是艺术标准。叶君健在着重"信"的同时，也不忽视"达"，他认为要把原作的词意和精神实质传递出来。此外，叶君健（1983：11）还认为译者除了对两种语言与文化具有一定的修养之外，翻译态度也至关重要。

以上所述四位翻译家的翻译观基本相似，概括起来有以下几点：第一，认为翻译应该为政治教育和文化交流服务；第二，赞同"信、达、雅"的翻译标准，更确切地说是遵循"忠实于原作内容与风格"这一标准；第三，主张直译的翻译方法，但是也强调译作语言的地道；第四，译者应该有一定的责任感，具备一定的双语文化和语言修养等条件。

第三节　第三个翻译网络及其主导行动者

一、第三个翻译网络：沙博理后期的自主翻译与编译活动

沙博理退休之后继续从事翻译工作，此时的行动者数量与第一个翻译网络中的行动者数量几乎一致。由于沙博理积累了各种资本，形成了稳定的职业惯习，他在此翻译网络中的角色与地位有了大幅度的改变。沙博理的象征资本使得《我的父亲邓小平："文革"岁月》的作者毛毛主动找他翻译此书；沙博理在第三个网络中所拥有的充分的能动性使他选择编译了与自己曾经的律师职业相关的 The Law and the Lore of China's Criminal Justice 一书和关注犹太人研究的 Jews in Old China: Studies by Chinese Scholars 一书。此外，作为一名成熟译者，沙博理圆满调和了他在第一个翻译网络与第二个翻译网络中所采用的翻译策略，将其灵活运用到了第三个翻译网络的翻译实践中。

二、第三个翻译网络中的主导行动者

虽然第三个翻译网络中涉及其他行动者，但与第一个翻译网络一致，这个翻译网络中的主导行动者仍然是译者沙博理的个人惯习。与第一个翻译网络不同的是，第三个翻译网络中的沙博理已成为拥有30余年翻译经验的资深译者，他的个人惯习有了极大的改变。沙博理的初始个人惯习在第二个翻译网络中与主流意识形态、主流翻译规范等不断磨合之后，形成了在中美两种语言与文化之间寻求最佳平衡的个人惯习。

在第三个翻译网络中，沙博理的个人惯习是他的初始个人惯习与他在中国政府机构中形成的次级个人惯习的结合。沙博理的初始个人惯习已在上文详述，那么他在中国政府机构工作时究竟形成了怎样的次级个人惯习呢？其实，沙博理在中国政府机构工作中形成的翻译惯习就是他在第二个翻译网络中所形成的次级个人惯习。

沙博理所在的中国政府机构的翻译工作是为外宣服务。翻译是为了向国外读者介绍共产党领导中国人民进行革命的伟大历程，呈现新中国的崭新面貌，揭露一切黑暗势力的恶劣行径等。译者在翻译过程中要保

证政治思想的准确传达，塑造中国的正面形象。此外，译者必须要"非常忠实于原文"（杨宪益，转引自任生名，1993：34），以忠实于原作的政治思想为第一要义，而且要"严格忠实原文文字和精神"（周东元、亓文公，1999：63），"向外国人如实介绍中国文化"，"忠实于中国文化的精神"（杨宪益，11：4—5）等。译者在这种工作环境下逐渐形成了忠实于原作思想甚至是句法结构的翻译惯习，但这种忠实绝非硬译，"硬译得使人难懂与牺牲原文的'流畅'译文都不合标准"（周东元、亓文公，1999：63）。

概之，中国政府机构中译者的翻译惯习大体就是在兼顾忠实与通顺。但是在两者不可兼得时，以忠实为首，这种忠实尤其表现在对原作政治思想与文化的"信"上。译者不断地在为同时做到忠实与通顺而努力。这一翻译惯习就是沙博理在第二个翻译网络中所形成的次级个人惯习。

沙博理的初始个人惯习更关注目的语读者的阅读习惯，而他在第二个翻译网络中形成的次级个人惯习更倾向于忠实于原作，这两种惯习共同形成了沙博理在第三个翻译网络中的个人惯习：寻求原作与读者的平衡。沙博理在第三个翻译网络的翻译实践中受到他的上述个人惯习的影响，他的翻译惯习由此表现出对原作与目的语读者的平衡、对中西语言与文化的融合。

除了个人惯习之外，沙博理所积累的各种资本也是第三个翻译网络的重要行动者，包括经济资本、文化资本、社会资本与象征资本。文化资本包括身体化、客观化与制度化三种形式。下文将对沙博理在场域中的经济资本、社会资本、文化资本与象征资本进行分析。

经济资本以金钱为符号，以产权为制度化标准，可以转化成其他资本。沙博理的经济资本在当时可谓雄厚。在刚到中国与凤子结婚之后，他在上海开办了自己的律师事务所，拥有一套公寓和一辆液压传动的克拉斯勒车。新中国成立之后，沙博理虽然暂时没有工作，但是也无经济上的困扰，妻子凤子当时有一份不错的工作，担任《北京文艺》月刊的编辑。1949年底，沙博理以外国专家的身份进入外文局工作，拿着比较丰厚的报酬。他每月工资有440元，还可以享受每年的公费旅行，一个月的带薪休假，得到免费的戏票和体育比赛的入场券，被邀请出席国宴，国庆节观礼台也被安排了专门位置。沙博理整个家庭的收入远远多于支出，他一个月领取 300 元工资①，凤子 200 元左右，家庭收入每月 500 元。房租只要 17 元 5 角，伙食还不到 100 元，厨子和管家工资每月 30 元，即便大手大脚去花钱，每月还会剩 300 元。这样的家庭在当时算是相当富裕的。沙博理 1983 年退休之后，是享受离职休养待遇的。可见，沙博理的经济资本是相当雄厚的。

社会资本以社会关系为符号，以社会声望、社会头衔为制度化形式，在一定条件下可以转换成经济资本（Bourdieu，1986：243）。沙博理的妻子凤子通过各种活动建立社会关系网络，为沙博理提供了丰富的社会资本。凤子于 20 世纪三十年代投身话剧演出、文学创作和报刊编辑工作，担任过多种报纸和刊物的主编，她拥有的资深演员、记者与编辑工作经历，使得她能够广泛交往与接触文艺界人士。凤子在上海主编的《人世间》是一本影响力颇大的综合性文艺刊物。在编辑这本刊物期间，凤子曾与多位文化名人接触过，发表过茅盾、欧阳予倩、臧克家、郭沫若、许广平、郑振铎、翦伯赞、沙汀、吴组缃、丁玲、许寿裳、徐迟、赵超构、顾一樵、姚雪垠等人的文章。由于凤子一直从事抗日反蒋的宣传与组织工作，因此得到许多文艺工作者、共产党先进人士及领导人的赏识、接触与接见。在文代会上与文艺工作者们接触之后，凤子还特意请他们签名留念，留下了译本纪念册，上面有几百人次的留言、签名与绘画。

文化资本是一种知识的形式，一种内化的代码或认知体验，可以以身体化的、客观化的与制度化的三种形式存在。由于身体化的文化资本被归为惯习当中，笔者在此只分析沙博理后两种形式的文化资本，即客观化的文化资本，比如图画、书籍、词典、工具、机器等，制度化的文化资本，比如学历证书等。沙博理的法律学历证书为其在上海开办自己的律师事务所创造了条件，从而保证了他拥有充足的经济资本。沙博理的客观文化资本主要是其译作与著作，其《新儿女英雄传》英译本成为美国出版的第一部中国红色小说，其《水浒传》英译本获得国内外学术界的一致好评并再版十余次，其编译作品《中国古代犹太人——中国学者研究文集点评》在全世界影响深远，如此种种都是其客观文化资本在传播中的成就。

---

① 沙博理觉得每月 440 元的工资太多，自己只愿意领 300 元。

象征资本与文化资本存在相似之处，但前者更强调一种以不被觉察的方式得到场域或行动者的认可。它是各种资本积累到一定程度之后形成的。沙博理的象征资本体现在他得到了领导、同事及翻译界学者的一致认可。周明伟赞其为"大师"，黄友义称其在翻译与文化传播上"掷地有声"，张经浩与杨全红分别以"信而不死，活而不乱"以及"增减换改，圆满调和"评价其翻译策略、方法与技巧。《水浒传》沙译本被译界公认为"信、达、雅"兼具的优秀大师级译作。此外，沙博理的象征资本还体现在他获得的各种荣誉奖项上，包括"彩虹翻译奖""国际传播终身荣誉奖""中国翻译文化终身成就奖""影响世界华人终身成就奖"等。

第四节 本章小结

本章根据沙博理翻译活动中主导行动者的差异，将沙博理的翻译活动划分为三个翻译网络：第一个翻译网络涉及沙博理初涉译坛时的翻译活动，这个翻译网络中的主导行动者为初涉译坛时沙博理自身的个人惯习；第二个翻译网络涉及沙博理作为中国政府机构译者的翻译活动，这个翻译网络中的主导行动者为中国当时的主流意识形态与诗学以及主流翻译规范；第三个翻译网络涉及沙博理从中国政府机构退休之后的翻译活动，这个翻译网络中的主导行动者为资深译者沙博理自身的个人惯习。

沙博理在第一个翻译网络与第三个翻译网络中所从事的翻译活动中的每个阶段都充分发挥了其能动性，因此，这两个翻译网络所产生的最终出版的译作可以作为分析沙博理翻译惯习的依据。第二个翻译网络中的翻译过程极其复杂，包括翻译选材、中文编辑、理解、表达、定稿等阶段。这个翻译网络中的译者在每个阶段的能动性都受到不同程度的抑制。译者在翻译选材、中文编辑以及定稿阶段几乎没有发挥能动性，以至翻译选材、对原文的增删甚至译文中的遣词造句等都无法作为分析译者翻译惯习的指标，这使得对译者的研究举步维艰。庆幸的是，沙博理不同于普通的译者，他的个人惯习与外文出版社的《选材方针》高度契合，而且他对出版知识的熟知也为他的译文免去定稿阶段的进一步修改，因此，翻译选材与译文的遣词造句仍然可以作为分析沙博理翻译惯习的指标。至于第二个翻译网络中所产生的译作对原文的增删情况，笔者将在下文通过进一步查阅的史料来决定其是否可以作为评判译者的一项指标。

第五章　沙博理的恒定性翻译惯习：
让世界了解真实的中国

> 文学对外宣传是我的工作和义务，我翻译的目的是让外国人知道当时中国的政治情况、中国人的感情和中国的历史……我们是对外宣传，要保留最重要的东西，要有的放矢。搞翻译有责任也有权利，主观上为了达到目的，为了让外国读者更好理解中国历史文化的本质内涵。
>
> ——沙博理（转引自洪捷，2012：63）

翻译惯习是译者个人惯习在翻译中的具体体现。个人惯习既具有可持续性，也会随着外部环境的变化而改变，因此，译者的翻译惯习在不同的翻译网络中具有一定的恒定性与差异性。译者翻译惯习的恒定性源于译者个人惯习在不同翻译网络中的持续性与稳定性，而贯穿沙博理三个翻译网络始终的个人惯习就是他的初始个人惯习。

本书通过分析沙博理的译作发现，具有较高的中西语言与素养的沙博理在其翻译实践中表现出浓厚的中国情怀、明晰的读者意识、圆满的调和之举等恒定性翻译惯习。这些翻译惯习所实现的共同目的就是圆满调和中西语言文化，让世界了解真实的中国。沙博理的这些翻译惯习与他的初始个人惯习有着相当密切的联系。

由第四章可知，沙博理具有中西的语言与文化惯习以及对中国文化的热爱。其一，作为土生土长的美国人，沙博理具有典型美国读者的惯习。沙博理有着对英语读者阅读习惯与接受能力的敏感与洞察力。这一美国读者的个人惯习使沙博理在翻译中表现出明晰的读者意识。其二，在逐渐接触汉语与中国文化之后，沙博理前往中国，与中国的进步作家凤子结婚生子，逐渐爱上中国及中国的语言与文化，拥护中国共产党的领导。在这一系列认识与熟知中国的体验中,沙博理不断调整自己美国人的惯习以适应中国的社会文化结构。他渐渐对中国及中国文化产生了浓厚的感情,迫切希望向美国甚至全世界介绍自己在中国的所见所闻。这一对中国及中国文化的热爱之情使沙博理在翻译中表现出浓厚的中国情怀。其三,沙博理浸润在中西两种文化中,能准确把握汉英语言与中西文化的异同。沙博理的翻译目的是向世界有效地介绍真实的中国文化,因此,沙博理在翻译中注重调和译文的忠实性与可接受性。其四,沙博理一直希望生他养他的美国能与接纳、欣赏并成就他的中国通过相互学习与借鉴进而实现和平交往,他"深信中国人和美国人会非常愉快地一起合作"(沙博理,1998:290)。这一融通中西的目的使沙博理在翻译中致力于融合中西语言与文化。

译者的集体翻译惯习是指其进入翻译场域之后形成的与场域中的其他译者相同或相似的翻译惯习。那么沙博理有着怎样的集体翻译惯习呢?沙博理的工作单位外文局是承担党和国家对外宣介任务的国际传播机构。外文局不需要与其他行动者在翻译场域中争夺资本,其经济资本、社会资本、文化资本、象征资本等都是通过国家场域中的权力机构分配并赋予。当时的翻译场域中不存在布迪厄所述的竞争关系,而是一种通力合作关系,翻译的共同目标是为政治外宣服务。外文局所形成的翻译子场域就是形塑沙博理翻译惯习的关键场域。外文局的翻译目的、翻译守则、翻译规范等都是形塑其集体翻译惯习的客观条件。译者在翻译过程中要保证政治思想的准确传达,塑造中国的正面形象。这是外文局翻译与编辑工作的基本原则。译者要遵循"信、达、雅"的翻译规范。如上文所述,这一翻译规范也主要以"忠实"为主,忠实于原作的政治思想为第一要义。在这样的翻译场域当中,译者形成了忠实于原作思想甚至句式的翻译惯习。可喜的是,这一翻译规范在规定译文需忠实于原作的同时也考虑到了读者的阅读习惯。外文出版社社长刘尊棋在1952年就曾指出,要将严格的忠实与遵守外文本身的规律相结合,外文局是主动译出,并非像那些英语国家主动译入一样迎合英语的语言与文化,而是更倾向于保留本国的语言与文化。这一特点决定了外文局译者的翻译惯习更倾向于忠实原作,在忠实与流畅相冲突的时候尽量选择以前者为主,这在中国文化负载词的翻译中表现最为突出。同在外文局工作的翻译大家杨宪益、戴乃迭夫妇的合译作品就曾以"忠实于原文""异化"等著称,杨宪益自己也称"我们必须非常忠实于原文"（任生名，1993：34）。概之，外文局这一翻译场域形塑的集体的翻译惯习大体就是兼顾忠实与通顺，但是在两者不可兼得时，以忠实为首，这种忠实尤其表现在对原作政治思想与文化的"信"上。这一翻译惯习在外文局的几位主要译者的翻译观与翻译实践上都有充分的体现，比如著名翻译家杨宪益就视忠实为第一要义，他认为，"翻译的时候不能作过多的解释。译者应尽量忠实于原文的形象，既不要夸张，也不要夹带任何别的东西。当然，如果翻译中确实找不到等同的东西，那就肯定会牺牲一些原文的意思。但是过分强调创造性则是不对的，因为这样一来，就不是翻译，而是改写了"（杨宪益，2011：4—5）。这种翻译忠实观还体现在其"向外国人如实介绍中国文化""忠实于中国文化的精神"等的翻译原则之上。杨宪益曾指出"我国人民应该知道外国的文化遗产，外国也应该了解中国有多么丰富的文化遗产（任生名，1993：33）"。杨宪益的翻译忠实观对其整个翻译生涯的翻译实践产生了重大的影响，包括对《诗经》《楚辞》《红楼梦》《长生殿》《儒林外史》《老残游记》《鲁迅选集》等中国文学作品的翻译。篇幅所限，笔者仅以其对《红楼梦》与鲁迅作品的英译为例说明其翻译实践中对原作的忠实。杨宪益《红楼梦》英译本堪称忠实与直译的楷模，党争胜就贴切的使用 16 个字来形容杨宪益《红楼梦》的英译，即"紧跟原作，一丝不苟；重视文化，苦心孤诣"（党争胜，2013：102）。杨宪益对鲁迅作品的英译也因忠实获得了较高的声誉，但在被整体肯定的同时也遭受了一些语言与风格上的批评，比如"译文整体上流畅，可读性强，但是鲁迅的风格被平淡化了"（Chan，1975：271）；"它（杨译本）的英语有时候刻板、不自然"（Duke，1991：363）；"我高度评价杨氏翻译的鲁迅作品。……语言有些陈旧，用当代英语重译是非常必要的"（蓝诗玲，转引自王树槐，2013：69）。可见，杨宪益还是因为过分忠实于原文而在一定程度上牺牲了译文的流畅性，这也是外文局译者的集体翻译惯习。

沙博理在中美两种文化中形塑的初始惯习与其在中国政府翻译机构形塑的集体翻译惯习相结合形成了其个人惯习。沙博理在中美两国与中西两种文化的浸润下形成的初始惯习使得其在翻译中表现出一种调和两种文化的倾向性。由于沙博理初始惯习中形成的对中国语言与文化的独特感情以及其热切希望向美国人甚至全世界介绍自己在中国的所见所闻的愿望正好契合其所服务的翻译机构外文局的翻译目的,这使得其在折中与融合的基础上更倾向于忠实传达中国的政治与文化立场,具体表现在以下几个方面:第一,在翻译态度上,选择中立的政治与文化立场的同时倾向于新中国的政治与文化立场;第二,在翻译标准上,遵循其"忠实性叛逆"的翻译观的同时更倾向于践行当时"信、达、雅"的翻译主张,即寻求原作与读者之间最佳平衡的同时更倾向于忠实原作;第三,在翻译策略与方法上,努力实现异化与归化策略、直译与意译圆满调和的同时更倾向于采取异化策略与直译。本章将通过分析其译作中所表现出的在政治与文化立场、翻译标准、翻译策略与方法等选择上的倾向性,来探究以上所述的沙博理的翻译惯习在其翻译行为上的具体体现。

第一节 政治与文化立场选择的恒定性惯习

立场,"犹立足点。泛指观察事物和处理问题时所处的地位和由此而持的态度"(辞海编辑委员会,1999:5058)。政治立场指认识和处理问题时所处的政治地位和所持的政治态度;文化立场指认识和处理问题时所处的文化地位和所持的文化态度。政治与文化立场的选择倾向是惯习的一种外在表现。由于沙博理个人惯习的复杂性,他在翻译过程中表现出复杂的政治与文化立场。沙博理个人惯习使得其既支持中国的政治立场与文化立场,也持有国际和平主义的政治立场与中西文化立场。

一、政治立场选择的恒定性惯习

沙博理认为,做文学翻译要有立场,作为一个集美国人、犹太人、中国人三重文化身份为一体的译者,沙博理具有中立的政治立场。他希望中美能够互相学习与借鉴并和平相处。沙博理希望"中国能够向诸如美国这样的国家学习一点方法学,这无须牺牲它的任何原则和目标"(沙博理,1998:213)。他同时也希望美国人能通过更进一步地了解中国人与中国文化而消除"敌视中国"的态度,期待中国人与美国人能够和平共处,广泛交往。对沙博理来说,中美正式建交"是一个令人振奋的发展",他"深信中国人和美国人会非常愉快地一起合作"(沙博理,1998:290)。在被洪捷问及是否支持中国人民抗日战争时,他表达了自己心系世界和平的政治立场:"是的。保卫中国、保卫中国人民,同时也不会对别的国家有坏处，我们是国际主义者，我们是有道理的，为全世界人民和平，这是毫无问题的"（洪捷，2012：64）。周明伟认为，沙博理是"一个同情正义、追求真理、胸怀极其宽广的很伟大的国际主义者"（温志宏，2014：59）。让世界了解中国及其文化是促进世界和平的重要环节，这也是沙博理从事翻译工作的初衷与使命。

  作为中国翻译机构中的一名译者，沙博理是以中国当时的政治立场和意识形态为出发点来进行翻译的，这在其译作中有明确的体现，比如对共产党形象的维护、对革命战士等英雄形象的强化以及对国民党反动派、封建势力、帝国主义的显性批判等。沙博理所翻译的五四运动以来的文学作品和当代文学作品大都体现了为革命服务、为工农兵服务的精神。他所翻译的战争题材的小说大都揭露日本帝国主义的残暴和国民党腐败统治的黑暗内幕，歌颂爱国军民英勇抗战的精神，其中，反映抗日战争的有《新儿女英雄传》《平原烈火》《小城春秋》等；反映解放战争的有《保卫延安》《林海雪原》《铜墙铁壁》等。袁静、孔厥合著的长篇小说《新儿女英雄传》讲述了抗战时期冀中白洋淀地区以牛大水为代表的广大劳动人民在共产党员黑老蔡等的领导下进行抗日自卫斗争的英雄故事，揭露了日本帝国主义的残忍与狡诈，歌颂了平凡儿女的英雄气概。沙博理翻译的工农题材小说大都反对封建主义思想、赞颂新青年的觉醒，包括柳青的《创业史》、巴金的《家》和《月夜》、赵树理的《小二黑结婚》和《登记》等。巴金的《家》是一部典型的反封建题材的长篇小说，作品通过以觉慧为代表的青年一代与以高老太爷为代表的封建腐朽势力的激烈斗争，反映了当时的社会面貌，深刻地揭露了封建社会和家族制度的腐败与黑暗，控诉和揭示了大家族和旧礼教、旧道德的罪恶以及吃人本质。同时，作品还歌颂了青年知识分子的觉醒、抗争以及他们与罪恶的封建家庭的决裂。赵树理更是践行毛泽东《在延安文艺座谈会上的讲话》所提出的文艺路线的典范——"山药蛋派"① 的创始人。沙博理翻译了7部赵树理的短篇小说，包括《小二黑结婚》《李有才板话》《传家宝》《孟祥英翻身》《登记》《套不住的手》《杨老太爷》，这些作品用朴素幽默的农民语言反映了农村社会的变迁和存在其间的矛盾与斗争，塑造了各式各样的农村人物形象。例如，《李有才板话》揭露了阎

---

① 这个流派的作品具有新鲜朴素的民族形式、生动活泼的群众语言、清新浓郁的乡土气息等特点。

恒元等封建恶势力的虚伪狡诈，歌颂了立场坚定、深入群众的好干部"老杨同志"，塑造了正直坚强、乐观幽默的农民形象李有才。对于原作中批判与揭露黑暗势力、教育和转变落后分子、歌颂觉醒农民精神的内容，沙博理不仅忠实地保留，还通过增译、减译、释义等翻译技巧来强化英雄人物的正面形象、突显黑暗势力的罪恶。这些翻译行为足以说明其歌颂社会主义的革命与进步、批判封建恶势力与日本帝国主义的鲜明立场。

（一）强化英雄人物的正面形象

沙博理翻译的中国文学作品的鲜明特点之一就是对革命战士、先进共产党员、农村进步人士等英雄人物形象的成功刻画，突出他们英勇无畏、百折不挠、出生入死、质朴谦逊、不怕艰辛、敢于抵抗恶势力的可贵精神。这些英雄人物包括《新儿女英雄传》中的牛大水、《活人塘》中的刘根生、《小城春秋》中的吴七等革命战士、《创业史》中的梁生宝等年轻的先进党员。沙博理在翻译过程中通过强化革命战士以及社会主义新青年正面形象的方式来体现自己对共产党员的高度赞扬。其中，沙博理对八路军、红军等革命战士英雄形象的强化比较典型，主要体现在他的第一部战争题材长篇小说《新儿女英雄传》的英译当中：

例（1）旁人笑他："娶媳妇儿还带个枪？"大水说："上级说的，枪不离人，人不离枪嘛！" （袁静、孔厥，1956：67）
"Why do you need a pistol to get married?" they kidded him.
"Our orders are that the gun must never leave the man and the man must never leave his gun," said Ta-shui firmly. Nothing could make him change his mind. （Shapiro，1979a：77）

例（1）的原文赞扬牛大水在"娶媳妇"当日仍不忘革命利益，体现其将国家与民族利益置于个人利益之上的高尚情操。译文中，沙博理增加了"firmly"（坚定地）和"Nothing could make him change his mind"（任何东西都无法动摇他的想法）来进一步凸显牛大水对这一革命精神的坚定信仰。

例（2）几百个男女老少一齐哀求说："他实在是个好庄稼人

啊。你们饶了他吧!"　　　　　　　　　　（袁静、孔厥,1956:124）

All the peasants were wailing and sobbing openly now. "He's a good farm boy," they cried. "Have mercy on him!" (Shapiro, 1979a: 138)

例（3）家家都把藏着的白面拿出来了,有的烙饼,有的擀面条。
（袁静、孔厥,1956:235）

Every family brought out its best food, including white flour which had been hidden away. The people couldn't do enough for the fighters.
(Shapiro, 1979a: 260)

以上两个例子的原文都表现出老百姓对共产党的爱戴。沙博理在译文中进一步突出了老百姓对共产党的爱。在例（2）的原文中,老百姓冒着被杀头的风险,替牛大水向日本人求情,足见牛大水这一英雄人物在老百姓心中的分量。沙博理将原文中的"几百个男女老少"泛化成"all the peasants"（所有农民）,比直译为"hundreds of peasants"（几百个农民）更能突出百姓对共产党员的维护。在例（3）中,译文增加一句"The people couldn't do enough for the fighters"（人民竭尽全力帮助革命战士）,突显了人民对战士的爱戴和拥护。

例（4）大水尽顾着那一头,没想到手里牵着的李六子,一使劲儿,也挣脱了带子往东跑。大水回手就是一枪,李六子扑通倒下了。大水急忙跑去看,刚好打了个准,子弹从后脑打进,前额射出,地上一摊血,脑瓜儿上还噗噗噗地冒血泡呢。
（袁静、孔厥,1956:170）

Li thought he saw his chance, pulled his sash from Ta-shui's hand and dashed to the right into the fields. Ta-shui took after him, firing as he ran. Although he only intended to wound him, his first shot went clear through Li's skull. Blood was still spurting from the drilled forehead when Ta-shui reached the body. (Shapiro, 1979a: 190)

例（4）的原文中写道,李六子逃跑时,大水开枪将其击倒,小六子当场死亡,但这并非大水有意为之,小说在后文提到大水此举系无心之失(袁静、孔厥,1956:171)。原文此处并未解释李六子的死是大水无意而为之这一事实,如果不加以释译,势必会让目的语读者误认为大水是残忍的,还有违共产党不杀俘虏的政策,因此,沙博理在此处加上"Although he only intended to wound him"(虽然大水只是想打伤他),避免造成目的语读者对英雄人物牛大水的误解。

例(5)高屯儿追了一阵,没追上,走回来打着自己的头,气呼呼地说:"我真该死!眼看着给他妈的跑了!"说着,这高个儿的年轻人,蹲下来就哭。　　　　　　　　　　(袁静、孔厥,1956:171)

Tun continued his chase but Koupi was soon lost in the dark. Punching his own head in bitter frustration, Tun slowly walked back to Ta-shui.

"I ought to die," he said angrily. "I let him get away right before my eyes!"　　　　　　　　　　　　　　　(Shapiro, 1979a: 191)

在例(5)的原文中,高屯儿因没能抓住何狗皮而气急败坏,还因此哭了起来。沙博理的译文中删除了"说着,这高个儿的年轻人,蹲下来就哭"这一句,隐藏了共产党革命战士脆弱的一面。

例(6)牛大水穿得很破烂,拣个椅子坐下,把枪放在桌子上。
　　　　　　　　　　　　　　　　　　(袁静、孔厥,1956:165)

Ta-shui's tattered old clothes made a sharp contrast to these elegant surroundings. He pulled up a chair and sat down, placing his pistol on a table next to him.　　　　　　　　　(Shapiro, 1979a: 183)

例(7)大水说:"咱不抽那个,八路军抽上了纸烟,还了得!"
　　　　　　　　　　　　　　　　　　(袁静、孔厥,1956:172)

"We Pa Lu can't afford to get used to smoking cigarettes. They're too expensive," Ta-shui said as he pulled out his pipe and pouch.
　　　　　　　　　　　　　　　　　　(Shapiro, 1979a: 192)

例(6)和例(7)的译文都突出了共产党员的简朴精神。在例(6)

中，原文描述了牛大水去申耀宗家找他获取情报时的穿着和动作。沙博理在译文中添加"made a sharp contrast to these elegant surroundings"（与周围高雅的东西形成鲜明的对比），以申耀宗的奢侈来反衬共产党员牛大水的简朴。在例（7）的原文中，牛大水说八路军不抽纸烟，原语读者明白那时的纸烟相当昂贵，八路军不抽纸烟正体现了他们的简朴。但目的语读者的认知语境无法正确估量纸烟在当时中国的价值，因此沙博理增加一句"They are too expensive"（他们太昂贵了）来告知目的语读者八路军不抽纸烟的原因：不是纸烟质量不好，也并非其尼古丁含量问题，而是价格太高，简朴的八路军不会去抽。这一背景知识的补充，让目的语读者更深入认识八路军的简朴精神。

除了《新儿女英雄传》的英译之外，沙博理在英译其他作品时也采取了强化英雄人物形象的策略，比如对《活人塘》与《小城春秋》的英译。

例（8）吴七有一套接骨治伤的祖传老法。穷人家来请他，黑更半夜大风大雨他都赶着去。　　　　（高云览，1956：28）

He was generous with his skill as a traditional healer. If a poor family called him, he would go at any hour of the day or night, regardless of weather. 　　　　　　　　　　　　　　　（Shapiro，1959a：31）

例（9）使劲摇，铁栅给推弯了两根，门却推不倒。他狠狠地捏紧拳头，捶着墙壁出气。　　　　（高云览，1956：210）

His powerful arms bent two of the bars, but they did not break. Nor was he able to smash the door open. 　　　　（Shapiro，1959a：166）

例（10）刘根生舞起铡刀大声喊："同志！冲呀！"
　　　　　　　　　　　　　　　　　　　　　（陈登科，1954：26）

Liu raised the big chaff knife over his head and brandished it like a sword.

"Charge！" he roared. 　　　　　　　　　（Shapiro，1955：36）

在例（8）中，沙博理在译文中增加了形容词"generous"（大方的），表达了自己对吴七无私奉献精神的赞颂。例（9）与例（10）的译文中都增加了描写吴七与刘根生力量的词语"powerful""big"与"like a sword"。"powerful"形容吴七手臂的强劲有力。刘根生挥动大（big）铡刀时像挥剑（like a sword）一样轻松，足见其力气之大。沙博理的这些增译暗示了革命战士除了拥有高尚的品德之外，还有着强健的体魄与压倒一切的气势。

此外，通过将沙博理的译文与其他译者的译文进行对比分析，也可看出沙博理具有强化英雄人物的正面形象这一翻译惯习。

例（11）她只知道：这仓库和丈夫的性命相关，和儿子的性命相关，和这工地所有人的性命相关，和整个革命事业性命相关。

（杜鹏程，1958：117）

She only knew that the warehouse meant life or death to her husband, to her son, and to all those involved in the project.

（Maurice H. Tseng[①]，1980：325）

But one thing the old lady knew—these materials were part of the life fabric of her husband, her son and all of the people on the work project; they were never out of her mind. （Shapiro，1959b：63）

原文中"老党员"小黑妈将仓库的安全问题看得非常重要，以至于老黑一离开仓库的办公室，她就跑到仓库门口去守着，甚至在半夜还叫醒老黑去巡查仓库。这一系列的行为是由于"老党员"具有极强的责任心。曾宪斌通过直译准确保留了原文的意思；沙博理则增加一句"they were never out of her mind"（她从没忘记过这些），强调老黑妈时刻将仓库的重要性放在心中，一刻也不敢懈怠，一个具有极强责任心、时刻为他人着想的先进党员的正面形象呼之欲出。

（二）揭露和批判一切黑暗势力

揭露日本帝国主义的暴行，揭露国民党反动派的腐败与无情，揭露封建思想的流弊与余毒，也是沙博理所翻译的中国文学作品中传达的重

[①] 曾宪斌（1927—1997），美籍华裔外交家、汉学家，曾任教于美国旧金山州立大学（San Francisco State University），翻译了《延安人》等短篇小说。

要思想。沙博理除了忠实地翻译这种批判精神之外,还不忘添加一些词句来强化原作对恶势力的描述,时刻提醒目的语读者:日本帝国主义、国民党反动派、地主恶霸等黑暗势力是何等不堪和残忍,以此反衬共产党员的高尚品德,同时彰显共产党推翻旧中国建立新中国这一伟大壮举。

例(12)第二天晚上,张金龙在街上碰见何世雄的儿子何狗皮。何狗皮一把拉住他说:"走走走,到我家喝两盅去!"这时候,何世雄已经偷偷地回来了,躲在家里。 (袁静、孔厥,1956:52)

The next night, on the street, Chin-lung met Koupi, the son of Ho, the bandit who had turned traitor.

"Let's go to my house and do some drinking," said Koupi.

Chin-lung, never a man to turn down a drink, went willingly.

(Shapiro, 1979a:63)

例(13)张金龙瞧见院里有一棵槐树,就和李六子高高地爬到树上,把绳子一头拴住树干,一头拴住李六子的腰。

(袁静、孔厥,1956:89)

There was a tall tree nearby, but its branches didn't reach out far enough. The crafty Chin-lung climbed the tree, tied one end of the rope to a strong branch, higher than the top of the wall, and tied the other end around Li's waist.

(Shapiro, 1979a:104)

在《新儿女英雄传》这部小说中,张金龙作恶多端、屡教不改,是顽固恶势力的典型代表,原作中有多处针对其丑恶行为的描写。沙博理认为,原作对张金龙的描写不足以体现这一人物丑陋的面目,他在译文中多次添加词句,以强化张金龙在目的语读者心中的恶霸形象。例(12)的译文中增加的一句"Chin-lung, never a man to turn down a drink, went willingly"[从来都不拒绝喝酒的金龙欣然前往(狗皮家)]说明张金龙又开始跟何狗皮狼狈为奸了。张金龙经不起物质的诱惑,享乐成性,他的信念很容易因物质利益而动摇,即便他的妻子小梅和大水等共产党员曾多次对他进行教育和改造都无济于事。在例(13)中,沙博理在译文中增加了形容词"crafty"（狡猾的），表明张金龙所代表的恶势力是没有原则、见利忘义、见风使舵之辈。

例（14）三麻子使劲踢了他一脚，当场就用刺刀把他挑了。
（袁静、孔厥，1956：219）

Kuo kicked him sprawling, then viciously plunged his bayonet again and again and again. （Shapiro，1979a：256）

例（14）描述了三麻子在发现崔骨碌投奔共产党之后将其杀害的情景。原文"用刺刀把他挑了"并未细节描写三麻子残忍的程度，沙博理添加"viciously"（狠狠地）以及连续三个"again"将三麻子的残酷无情表达得淋漓尽致。

例（15）孙在涛是新河集最有脚力的人，吃人的野狗……
（陈登科，1954：9）

He was the rottenest man in Newstream—a wild dog.
（Shapiro，1955：13）

《活人塘》中的孙在涛是人人厌恶的大汉奸、大恶人。他压榨百姓、残害共产党员，无恶不作。在例（15）的原文中，"最有脚力的人"本意指"最有靠山的人"，将其直译无法表达孙在涛的恶行，于是沙博理将其译为"the rottenest man"（最恶劣的人，最腐败的人），以此来形容孙在涛可憎的面目。

例（16）伤员们咬牙切齿地骂着："蒋介石啊，你不要狂，老子只要有一口气，也非同你干到底不可！" （陈登科，1954：24）

The wounded ground the teeth and cursed, "Cut-throat Chiang bandits! I'll live to fix you yet!" （Shapiro，1955：33）

例（17）"俺早不是跟你说过吗，这些狗，狗——"吴七瞥了秀苇一眼，咽下了两个字。 （高云览，1956：64）

"I told you! Those dirty dogs—" Wu the Seventh glanced at Xiuwei and suppressed the rest of his oath. （Shapiro，1959a：65）

在例（16）和例（17）的译文中，沙博理通过猜测并显化原作话语中的隐含意思，来揭露国民党反动派的残酷与卑劣行径。在例（16）中，伤员们责骂国民党反动派，所表达大概意思是：蒋介石的军队不要嚣张，我们一定会跟你战斗到底。沙博理在译文中增加了"cut-throat"（残酷无情的）来修饰蒋介石的军队，表现出共产党对残害手足、冷酷无情的国民党反动派的痛恨之情。在例（17）的原文中，吴七只是将那些残酷无情的国民党特务唤作"狗"，但沙博理在译文"dogs"（狗）前加上了"dirty"（卑劣的）一词，借吴七之口表达对国民党反动派卑鄙行为的反感。

例（18）九月二十三日，中国共产党发出宣言，号召全国武装抵抗日本侵略。宣言发出的第二天，蒋介石在南京市国民党反动派党员大会演讲说："这时必须上下一致……暂取逆来顺受态度，以待国际公理之判决。" （高云览，1956：20）

On September 23, the Chinese Communist Party issued a proclamation, calling for armed resistance throughout the land against the enemy invasion. But two days later, at a meeting of the Nanjing Branch of the Kuomingtang Party, Chiang Kai-shek in a speech spinelessly proclaimed：

"These are times requiring unity from top to bottom… We must endure out adversity quietly, and wait for the judgment of international justice…" （Shapiro，1959a：23）

在例（18）的原文中，蒋介石的这番话显示了其胆小怕事、不顾大局的做派。作为一个中国人，蒋介石明哲保身、不捍卫国家领土与尊严的做法令人痛心。沙博理在译文中增加了副词"spinelessly"（没有骨气地）来形容蒋介石的这一言行，形象地描绘了这一无节操行为。

例（19）"给了咱了？你也不思量思量！吕老二的东西嘛，就是一根折针吧，还有白给人的吗？人家叫他吕二细鬼哩。"

（柳青，1960：14）

"Lu give anything away? Think again. That pig wouldn't give you a broken needle—unless you paid him for it. Isn't his nickname Lu the Miser?" (Shapiro, 1977: 13)

在例（19）的原文中，梁宝生从吕老二家中买回一头牛犊子，宝生妈误认为是吕老二白送的，因此宝生的爸爸梁三老汉才说了上面这番话。牛津词典中"pig"可以指"a greedy, dirty, or unpleasant person"（一个贪婪、肮脏或讨厌的人），沙博理在译文中用"that pig"来代替"吕老二"更突显了吕老二贪婪的形象，强化了梁三老汉对他的厌恶之情。

例（20）又过了两年，梁宝生被拉了壮丁。（柳青，1960：18）
Two more years went by, the Kuomingtang government grabbed Sheng-pao for military conscription. (Shapiro, 1977: 17)

在例（20）中，如果将"梁宝生被拉了壮丁"直译成"Sheng-pao was grabbed for military conscription"，那么这一译文无法在目的语读者中产生与原语读者同样的效果，因为目的语读者不能像原语读者一样识别出拉壮丁的军队就是国民党反动派。沙博理在译文中添加了"the Kuomingtang government"一词，避免目的语读者误会拉壮丁是共产党所为，此举不仅指出了国民党反动派的不良行为，也保持了共产党的良好形象，一举两得。

此外，通过将沙博理的译文与其他译者的译文进行对比分析，也可以看出沙博理具有揭露和批判恶势力的翻译惯习。

例（21）五年前，有人告诉他：朝代又改了，新朝代是要"打倒"洋鬼子的。老通宝不相信。为的他上镇上去看见那新到的喊着"打倒洋鬼子"的年轻人们都穿了洋鬼子衣服。（茅盾，1932：237）
Five years back some one told him that there had been another change in government and that it was the aim of the new government to rescue the people from foreign oppression. Tung Pao did not believe it, for he had noticed on his trips to town that the youngsters who shouted "Down

with the foreigners" all wore foreign clothes.

(Chi-chen Wang①, 1944a: 146)

Five years back somebody had told him that the dynasty had been changed for a new one. The new dynasty, they said, wanted to do away with the foreign devils. But he believed none of it. In the town he had seen that many of the young people who used to shout "Down with the foreign devils!" were dressed in the same clothes the foreign devils were supposed to wear.

(Harold R. Isaacs②, 1974: 279)

Five years before, in 1927, someone had told him: The new Kuomingtang government says it wants to "throw out" the foreign devils. Old Tung Pao didn't believe it. He heard those young propaganda speech makers the Kuomingtang sent when he went into the market town.

(Shapiro, 1979b: 5)

茅盾的作品《春蚕》描述了20世纪30年代初江南农村蚕事丰收而农民却破产的反常情况，造成这一悲剧的根源除了帝国主义的经济侵略、地主及高利贷者的层层剥削，还有国民党反动派的苛捐杂税。在例（21）的原文中，老通宝回忆五年前（1927年），蒋介石夺权之后，扬言要打倒洋鬼子，却口是心非，并未有打倒洋鬼子的进一步举措。这一回忆揭开了"新朝代"的虚伪面纱。原文中的"新朝代"实际上是指蒋介石领导的国民党政府。王际真的译文"the new government"与伊罗生的译文"the new dynasty"都传达了"新朝代"的表层信息，但是不明中国这段历史的人可能并不清楚此时的"新朝代"具体是什么政权领导之下的"朝代"。沙博理译文中的"The new Kuomingtang government"将原作中的"新朝代"具体化，告知目的语读者这个"朝代"就是国民党反动派执政的"朝代"，而这些假装喊"打倒洋鬼子"的虚伪行径是国民党反动派所为。沙博理还特意添加"1927年"这个时间信息以便目的语

---

① 王际真（1899—2001），美籍华裔著名学者、翻译家，翻译了《红楼梦》《战国策》《吕氏春秋》《儒林外史》《镜花缘》等古代典籍，还介绍过鲁迅、老舍、张天翼、叶绍钧、凌叔华、巴金和沈从文等中国现当代作家，被夏志清称为"中国文学翻译的先驱"。

② 伊罗生（1910—1986），美国人，1930年来到中国，担任过报社的通讯员、翻译等，编译出版了 *Straw Sandals: Chinese Short Stories, 1918 – 1933* [《草鞋脚：中国短篇小说选》(1918—1933)]。

读者轻松了解国民党反动派上台的时间以及故事发生的背景。另外，沙博理在译文中将"新朝代"具体化为"国民党政府"，也进一步说明了共产党与这些虚伪行径无关，避免了西方读者对中国共产党的误读。

二、文化立场选择的恒定性惯习

文化立场指认识和处理问题时所处的文化地位和所持的文化态度。与中国建立的深厚感情使得沙博理在翻译过程中呈现出倾向于中国的文化立场，主要表现在其在译文中为保留中国文化所做的努力上，包括：其一，通过序跋、脚注、文内注等副文本添加中国历史文化背景知识；其二，尽量采用异化的翻译策略保留文化负载词中所承载的中国文化内涵。

（一）译文中大量背景知识的添加

沙博理在其大部分译作中都或多或少地通过使用各种副文本来补充原作中隐含的历史文化知识，在让目的语读者充分理解原作的思想与原作中所承载的中国文化内涵的同时，尽可能向目的语读者传达更多的中国历史与文化知识。这种通过副文本补充历史文化知识的翻译惯习在沙博理的两部译作中表现得最为突出。一部是他的编译作品 *A Sampler of Chinese Literature From Ming Dynasty to Mao Zedong*（《中国文学集锦：从明代到毛泽东时代》）（本章简称 *A Sampler*），另一部是他的译作 *Deng Xiaoping and the Cultural Revolution—A Daughter Recalls the Critical Years*（《我的父亲邓小平："文革"岁月》）（本章简称 *Deng Xiaoping*）。

1. *A Sampler* 中背景知识的添加

A Sampler 是沙博理整理编辑的自己50余年翻译生涯中前30年所译的中国文学作品。沙博理将其英译的六部长篇小说的部分章节、五部中短篇小说及八篇袁水拍的政治讽喻诗编入此书中，并将这些作品按创作时期与体裁划分为封建时期（Feudal Fiction）、战争革命时期（War and Revolution）、转折时期（Transition）和政治讽喻诗（Satiric Verse）四大部分。

除了译文之外，沙博理在编辑这部译文集时还增加了大量介绍中国文学与文化的副文本。沙博理开篇就对他在 *A Sampler* 中所添加的文化背景知识的范围进行了介绍。他说："对于大体的背景，我会稍微提及中国文学的发展历程，描述一下孕育中国文学的几个历史时期以及介绍一下作者和我们这个译文集中所收录的文学作品的创作背景"（Shapiro，1996：Ⅰ）。沙博理在 *A Sampler* 的前言（prologue）中对中国文学的发展过程进行了简单介绍,从最早的诗歌总集《诗经》、唐朝的诗歌、元朝的戏剧,到现当代的战争革命小说等均有涉及。前三个部分的开篇分别对作品诞生的历史背景进行了概述,第四部分简述了中国诗歌的韵律结构。每篇译作之前都有对原作的作者、创作背景以及主要内容的简介。这些副文本为目的语读者呈现了中国文学概况以及新中国成立初期的政坛风云变化。沙博理不满足于仅通过文学作品本身的内容传播中国文化,由此可见他向世界介绍中国文化的决心,也足见其翻译惯习中所表现出的浓厚的中国文化情怀。

2. *Deng Xiaoping* 中背景知识的添加

Deng Xiaoping 是沙博理的另一部通过大量的副文本来介绍中国文化尤其是中国政治文化的译作。较之 *A Sampler*,*Deng Xiaoping* 中的副文本种类更为丰富,包括译者序、术语表、脚注和文内注等。

第一,*Deng Xiaoping* 译者序中背景知识的添加。沙博理在译者序中对中国两千年的封建体制进行了解读。沙博理认为,封建时代的中国"是一个帝王制的农业大国,少数富裕地主家庭统治着大部分人口,这些人口主要由农奴和佃农组成。一个富裕精英控制国家的各个层面,包括政府、军队、司法与立法机构"(Shapiro,2002:ⅱ)。此外,沙博理还在译者序中对新中国、共产党等进行了简单介绍。

第二,*Deng Xiaoping* 术语表中背景知识的添加。*Deng Xiaoping* 一书的术语表中包含 96 个词条,其中 5 个词条介绍中国特色政治词语,其余 91 个是对原作中所涉及的 93 个人物的介绍①。介绍内容包括生卒年月、身份、职位等。虽然这些人物简介并非沙博理所加,而是从原作的脚注中提取信息后制成术语表,但是译作中对这些人物的介绍较之原作更全面与具体。原作中有关人物的脚注仅简单介绍所涉人物的职务,译文术语表则全面呈现相应人物从新中国成立至译作发表(2002)以来的政坛身份。

例(22)陈云,时任中共中央政治局常委、国务院副总理。

(邓榕,2000:36)

Chen Yun (1950 – 1995)—former member of the Secretariat of the

---

① 其中一个词条 Yang,Yu and Fu 介绍了三个人物。其实,原作中不只涉及 93 个人物,对于主要人物如毛泽东、邓小平及其家人等,沙博理都在文内注释中作了详细介绍。

CPC Central Committee, Vice-Premier of the Government Administration Council and concurrently the head of the Central Financial and Economic Committee, and Vice-Premier of the State Council. In 1956, at the First Plenary Session of the Eighth Central Committee of the CPC, he was elected member of the Politburo of the Central Committee, member of its Standing Committee, and Vice-Chairman of the Central Committee. He was purged during the Cultural Revolution. In 1987, at the Third Plenary Session of the Eleventh Central Committee of the CPC, he was elected member of the Standing Committee of the CPC, he was elected member of the Standing Committee of the Politburo, Vice-Chairman of the Central Committee, and First Secretary of the Central Commission for Discipline Inspection. In 1987, he served as Chairman of the Central Advisory Commission. (Shapiro, 2002: 457)

例(22)中的原文仅短短一行，只介绍了陈云当时所担任的职务，而译文词条中罗列了其自新中国成立以来的政治职务，对人物的介绍更为全面。

第三，*Deng Xiaoping* 脚注中背景知识的添加。脚注也是沙博理用以给目的语读者提供中国政治文化背景知识的重要副文本之一。*Deng Xiaoping* 一书中有15个脚注，其中一个涉及中国传统文化：为什么女儿的子女不能称为孙子，而只能称为外孙；一个涉及语言文字："钱浩亮"这一人名的文化内涵；另外13个涉及政治，包括政治事件、政治术语、政治思想等。

例(23) Qian means "money". Haoliang, the actor's given name, means "brightly glittering". (Shapiro, 2002: 218)

例(23)是译者所加脚注，用以解释一位名为"钱浩亮"的演员的名字内涵，为目的语读者呈现更真实的中国语言文化。

第四，*Deng Xiaoping* 文内注中背景知识的添加。对于相对简单的文化知识，沙博理偶尔也采取文内注的形式加以解释。

例(24) 生活这样过着，基本安然，只是用煤炉子不小心，发

生了两次煤气中毒"事件"。　　　　　　　　　　（邓榕，2000：78）

　　Our life was relatively uneventful, except for two times when we were careless with our stoves and were nearly asphyxiated. (Poor people couldn't afford chimney pipes, and burned coalballs, which gave off lethal fumes. Many became ill, or died, if they forgot to keep a window or door open, particularly when going to bed.)　　　　　　（Shapiro，2002：77）

　　此处其实无需添加背景知识，目的语读者应该也能够理解使用煤炉子不当可能导致中毒。但沙博理时刻不忘对中国文化的传播，采取文内注的形式向英语读者介绍中国人使用煤球来进行取暖，并普及这一取暖方式的注意事项。

（二）文化负载词最大程度的异化

　　文化负载词是指语言系统中最能体现语言承载的文化信息、反映人类社会生活的词汇，它反映了语言文化的系统性差异。结合沙博理所翻译的文学作品中文化负载词的特点，本书将文化负载词分成五类，即习语、命名文化负载词、度量衡文化负载词、宗教文化负载词、革命与政治文化负载词。其中，习语包括成语、歇后语、俗语、谚语、格言、惯用语、对联等。因本书涉及的文学作品中所包含的成语与歇后语居多，其他几种较少，所以笔者将后面数量较少的几种习语皆归为俗语之列。命名文化负载词包括人名、地名、物名、机构名、称谓、节日。度量衡文化负载词除了包括长、宽、高、重量等度量衡单位之外，还包括价值的度量单位，即货币单位。沙博理对文化负载词主要采取了音译、直译、文外解释、文内解释、意译、省译六种方法，前四种翻译方法属于保留原文文化内涵的异化策略，后两种翻译方法属于损失原文文化内涵的归化策略①。

　　本书选择沙博理三个翻译网络中的代表性译作，通过定量分析的方法，统计这些译作中沙博理对文化负载词的翻译方法。因为第一个翻译网络与第三个翻译网络中的译作是长篇小说，又涉及革命与政治文化负载词，所以本书在第二个翻译网络中同样选择了与革命和政治相关的长篇小说，但由于在这一翻译网络中一部长篇小说的文化负载词数量太少，故择取了两部作为代表。本书所选择的四部长篇小说分别为《新儿女英雄传》《活人塘》《小城春秋》和《我的父亲邓小平："文革"岁月》。

---

① 异化与归化是翻译策略，直译与意译是在异化与归化的翻译策略下采用的翻译方法。

第五章 沙博理的恒定性翻译惯习：让世界了解真实的中国 | 119

本书共统计出宗教文化负载词 23 例、命名文化负载词 55 例、俗语 45 例、歇后语 23 例、成语 38 例、度量衡 16 例、革命与政治文化负载词 22 例，共计 222 例（详见图 5-1）。

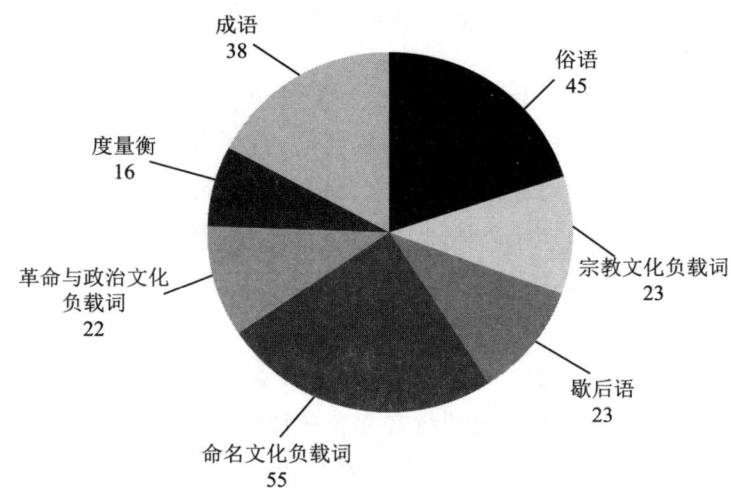

图 5-1 沙博理译作中所涉中国文化负载词比例

沙博理对这些文化负载词主要采取的翻译方法包括：音译、音译 + 文外释义、音译 + 文内释义、音译 + 文内文外释义、直译、直译 + 文内释义、直译 + 文外释义、直译 + 音译、意译和省译等（详见图 5-2）。

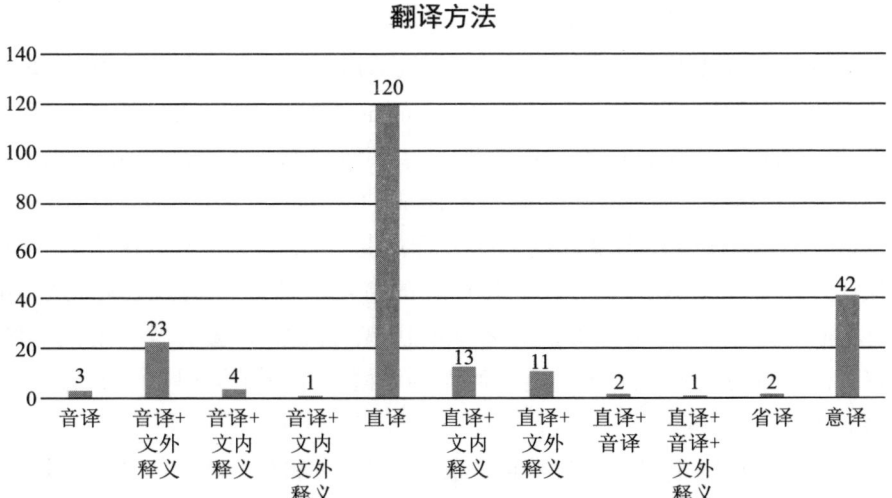

图 5-2 沙博理译作中中国文化负载词的翻译方法

省译与意译属于未能保留中国文化内涵与语言形式的归化策略，共计44例，占19.8%，直译、音译等属于保留中国文化内涵和语言形式的异化策略，共计178例，占80.2%，远远超过了归化策略使用的比例。由此可见，沙博理在文化负载词的翻译中所表现出的惯习是尽量采用异化策略，或保留中国语言形式，或忠实传达中国文化意象与内涵，或两者同时保留。

下文分析沙博理在命名文化负载词、习语、宗教文化负载词等各类文化负载词的翻译中所采用的具体的音译、直译等保留文化内涵的翻译方法，同时通过将沙博理所采取的文化负载词的翻译方法与其他译者所采取的文化负载词的翻译方法进行对比，进一步阐明沙博理对保留中国文化所付出的努力。

1. 命名文化负载词的音译

沙博理（1998：341—344）主张用拼音来书写汉语，他在译作中也尽量通过音译的方式将中国的拼音文化传播到英语世界中去。经查证，沙博理对绝大多数人名与地名的翻译都采用了音译的方法，尽量保留中国的汉语拼音这种语言形式，而且沙博理对于一些食物、称谓词等的翻译也使用这种方法，由此可见其音译所涉及的范围之广，其推广汉语拼音的决心之大。但是这些音译方法又各有区别，视原词的具体情况而定。

对于仅作为一个代号且并无特殊意义与文化内涵的人名、地名等，沙博理就直接采取音译的方法，比如将"大水"译成"Ta-shui"，将"天津"译成"Tianjin"等。

对于承载特殊意义的人名、地名等，沙博理则采用音译+文内释义的方法，比如将"眠眠"翻译成"Mianmian（Sleepy）"，将"胖胖"翻译成"Pangpang（Chubby）"，将"花园村"翻译成"Huayuancun（Flower Garden Village）"，将"未名湖"翻译成"Weiming（Nameless）Lake"。"眠眠"是邓林给外甥女起的名字，理由是外甥女爱睡觉，这个名字既指代外甥女这个人，也隐含了其嗜睡的特点，所以沙博理在括号中用"Sleepy"释义，既保留了这一名字的拼音又凸显了这个名字主人的特点。沙博理对另外三个文化负载词的翻译同样达到了同时保留其音与义的效果。

对于在英语中找不到对等词的食物，沙博理除了对少数几个采取意译之法外，大都采用音译+文内释义的方法，比如将"木耳"翻译成

"mu er (edible black fungus)",将"饺子"翻译成"jiaozi (dumplings)",将"白菜"翻译成"bai cai (Chinese cabbages)",保留了拼音形式和中国特色食物的内涵。

对于同时包含有特殊意义的字和无特殊意义的字的人名、地名与称谓语,沙博理则使用直译+音译的方法,既保留拼音形式又体现人物的个性特点,比如将"黑老蔡""吴七"和"老秦"分别译为"Blacky Tsai""Wu the Seventh"和"Old Qin"。沙博理将其中无特殊意义的姓氏音译,而将代表"黑老蔡"皮肤黝黑特点的"黑"直译成"Blacky",代表"吴七"排行的"七"直译成"Seventh",代表特殊称呼的"老"直译成"Old"。

由此可见,沙博理所采用的音译法绝非仅仅为了单纯地保留原文的拼音文化,而是根据原文的具体情况,尽量保留原文中这些命名文化负载词所承载的不同文化内涵。

2. 命名文化负载词的直译

沙博理在保留人物个性特点和历史文化内涵上付出了很大努力。在这方面,直译是沙博理的常用方法之一。

对于反映人物特点的人名、突出地方特色的地名,尤其是既突出人物个性又蕴含中国文化特色的绰号,沙博理尽量采用直译的方法保留相应的人物个性与地方特色,比如《水浒传》中人物大都有绰号,这些绰号比姓名能更直接、具体地反映人物的性格特点,蕴含了丰富的中国文化因素。沙博理通过直译的方式既保留了绰号中蕴含的中国文化,又突出了人物的个性特点,比如将"插翅虎雷横"译为"Winged Tiger Lei Heng",将"及时雨宋江"译为"Timely Rain Song Jiang"等。关于沙博理《水浒传》英译本中绰号的翻译,现有研究已经取得了丰硕的成果,在此不赘述。杨战江(2008)、徐学平(2009)等人从文化层面分析了沙博理对《水浒传》中人物绰号的翻译,虽然指出了沙博理在绰号翻译中存在的一些不足,但都无一例外地肯定了沙博理在忠实传达绰号中所蕴含的中国历史文化内涵方面所做的努力。

下面举例说明沙博理和其他译者在翻译命名文化负载词时所采取的不同策略。

例(25)"谷雨"节一天近一天了。村里二三十人家的"布子"

都隐隐现出绿色来。（茅盾，1932：243）

　　As the period of Germinating Rains drew near, the "cloth" in every family began to take on a green blue.　　（Chi-chen Wang，1944a：150）

　　With the approach of Ku Yü, the day of the Great Rain, little specks of stirring green appeared in the black of the eggs on their pieces of cloth.
（Harold R. Isaacs，1974：286）

　　"Grain Rain" day—bringing gentle drizzles—was not far off. Almost imperceptibly, the silkworm eggs of the two dozen village families began to show faint tinges of green.　　（Shapiro，1979b：12）

　　谷雨取自"雨生百谷"，是二十四节气中的第六个节气。由于谷雨时节风和日丽，桑树开始萌芽，也是养蚕的最佳时节，民间还流传"谷雨西厢宜养蚕"与"谷雨头，蚕子头"之谚语。谷雨期间绵绵细雨持续不断。在例（25）中，王际真采用意译法将"'谷雨'节"译成"Germinating Rains"（发芽的雨季），保留了这个文化负载词的部分意义；伊罗生的译文"Ku Yü"（谷雨）则保留了汉语的拼音文化，"the day of the Great Rain"（大雨时节）这一文内释义也弥补了单纯音译给目的语读者带来的困惑，在一定程度上传达了"谷雨"的文化内涵，遗憾的是丢失了"谷"这一意象。沙博理采用直译+文内释义的方法，将"'谷雨'节"直译成"'Grain Rain' day"（"谷雨"节）保留了"谷"的文化意象，再辅以"bringing gentle drizzles"（带来绵绵细雨），忠实传达了"谷雨节"中"细雨绵绵"的文化内涵。

　　3. 习语的直译

　　习语作为语言的重要组成部分，经过长期的历史文化沉淀，蕴含了丰富的文化意象。在本书统计的222例文化负载词中，习语为106例，约占所有文化负载词的一半。其中，习语的意译为19例，省译为2例，共21例，占19.8%，习语的直译为85例，占80.2%，与其余文化负载词的归化与异化比例相近，因此，如果要进一步分析沙博理其他译作中文化负载词的归化与异化策略的比例，可以选择习语这一类文化负载词作为代表。

　　本书所选择的三类习语，即俗语、歇后语与成语，其英译在归化与异化策略的比例上存在一定差异，俗语英译为8.9%的归化和91.1%的异化；成语英译为 23.7% 的归化和 76.3% 的异化；歇后语英译为 34.8% 的归化和 65.2% 的异化。异化程度最高的是俗语，其次是成语，最后才是歇后语。

俗语除了少数蕴含典故之外，大多数都是人们日常生活中的一些文化意象，这些意象在目的语文化中也都存在，只是所表达的寓意不同罢了，因此，直译出来也能让目的语读者理解。

有些成语中所蕴含的意象的中国特色不太明显，沙博理便对它们采取了意译的翻译方法，即归化策略。

歇后语归化程度相对较高是因为其具有特殊的结构。歇后语由本体和喻体组成，本体部分蕴含中国文化意象，喻体部分揭示这一意象所表达的喻义，如果本体部分的意象让目的语读者难以理解，译者又难以表达的话，那么译者就直接翻译出喻体部分。这种仅翻译出歇后语喻体部分的方法在本书中被归为意译法，因为这种方法毕竟损失了中国文化的意象。歇后语中最难译的要数谐音双关歇后语了。一般情况下，采用直译法翻译双关类歇后语是不可能的（吕俊，1983：32）。尽管如此，沙博理却仍能同时保留谐音双关歇后语的形象与谐音，由此可见他在翻译中对中国文化保留的努力程度与高超技巧。例如，沙博理将"谁知道柳树上开花：没结果"翻译成"Who knew that it would be like the willow tree and blossom but not bear fruit"。"没结果"包含没有结果实和事情没有结局这两层意思。英语中的对等词"fruit"恰好也有果实和成果两层意思。沙博理的直译不仅保留了原义，说明了喻义，还在目的语中传达了双关语的修辞效果，堪称妙译。

概之，沙博理对习语的翻译一般采取异化的翻译策略与直译的翻译方法，保留中国文化意象。请看以下两个例子。

例（26）吕有怀望着老黑、老太太和小黑子，他觉着，就是那些宽阔而坚实的肩膀，支撑着这万里江山。（杜鹏程，1958：121）

Lü Yu-huai observed Old Hei, the old lady, and Little Hei. He realized that it was these broad and sturdy shoulders that had been supporting this vast nation. (Maurice H. Tseng, 1980: 327)

As Lu watched Pa and Ma and Little Hei, he felt that China's ten thousand li of rivers and mountains were being supported on broad strong shoulders like theirs. (Shapiro, 1959b: 66)

"万里江山"形容国家领土幅员广阔。"万里"是一个虚数,指辽阔,"江山"指领土。曾宪斌将"万里江山"译成"this vast nation",简洁明了,是典型的意译方法,但是没有保留原成语中的文化意象。沙博理则将"万里江山"直译成"ten thousand li of rivers and mountains","万里"的距离,"河流""山川"等意象呼之欲出,准确保留了原成语的文化意象与内涵。

例(27)玉珍在一边说:"她是刀子嘴豆腐心,心眼儿可好着哩。" （刘真,1962:16—17）
Off to one side Yu-chen said, "She is hard on the outside, but a softy inside. She's a good heart." (Ted Hunters, 1980: 596)
"Her mouth may be like a knife," Yu-chen put in, "but her heart is like beancurd. It's soft and good." (Shapiro, 1963: 38)

在例(27)的原文中,"刀子嘴豆腐心"形容这位"大姐"嘴硬心软。"刀子"与"豆腐"这两个意象形象生动。胡志德采用意译的方法传达了这一习语的基本意思,但是同时舍弃了"刀子""嘴""豆腐""心"这四个形象的意象,中国特有的文化意蕴丢失殆尽。沙博理采取直译的方法,保留了"刀子嘴豆腐心"这一习语中所有的意象。虽然英语中是用"sharp tongue"来形容"嘴硬"的,目的语读者对"豆腐"这种食物也很陌生,但是他们通过"It's soft and good"就能完全理解前两句话的真意,体会到"刀子""嘴""豆腐""心"这四个中国文化意象的真正内涵。

4. 革命与政治文化负载词的直译

革命与政治文化负载词是沙博理翻译的中国文学作品中一大特色文化负载词。本书共整理出30例革命与政治文化负载词,1例采用意译法,29例采用直译法,其中有7例含有文内或文外释义,详尽解释了这些文化负载词的内涵。篇幅所限,以下仅举一例说明。

例(28)大水在地里胡混了几天,心里想:"老这么东跑西颠的,也不是个事儿,找'堡垒户'钻个洞试试看吧。"

(袁静、孔厥,1956:118)

After wandering in the country for a few days, Ta-shui realized he couldn't accomplish anything alone. He decided to spend some time in one of the underground "forts". The "forts" were places of concealment in the homes or fields of peasants who where also members of the underground. At the height of the Japanese "mopping-up" campaign, the "forts" provided places of refuge and rest, and a means of keeping contact with other members of the organization. (Shapiro,1979a:132)

例(28)的原文是针对"五一大扫荡"这一主题所展开的内容。大水因在外闲逛多日,觉得单凭一己之力无法抗日,于是就想找个"堡垒户"看是否能联络到其他共产党员。此处的"堡垒户"是指在艰难的抗日战争时期,觉悟高的群众舍生忘死、隐藏保护共产党干部和人民子弟兵的住房关系户,是保护和积蓄抗战力量的基地。"堡垒户"这一中国特色文化负载词形成于抗战时期,普通的西方读者不具备了解这一文化负载词的背景知识,因此无法仅凭"underground 'forts'"领会它的深层含义。沙博理将"堡垒户"直译成"underground 'forts'",并对其进行释义,补充目的语读者缺少的背景知识,不仅保留了其革命文化内涵,还忠实传达了原作的思想。

5. 宗教文化负载词的音译或直译

沙博理对80%以上的宗教文化负载词采取了音译或直译的方法,以最大程度地保留中国宗教文化,比如将"老天爷"直译成"Heavens",将"观音大士"音译成"Kuan Yin"等。下面对比分析沙博理与其他译者在翻译"神仙"这一宗教文化负载词时所采用的翻译方法。

例(29)她仰起脸来问我:"什么工作能不用脑子呢?除非你当神仙去。" (刘真,1962:19)

She looked up at me and asked, "What kind of work can be done mindlessly? Unless you plan to give up the revolution and become some sort of goddess." (Ted Hunters,1980:600)

Big sister looked at me and demanded sarcastically: "What kind of job would that be? Something outside the revolution? A fairy maiden, flying around in the sky?" (Shapiro, 1963: 45)

"神仙"在中国古代神话传说中指一些具有特殊能力并且可以长生不老之人。中国的"神仙"一词包含无所不知、无所不能、超脱尘世等多种含义。在例（29）中，原文用"神仙"比喻那些无牵无挂、逍遥自在的人。胡志德将"神仙"归化成"some sort of goddess"，以古希腊神话、基督教中的"goddess"代指中国古代神话中的神仙，未能突出中国"神仙"的特质与中国文化的异质。沙博理则采取异化的策略，将"神仙"直译成"A fairy maiden"再以"flying around in the sky"加以阐释，既保留了中国"神仙"的形象，也点明了其在文中"逍遥自在"的含义。

第二节　翻译标准选择的恒定性惯习

沙博理所处的翻译场域奉"信、达、雅"为圭臬，其工作单位外文出版社在制定具体翻译细则时以这一翻译标准为准则，其中的"信"更是译者必须遵从的原则。此外，沙博理本人热爱中国语言与文化，希望在翻译中保留中国的语言与文化特色，这恰好契合当时翻译场域中"信、达、雅"的翻译标准，因此，沙博理的翻译惯习中体现了遵守"信、达、雅"的翻译主张。这种"信、达、雅"的翻译主张其实更倾向于"信"。

沙博理认为，文学翻译既要忠实传达原作的内容与风格，又要考虑目的语读者的接受能力与兴趣。译者需要不断地在原作与目的语读者之间找平衡，像是在他们之间"走钢丝"，偏向这边不行，偏向那边也不妥。由于两种语言之间的差异，要在这两者之间找到平衡，势必要牺牲语言形式，对原作进行一定程度的调整。在沙博理看来，若想将中国文学作品的思想忠实地传达给英语读者，译者就要尽量遵守英语的语言文学规范，产出"好懂"的译文。由于中英两种语言文学规范存在一定的差异，所以译者在某种程度上不得不背离中文的语言文学规范。沙博理本身所具有的西方读者的惯习和西方人的语言与文化资本使得他在对英语读者接受能力与兴趣的把握上得天独厚，知道英语读者喜欢什么样的文学作品，熟悉西方文学作品地道的语言表达及篇章结构规范，在翻译中表现出明晰的读者意识；沙博理所具有的中国人的惯习和其中国人的语言与文化资本使得他能理解中国文学作品中的思想内容以及文化内涵，因此，沙博理在照顾目的语读者阅读习惯的同时也能忠实传达原作的意义。

一、遵守"信、达、雅"翻译主张的恒定性惯习

新中国成立之后的翻译场域中对"信、达、雅"标准的推崇极大地影响了沙博理对翻译标准的认识。沙博理也赞同"信、达、雅"的翻译主张。但是因译界对严复"信、达、雅"翻译标准的理解存在较大争论，本书需要厘清沙博理所在翻译场域中以及沙博理个人对"信、达、雅"这一翻译标准的理解，以便更公平、更客观地分析沙博理在其翻译实践中对这一标准的具体遵循情况。译界对"信、达、雅"的理解大体如下："信"指"逐字死译"或"忠实、正确传达原著的思想、风格与精神"；"达"指"通顺"或"达意"；"雅"指"文字典雅"或"保持原作风格"。从第四章第二节可知，新中国翻译场域中对"信、达、雅"的理解也存在一定的差异，不过归根结底都包含忠实于原作的内容和风格这一标准。沙博理对"信、达、雅"的理解也涉及对内容和风格的忠实。他指出，"我们的翻译若不把内容和风格二者都表达出来，那就不算到家"（沙博理，1991：3）。也就是说，"达"与"雅"的最终服务对象还是忠实，是"信"，对此，常谢枫和王振平也有相似的理解。常谢枫（1984：900）认为，"信"是翻译的根本标准，"达"是对"信"的必要补充，"雅"是求"达"的一种手段。"信"表明译文与原文的关系，即前者忠实于后者，"达"和"雅"则是对译文提出的两个独立于原文之外的质量标准。王振平（2000：67）认为，"达"是为了"信"，"雅"是求"达"的手段，求"雅"为"达"，求"达"为"信"，最终的落脚点还是"信"。"信"是对原作的全面忠实，"译者应把原作有机整体中的一切因素，包括题材、思想、意义、意境、风格、技巧、手法、遣词造句、段落篇章结构、阅读效果、审美效果等在内的各种因素，都尽可能从宏观上和微观上去全面地把握，并尽其所能在译作中全面忠实地加以再现"（王理行，2003：99）。那么怎样去评价一部译作是否忠实于原作的内容与风格呢？首先要弄清楚内容与风格的真正内涵。我们通

常所说的内容指思想或意义。其实，内容应该有抽象与具体之分。抽象的内容就是我们通常所说的思想或意义，而具体的内容则是指表达这些思想与意义的字、词等语言单位。当然，有人会说这些语言单位应该就是我们常说的形式，形式更多地是指语言单位的音、形等外在表征，以及这些语言单位在形成句子甚至是篇章时的排列结构等，而非实实在在存在的语言单位。可见，内容狭义上指思想或意义，而广义上还应该包含承载这些思想或意义的语言单位，即每一个字词甚至是标点符号。风格是作家及不同流派的语言变异及总体风貌（刘宓庆，1990：1），比如刚健与柔婉、华丽与素朴、庄重与诙谐、含蓄与畅达等。这些风格可以通过对原作的各种形式标志，比如音系标志、语域标志、词语标志、句法标志和章法标志，和非形式标记，比如表现法、作家精神气质等，来认识和鉴别。因非形式标志比较难以把握，本书主要通过分析沙博理在翻译中对体现原作风格的形式标志的忠实程度来评价其对原作风格的忠实。本书结合刘宓庆所述风格的形式标志、常谢枫关于"信"的丰富内涵观、王理行的全面忠实观以及沙博理的翻译观，基于沙博理所翻译文学作品本身的特色，主要从以下六个方面分析沙博理在翻译中对原作内容与风格的忠实情况：语言单位；词语（词、词组）意义；句法逻辑；词语的感情色彩与修辞手法；句法结构（语序、句长等）；人物个性语言。本书尽量选择沙博理所翻译的具有其他译本的文学作品，这样除了可以将译作与原作对比分析之外，还可以将沙博理的译文与其他译本对比分析。篇幅所限，每个方面只选举几个典型例子加以说明。

（一）语言单位的完整保留

内容有狭义与广义之分，前者主要是指意义，后者则包括组成意义的每个语言单位。每个语言单位的完整保留能够保证译作全面忠实于原作的内容。除了累赘与对情节发展不太相关的内容，沙博理在译作中尽量保留原作中的每一个语言单位。

例（30）老通宝路上气得生病了，两个儿子扶他到家。

（茅盾，1932：257）

Old Tung Pao was so mortified that he fell sick on the way and had to be carried home.

（Wang，1944：158）

On the return trip, Old Tung Pao became ill with rage. His sons carried him into the house. （Shapiro，1979：25）

例（31）老通宝气得说不出话来。 （茅盾，1932：256）
Tung Pao had nothing to say to this. （Wang，1944：158）
Old Tung Pao was so angry he couldn't speak.

（Shapiro，1979：25）

例（32）今年蚕花娘娘保佑这个小小的村子。

（茅盾，1932：253）
The Goddess of Silkworms had been good to them.

（Wang，1944：156）
The Silkworm Goddess had been beneficent to the tiny village this year. （Shapiro，1979：22）

沙博理在以上三个例子中保留了原作的所有语言单位，做到了对原作的完全忠实。在例（30）中，王译本省略了"两个儿子"，沙译本中将其保留了下来，而且还保留了汉语流水句的句型特征。在例（31）中，王译本省略了"气"，沙译本保留了所有的语言单位。在例（32）中，王译本将"这个小小的村子"译成"them"，代表村中的村民，而沙译本用"the tiny village"（这个小小的村子）保留下了这一语言单位。

（二）词语意义的准确再现

沙博理在翻译中非常注重词语意义的准确再现，他认为要在对原文正确理解之后再进行翻译，在表达时要选择合适的英语对等词（沙博理，1991：4）。译者必须了解原作中词语的意义，然而确定词义却大为不易。词义不是简单地一查字典就可获得，而是要看它出现在怎样的上下文中，这就需要将整部作品理解透彻。词义不仅具有表面意义，还具有内涵意义、情感意义等各种深层意义，这些深层意义不仅需要根据上下文语境，有些还需要根据社会文化语境去推测出来，因此，译者还需要有相当高的原语的语言与文化素养。在将词义理解透彻之后，译者需要在译语种中找到合适的对等词将其表达出来，这就需要译者具有较高的目的语的语言与文化能力。当然，这只是译者的能力层面，除了能力之外，译者的抉择也至关重要，有些译者可能会为了保留形式或译文的通顺而牺牲译文的准确性。沙博理不仅具有良好的汉英双语与双文化能力，而且以词语意义的准确再现为首要任务，在翻译中尽量理解原作中词语的深层意义，并在译作中将其再现，不会为了形式对等与译文通达而牺牲原作词语的意义。

例（33）"咦，这年头，她妈糊涂，兵荒马乱，大姑娘放在家……" （端木蕻良，1936：378）

"Hm, they are fools. With all the fighting and confusion, keeping a grown girl at home like that..." （Goldblatt, 1988：16）

"Hah, her mother's dizzy. At a time like this—war and turmoil..." （Shapiro, 1962：57）

葛译本中将"她妈"意译成"they"（他们），沙博理以"her mother"（她的妈妈）对等翻译。"糊涂"是个多义词，在原文中是"头脑不清，不明事理"的意思。葛译本中"fools"（傻瓜，笨蛋）一词似乎太过，沙译本中的"dizzy"（傻乎乎的）一词更能准确传达这层意思。

例（34）徒弟们练架式练得累了，老组长陈秉正便和他们休息一阵子。 （赵树理，1960：20）

When the trainees became tired from style exercises, Coordinator Ch'en gave them a break. （Mao & Yang, 1980：496）

The pupils were worn out after a session of practising form, and Old Chen rested with them. （Shapiro, 1961：4）

原文是组长与徒弟们一起休息，虽然茅国权、杨立宇的译本中"gave them a break"（让他们休息一会儿）基本上传达了原文的意思，但是沙译本中"rested with them"（和他们一起休息）更准确再现原文中组长与学员在同一个地方一起休息的意义。

例（35）大磨岭离县城四十里，冬天的白天又短，陈秉正老汉从吃过早饭启程，直走到太阳快落山才到。 （赵树理，1960：20）

The Big Millstone Mountain was about forty li from the county seat.

Winter days are short, so Ch'en, after breakfast, left home and reached his destination at dusk. （Mao & Yang, 1980: 499）

Big Millstone Hill is forty li from the county seat, and winter days are short. So Old Chen set out immediately after breakfast. He didn't arrive until the sun was about to set behind the hills. （Shapiro, 1961: 52）

原文是"太阳快落山"，茅国权、杨立宇的译本中"dusk"是指"dark from absence of light"（没有光而变得昏暗），强调没有光线了，与原文意思不符。沙博理直译成"the sun was about to set behind the hills"（太阳快落山了）准确传达了"太阳快落山"的含义。

例（36）抗战初年，汉奸敌探溃兵土匪到处横行……
（赵树理，1947: 5）

In the early years of the thirties, traitors, enemy spies, disbanded soldiers and bandits roamed everywhere... （匿名，1998: 417）

In the early years of the War Against Japanese Aggression, the countryside was overrun with traitors, enemy spies, deserters and bandits...
（Shapiro, 1950: 91）

原文中"抗战初年"是指抗日战争初期。匿名译本中"In the early years of the thirties"（30年代初期）过于模糊。到底是哪个世纪的30年代，还需要读者上下文语境推测。原文写的是"抗战"而非"30年代"，仅译出"30年代"未必能使目的语读者联想到抗日战争。沙博理将"抗战初年"直译成"In the early years of the War Against Japanese Aggression"，保留了"抗战"的准确含义。

例（37）那时候他才十六七，原不过在冬天夜长时候，跟着些闲人到三仙姑那里去凑热闹，后来跟小芹混熟了，好像是一天不见面也不能行。 （赵树理，1947: 7）

At about seventeen, he used to spend some of the long winter evenings in Third Fairy-maid's house, together with other visitors. But he grew so attached to Little Qin, he could not let a single day pass without seeing her. (匿名,1998:421)

It started when he was seventeen and joined other young people merrily whiling away the long winter evenings at the home of Third Fairy. Soon he and Qin grew very attached. They couldn't seem to let a day go by without seeing each other. (Shapiro,1950:93)

原文"凑热闹"一词指小二黑因无事所以去人多热闹的地方消磨一下时光,匿名译本中"spend"(度过)没有把这个词闲逸、热闹的感情色彩译出来。沙译本中"merrily"(欢快地)传达出了这种热闹的氛围,而"while away"(消磨)指"to cause (time) to pass without wearisomeness; to pass or get through (a vacant time)"(轻松打发时间,度过一段空闲时间),表示轻松地消磨时光,"凑热闹"的词义在译文中得到了准确传达。

(三) 对句法逻辑的完全忠实

句法逻辑是指句法中所存在的逻辑关系,包括时间、空间与事理逻辑。由于中西方思维等差异,汉英句法逻辑也存在一定的差异,沙博理倾向于保留原作中汉语思维模式下的空间、时间与事理等句法逻辑。

例(38)当前一个孱弱的小姑娘吓得倒退了起来,一手还举着镰刀。 (端木蕻良,1936:381)

A frail little girl holding a sickle backed off in fright.
(Goldblatt,1988:22)

A puny little girl retreated in fright. There was a sickle in her hand.
(Shapiro,1962:60)

原文中帮地主看守豆地的16岁少年农民玛瑙,半夜听到豆地里面传来割豆秸的声音时想去一探究竟。在前去抓"贼"的路上,玛瑙想象中这个贼应该是一个"络腮胡子的大汉子",会向自己扑过来,因此,在看到小姑娘的那一刹那他应该是先注意到她整体的动作而非镰刀。再者,那样黑的夜晚,也只能是先觉察到小女孩后退的动作然后才会注意到手部所握的镰刀。可见,原文的行文逻辑应该是先整体再局部的。葛译本中将"holding a sickle"(手握镰刀)作为后置定语修饰主语"a frail little girl"（孱弱的小女孩），简洁、流畅、自然。遗憾的是，此举打乱了原文从大到小、从整体到局部的句法逻辑。沙博理以两句处理，真实展现了玛瑙观察小女孩的整个过程，即先看到小女孩后退的动作，再发现其手上握着一把镰刀这个状态。沙译本也再现了汉语遵守空间上从大到小、从整体到局部、从上到下的组句规律。

例（39）在深谷里，被稀疏疏的小紫杨围着的小土丘上，闪动着一道游荡的灯光，鬼火似的一刻儿又不见了。

（端木蕻良，1936：377）

Lamplights flickered on a poplar-dotted hill in a hidden valley, then vanished like will-o'-the-wisps. （Goldblatt, 1988：13）

In the valley lamplights flickered on a small rise surrounded by scattered alders, then, like will-o'-the-wisps, vanished from sight.

（Shapiro, 1962：55）

例（39）同样是一个空间句法逻辑的例子。葛译本打乱了原文的句法逻辑，从"lamplights"（灯光）到"hill"（土丘），最后到"valley"（山谷），从小到大，遵循英语的句法逻辑；而沙译本则先描述"valley"（山谷），从大到小，遵循汉语的句法逻辑。

例（40）因为三尺来长的锄把，要不弯腰，根本探不着地皮。

（赵树理，1960：20）

He had to bend his back when using this three-foot hoe, otherwise, he could not touch the ground. （Mao & Yang, 1980：496）

Because with a handle only three feet long, if you don't bend your back your blade won't even touch the ground. （Shapiro, 1961：46）

以上是一个事理逻辑的例子。原文是说陈秉正为不肯弯腰的懒汉专门设计了一款锄把只有三尺来长的锄头，使用这把锄头的人必须弯下腰去，锄刃才能碰到地皮。原文是一个无主句，省略了两个主语，将其补全应该是"因为三尺来长的锄把，（你）要不弯腰，（锄刃）根本探不着地皮。"茅国权、杨立宇将最后一个小句的主语理解成了使用这种锄头的人，逻辑上理解有误。沙译本中"touch the ground"的逻辑主语是"your blade"（你的锄刃），符合原文句法逻辑。

例（41）当一九五六年高级化的那一会，有些素不参加农业生产的妇女和青年学生被动员参加了农业生产，做的活很不合规格……
（赵树理，1960：19）

During that period of the advanced cooperative in 1956, a number of women and young students who had never participated in farming joined the work force, but their work was below standard.
（Mao & Yang, 1980：495）

When the advanced co-op was formed in 1956, a lot of women and school students who had never done any field work before were convinced they should take part. Their work was far below standard...
（Shapiro, 1961：44）

妇女和青年学生因没有参加过农业生产，所以没有这方面的经验，故而在这次农业生产中做的活不合格。原文中表达的应该是一种因果关系，茅国权、杨立宇的译本中却增加"but"（但是）一词凸显出一种转折关系，句法逻辑关系理解混乱。沙译本中并未添加连词，而是保留原文的意合句法，以隐含的逻辑关系忠实传达了这种句法的因果关系。

（四）对词语感情色彩与修辞手法的完全忠实

例（42）玛瑙茫然不能索解，只是袭来一股羞辱与不可知的恐怖。
（端木蕻良，1936：383）

Although he didn't know what was going on, Manao felt both ashamed and vaguely frightened.
（Goldblatt, 1988：21）

Although he didn't altogether understand, Ma-nao was suddenly overwhelmed by shame and a vague terror.
（Shapiro, 1961：60）

原文中少年玛瑙半夜被割豆秸的声音吵醒之后，发现另一个帮地主看守豆地的少年来宝不在身边，朦胧间还听到了一大堆女人色诱男人的不堪入耳的污秽之言，因此，这位16岁的少年"茫然不能索解"，心头

"袭来一股羞辱与不可知的恐怖"。葛译本中用"feel"(感觉)一词将玛瑙的这种茫然无措一笔带过;沙译本中用"be overwhelmed by"(被占据,被压倒)忠实传达了原文中玛瑙由于受到强烈震撼而感到不知所措、羞耻与恐惧的心理状态,同时将"袭来"一词的感情色彩传达得淋漓尽致。

例(43)三仙姑却和大家不同,虽然已经四十五岁,却偏爱当个老来俏,小鞋上仍要绣花,裤腿上仍要镶边,顶门上的头发脱光了,用黑手帕盖起来,只可惜官粉涂不平脸上的皱纹,看起来好像驴粪蛋上下上了霜。 (赵树理,1947:3)

Although forty-five, she still tried to make herself attractive to men. She wore embroidered shoes and trousers with embroidered borders. Her head, now going bald, she covered with a black kerchief. The only pit was that powder failed to hide all the wrinkles on her face, which looked like a donkey's egg-shaped droppings, covered with a layer of frost.

(匿名,1998:413)

But, although she was forty-five, Third Fairy still liked to play the coquette. She continued to wear embroidered shoes and trousers with fancy cuffs. The front of her head was bald, but she covered this with a black kerchief. Unfortunately powder couldn't smooth over her wrinkled face. It only made it look like a frosted donkey turd. (Shapiro,1950:89)

"老来俏"是指衣着打扮如青年人的中老年人,这本是一个中性词语,但是在《小二黑结婚》这部短篇小说中,"老来俏"是用来形容三仙姑为了让青年人继续围绕在自己身边而故意打扮自己来诱惑他们的可耻行为,具有一定的贬义色彩。另外,这个词还有极强的口语色彩。匿名译本中"make herself attractive to men"(女人打扮自己来吸引男人)口语色彩消失殆尽。沙译本中"play the coquette"(卖俏,卖弄风情)既是一个地道的口语词汇,也传达出原文"老来俏"一词所表现出的三仙姑刻意打扮自己之后的那种做作姿态。

例(44)……除了几个老光棍,差不多都没有那些闲情到三仙

姑那里去了。　　　　　　　　　　　　　　　　（赵树理，1947：3）

　　Except for a few old bachelors, almost none had the time to call on Third Fairy-maid any more.　　　　　　　　　　　（匿名，1947：3）

　　Except for one or two bachelors, few had time to idle with Third Fairy.
（Shapiro，1950：88）

　　三仙姑年轻的时候，以"俊俏"闻名于前后庄，所以当时她设香案的时候，青年们经常往她那里跑，目的是一睹"圣像"，一来可以饱饱眼福，二来也实在闲来无事。三十年之后，当时的青年们都子媳成群了，没有闲情去三仙姑那里了，再者，三仙姑也老了，无"圣像"可睹了。自然，那些老相好也大多不来了。匿名译本中"call on"（拜访）指"pay a short visit to"（拜访），有很正式的"拜访"之意，不太符合上述青年们"去"三仙姑那儿的情感色彩。沙译本中"idle with"（与……闲耍）将青年们去见三仙姑时的那种闲散态度传达得非常到位。

（五）对句法结构的完全忠实

　　句法结构指每个句子中各个成分之间所构成的一定的句法关系（丁声树、吕叔湘等，1999：9）。汉英句法结构在语序、意合句法、句子长度、句子修辞等方面存在极大的差异，笔者将从这四个方面来分析沙博理对汉语句法结构的完全忠实。

　　1. 对语序的完全忠实

　　语序指句子成分的排列次序（王东风、章于炎，1993：36），不仅具有语法功能，还能够传达意义。在翻译时，要想完全忠实于原文的意义，就不能忽略语序所承载的意义，因此，在译文中保留语序是意义忠实再现的一个重要方面。汉语与英语在语言形态及民族思维习惯上有同有异，主语、谓语和宾语的位置基本相同，状语和定语的位置存在差异。由于英语的语序具有"灵活的一面"（王东风、章于炎，1993：37），所以在汉译英的过程中是可以在保留汉语语序的同时契合英语语序的。保留原文的语序也并未见得就一定会产生硬译或死译的译文，成功做到语序等值需要借助多种翻译技巧与转换手法。

　　例（45）在老通宝背后，也是大片的桑林，矮矮的，静穆的……
（茅盾，1932：234—235）

There seems to be no end to the rows along the banks and there was another extensive grove back of Tung Pao. （Wang, 1944: 143）

Behind Old Tung Pao's back was another great stretch of mulberry trees, squat, silent. （Shapiro, 1979: 2）

例（45）中王译本完全打乱原文语序，用英文重新表达原文意思。沙译本中译文语序与原文语序基本一致。更值得借鉴的是，这种对原文的逐字翻译并未造成太大死译或硬译的痕迹，其句法结构符合英语的语法规范。沙译本将介词状语"behind Old Tung Pao's back"前置，主语"another great stretch of mulberry trees"置于系动词"was"之后形成英语中常见的倒装句，形容词"squat"与"silent"属于定语后置，是现代英语中比较常见的外位成分，也即王东风等人（1993：38）所述的"殊位句"中的一种。

例（46）看见阿多站在那里笑嘻嘻地望着外边的女人吵架，老通宝的脸色就板起来了。 （茅盾, 1932: 242）

His face darkened when he caught Ah Dou standing there idle, watching the women. （Wang, 1944: 149）

At the sight of Ah To standing there laughing at the women, Old Tung Pao's face lengthened. （Shapiro, 1979: 10）

原文一个句子中出现了"看见""站在""望着""吵架""板起来"一系列动词。两个译本都未译出"吵架"，因为前文已经出现过，再次提及略显累赘。王译本按照英文行文规范，将主句置于句子前位，从句置于后位。沙译本保留了原文的语序，将"看见"处理成一个介词短语，句子仍然以"看见"开头，巧妙而准确地保留了原文的语序。

例（47）离老通宝坐处不远，一所灰白色的楼房蹲在"塘路"边…… （茅盾, 1932: 235）

Not far from where Tung Pao sat there was a gray white building... （Wang, 1944: 143）

Not far from where Old Tung Pao was sitting, a grey two-storey building crouched beside the road. （Shapiro，1979：2）

原文中的"楼房"就是老通宝这些蚕农们赖以生存的蚕厂，现在像一个有知觉的"人"一样"蹲"在那里，可实际上"它"已经倒闭，不会再次给蚕农带来任何希望。作者茅盾在此用拟人的修辞手法反讽无情的蚕厂以及导致其关闭的乱世。王译本简洁流畅，沙译本虽基本上是逐词翻译，但看不到亦步亦趋的痕迹，不仅保留了原文的语序，还保留了原文中拟人的修辞。

2. 对意合句法的完全忠实

众所周知，汉语重意合，英语重形合。形合指通过连接词的手段来表达句中的语法意义与逻辑关系，而意合则指无需连接词，直接通过词语或分句之间的含义来表达句中的语法意义与逻辑关系。连淑能（1994：48）指出，汉语的意合句在翻译成英语时通常要添加表达句中语法意义与逻辑关系的连接词才能让目的语读者看懂。为了保留中国的语言文化，沙博理在不影响译文可读性的前提下，尽量忠实传达了汉语的意合句法。下文将举例说明。

例（48）大家松了一口气，总算摆脱了敌人。

（杜鹏程，1958：109）

Everyone felt a little more relaxed, for they had finally left the enemy behind. （Tseng，1980：320）

Everyone breathed easier. They had eluded the enemy.

（Shapiro，1959：59）

原文中大家因为"摆脱了敌人"而"松了一口气"，这层因果关系通过句子的前后位置与两个句子在意思上的衔接表现出来。这一句是汉语中典型的意合句。曾译本中用介词"for"显化原文中的逻辑关系，沙博理则将其翻译成两个独立短句，没有增加任何连词，保留了原文的意合句法。

3. 对句子长度的完全忠实

与语序一样，句长也承载意义。长句结构复杂、严密、容量大，可以用来表达丰富的思想内容；短句则简洁明快、生动活泼，可以用来叙述简单的事实或表明观点。为了达到尽量忠实于原作意义的目的,沙博理在翻译中还做到了对句长的完全忠实。

例(49)照例七点钟喝牛奶。太太亲手放好两块半方糖,端到床上。描金的福建漆盘子里放着当天的报。　(茅盾,1937:158)

　　Lao-yeh always had his milk with two lumps of sugar in it promptly at seven while he was still in bed; it was brought him on a Fukien lacquer tray by Taitai herself, together with his morning paper.

(Wang, 1944: 159)

　　He started the day with hot milk, at seven a. m., as per schedule. Madam personally put in the two and a half lumps of sugar and delivered the cup to his bedside. On the gilded Fukien lacquer tray also lay the morning newspaper.　(Shapiro, 1979: 192)

例(49)中,原文以三个短句细数主人公老爷对"合理化"生活的安排,反映出其注重个人生活享乐的作风,亦是对后文提到的老爷"服务民族"的"伟大作为"的反讽。王译本将其整合成包含两个复合分句的长句,使原文着重表现的老爷生活的"精致感"消失殆尽。沙博理则将其翻译成三个短句,保留原文的句长,同时也保留了反讽的修辞。

例(50)坐在侧面的太太此时大约上了心事,虽然习惯地含笑瞧着丈夫的面孔,竟没有留意到丈夫脸上的表情。直到丈夫手里的报纸忽然豁萨一响,她这才如梦初醒。丈夫已经将报纸撇在一旁,伸手拿起牛奶杯了。　(茅盾,1937:160)

　　Taitai must have been preoccupied with her own thoughts, for she did not notice the change that had come over Lao-yeh's face until the rustle of the paper as he threw it aside recalled her to the present.

(Wang, 1944: 160)

　　Seated beside him, Madam was involved in her own thoughts. Although she continued to smile at him out of habit, she did not observe the change of expression on his face. It was only when he noisily flung the newspaper aside that she was startled into attentiveness.

(Shapiro, 1979: 194)

例（50）中，原文仍然是三个流水句，前两个句子描写太太的神情，后一个句子描写老爷的动作。沙博理按照原文的句长译成了三个句子，而王译本将其整合成了一个复合句，没有保留原文的句长。

4. 对句子修辞的完全忠实

句子修辞包括多种，由于《我的父亲邓小平："文革"岁月》中排比句比较明显，笔者先以沙博理对其中排比句的完全忠实为例，再逐步涉及其他句子修辞，比如对偶句等。

在《我的父亲邓小平："文革"岁月》这部三十万字的长篇回忆录中，邓蓉生动记述了邓小平在"文化大革命"期间跌宕起伏的政治历程和其家庭的悲欢离合，真切表达了对父亲邓小平伟人品格的歌颂、对"四人帮"恶劣罪行的控诉和痛斥、对被迫害的国家栋梁的缅怀以及对国家命运的深度思考。大量排比句的使用将这种情感表达得淋漓尽致。排比句句式整齐、语调铿锵、气贯长虹、意蕴深厚，集音韵美、形式美与气势美于一身。那么译者沙博理又是否保留了排比句的这种风格呢？经统计，原作中一共有82个排比句，沙博理基本按照汉语排比句的句式结构进行翻译的有73句，不同程度保留了其音美、形美以及其气势美的风格。下面举例说明。

例（51）同时，即使是在最困难的时刻，他也密切地关注着世上的风云变幻，注视着政坛的跌宕起伏，关注着国家的经济情况，关注着人民的生活状态。　　　　　　　　　（邓蓉，2000：232）

Even in the most difficult times he closely observed the world's changing winds, the rise and fall of the political tides, the nation's economic status, and the livelihood of the people.　　　　　　（Shapiro，2002：234）

原文是由四个短句组成的排比句，分别以"风云变幻""跌宕起伏""经济状况""生活状态"作结。四字词语排列是汉语的语言特色，英语无法用相同的形式再现风格，因此，沙博理在译文中分别使用三个尾韵 /tsz/、/tsz/、/z/ 再现四字词语朗朗上口、气势恢宏的风格。

例（52）纵观毛泽东的一生，可以说，他的信仰，是现代的解放全人类的共产主义理想；他的情怀，是浪漫洒脱诗情画意；他的思路,是天马行空无边无际;他的行为,是我行我素汗漫不羁;他的战略,是沉着挥洒无往不胜;他的政治,则既有执着又有霸气。

(邓蓉,2000:188)

Mao's creed was the Communist ideal of liberating all mankind. His sentiment was replete with romantic poetic imagery; his mind was a winged steed flying untrammelled through a boundless sky; his deeds were I do what I think is right whatever the cost; his strategy was keep moving forward, there's always a way; his policy was support the good and be prepared for the worst. (Shapiro,2002:190)

原文是由六个具有相同结构的句子组成的排比句,一气呵成,句式整齐,气贯长虹。原文的句式结构中重复"他的""是",再分别以相同数量的名词与形容词置于这两个词之后,读来朗朗上口。沙译本中,虽然不能完全保证"是"之后形容词的数量在译文中一致,但是同样重复"his"与"was",his 后面的名词都保持一个数量,分别是"sentiment""mind""deeds""strategy""policy"等,单词的长短也相差不大,保留了原作中的形式美。

例(53)这一切一切,使许许多多的人,从刚开始的惶惑,变成不安,变成抵触,变成了愤怒。 (邓蓉,2000:36)

As these stages unfolded, people went from being confused, to being disturbed, to being opposed, to being very angered, by the Cultural Revolution. (Shapiro,2002:34)

例(54)1968 年的这个夏天,真是异常的热,异常的长,异常得令人难忍难熬。 (邓蓉,2000:84)

The summer of 1968 was indeed unusually hot, unusually long, unusually cruel! (Shapiro,2002:85)

以上两个例子都是通过保留原文中排比句的重复词从而在译文中保留排比的修辞手法,再现朗朗上口、气贯长虹的风格。

其他两个网络的译作中也涉及了一些排比句的翻译,沙博理也是通过重复同一个词或者是同一个句式保留原作中的排比句式，再现原作的风格。

  例（55）他没有吝啬过体力，没有拖欠过官粮租税，没有窃取过财东家的一个庄稼穗子。没有！　　　　　　（柳青，1977：305）

  He never stinted of his strength, never delayed paying his rent or taxes, never stole a single grain from his landlords. Never.

（Shapiro，1977：302）

  例（56）这个人真固执，一生叫他别抽烟，他偏抽；叫他早睡，他偏熬夜；叫他吃鸡子、牛奶、鱼肝油，他也不吃……

（高云览，1956：83）

  The doctor told him to quit smoking, but he hasn't done it. The doctor told him to go to bed early, but he's always working far into the night. The doctor told him to eat eggs, and milk, and cod-liver oil, but Simin won't touch any of them.　　　　　　（Shapiro，1980：82）

除了排比之外，沙博理在涉及对偶等其他句子修辞的翻译中也尽量做到忠实于原作。

  例（57）听不见狗叫，也看不见月光。　（杜鹏程，1958：102）
  One could not hear any dog's barking, nor could one see any lights.

（Tseng，1980：319）

  No dogs barked, no lamps shone.　　　　（Shapiro，1959：59）

  例（58）锄头蹦到草上就锄了草、蹦到苗上就伤了苗。

（赵树理，1960：20）

  …if it happened to bounce onto the weeds, then he cut the weeds. But if it happened to hit the seedlings, then the crop was damaged.

（Mao & Yang，1980：496）

  It cut weeds if it bounced into the weeds; it injured sprouts if it bounced into the sprouts.　　　　　　（Shapiro，1961：46）

以上两个例子中,沙译本与原文保持一致,对仗工整,朗朗上口。其他两个译本因分别添加了连词"nor"和"but",使得后一个分句词语增多,与前一个分句无法整齐对仗,损失了原文对偶句所承载的音韵美与形式美。

(六) 对人物个性化语言的完全忠实

1. 忠实传达外国人所说的不规范汉语

《新儿女英雄传》中出现了一些日本人所说的不规范汉语。这些日本人不会说中文,所以说出来的中文不符合常规的中文语法规范或具有日本人说汉语的特有风格,沙博理在翻译的时候保留了这种话语风格。

例(59)鬼子小队长反转来安慰他,说:"八路大大的可恶!保长的好!明天皇军去剿八路,统统死了死了的!"

(袁静、孔厥,1956:153)

...one of the Japanese officers tried to comfort him.

"Pa Lu, big disgusting. Village man good. Tomorrow Imperial Army find Pa Lu, kill all dead-dead!" (Shapiro, 1958: 170)

例(60)那饭野紧盯着小梅,问申耀宗:"这个……什么人?"……"你的外甥女儿,多少年纪?"(袁静、孔厥,1956:176)

The Japanese couldn't take his eyes off Mei, "Who...she?"

... "Your niece, what age?" he inquired. (Shapiro, 1958: 197)

例(61)那饭野小队长又刁又狠,嘴头上常说:"大日本和中国是一家子,皇军是来救你们老百姓的!"可是他眼睛一鼓,凶恶多了!他杀的中国人真不少,还喜欢亲自动手,叫兵们拿一盆凉水,往人脖子上一泼,他举起刀,咔的一下就把头砍了。还说:"日本可怜中国人,要不,早杀绝了!"(袁静、孔厥,1956:177)

The commander of the fortress was Iino, Mei's admire. As crafty as he was vicious, he liked to say, "Great Japan with China one family. Imperial Army has come to save poor people." But in the flash of an eye, he would give rein to his sadistic cruelty. He killed countless Chinese, and enjoyed dealing the death blow personally. He would order a soldier to pour a basin of could water on the neck of a kneeling prisoner; then with one sweep of his samurai sword, he would sever the victim's head from his body.

"Japan so sorry for Chinese people," he would snigger, "otherwise long ago kill all dead!"　　　　　　　　　　　　　　（Shapiro, 1958: 199）

以上三个例子中，从日本人口中说出的汉语存在两个特点：其一，它们大都省略了主要句子成分，比如谓语、主语、宾语等；其二，它们因使用某些特殊的词汇而具有一定的特色，比如"大大的可恶""统统死了死了的"等。沙博理在译文中将这两个特色都保留了下来。不仅如此，沙博理还将日本人所说的相对规范的汉语在翻译时省略其谓语，以此来强化原作中日本人说汉语的独特话语风格，比如"日本可怜中国人"被翻译成"Japan so sorry for Chinese people"，省略了谓语"feel"或"is"。

2. 忠实传达农民的语言

"乡土作家"赵树理作品中的一大特色是娴熟使用农民的语言进行创作。笔者以赵树理的奠基之作《小二黑结婚》的英译为例，分析沙博理对农民个性化语言的忠实再现。在《小二黑结婚》中，农民的语言简短且通俗易懂，这符合农民的身份特点。下文将通过对比《小二黑结婚》沙博理英译本 *The Marriage of Young Blacky* 与匿名英译本 *Little Erhei's Marriage* 来探究沙博理对农民个性化语言的忠实传达。

例（62）二诸葛说："这是我两家情愿！"区长问小二黑道："刘二黑！你愿意不愿意？"小二黑说："不愿意！"二诸葛的脾气又上来了，瞪了小二黑一眼道："由你啦？"　　（赵树理，1947: 14）

"But this is a case in which both parties have reached agreement," said Kong Ming the Second.

The district head asked Little Erhei, "Erhei, do you agree?"

"No," Little Erhei replied.

Kong Ming the Second was livid with rage. Staring angrily at his son, he said in a threatening tone of voice, "You decide now, eh?"

（匿名，1998: 429）

"Both families agree."

The district chief asked Young Blacky: "Do you agree?"

"No, I don't," replied the boy.

Liu the Sage glared at him. "That's not for you to decide."

(Shapiro, 1950: 102)

例（63）（三仙姑）连声叫道："区长老爷，你可要给我做主！"

（赵树理，1947: 21）

"My lord the district head, I trust whatever you decide will be in my favour!" （匿名，1998: 445）

"Please give me justice, your honour," she intoned.

(Shapiro, 1950: 104)

例（64）媒人走后，小芹跟她娘说："我不管！谁收了人家的东西谁跟人家去！" （赵树理，1947: 14）

Little Qin...stated very plainly after the matchmaker had fled: "I won't have it! Whoever accepts this junk must marry the man herself!"

（匿名，1998: 429）

After the matchmaker hurriedly departed, the girl exclaimed:

"I won't have any part of them. If you want his things, you marry him." （Shapiro, 1950: 96）

例（65）"不用理她！我打听过区上的同志，人家说只要男女本人愿意，就能到区上登记，别人谁也做不了主。……"

（赵树理，1947: 15）

"There's no need to bother our heads about her," Little Erhei said to her. "The comrades at the district government have told me that any couple can apply for a marriage certificate if both are agreed. No third party can interfere." （匿名，1998: 431）

"Don't worry," he advised. "I asked a comrade in the district government. He said any boy and girl who want to get married can go to the district office and register. No one can stop them."

(Shapiro, 1950: 97)

以上四个例子的原文分别涉及《小二黑结婚》中四个主要人物二诸葛、三仙姑、小芹、小二黑的个性化语言，这些出自农民之口的语言的特点是简短、质朴、通俗。沙博理在译文中同样以简单直白的语言来保留这些农民独特的语言特点，比如在例（62）中，沙博理将"这是我两家情愿"翻译成"Both families agree"，用仅有3个单词的简单句清楚明了地表达了原文的意思，同时保留了原文中二诸葛的话语风格并且句长与原文差不多。匿名译本用12个单词且含有内嵌定语从句的复杂长句翻译这句简短的话，不仅冗长拗口，而且不符合农民二诸葛的语言特点。这一长句把没有太多文化的二诸葛瞬间刻画成了文质彬彬的书生，不符合原文作者所刻画的人物的具体形象。

3. 对进步知识分子语言的忠实

刘真的作品《长长的流水》讲述了一位县妇联主任逐步引导一个十三四岁的顽皮小丫头在革命的道路上一步步成长的故事。作者通过语言描写表现出被称为"大姐"的妇联主任对小丫头在学习上的一丝不苟和生活上的慈爱。笔者通过对比沙博理的译文 *Long Flows the Stream* 和胡志德的译文 *The Long Flowing Stream*，探究他们对"大姐"这一进步知识分子人物个性语言的透彻理解与忠实传达。

例（66）……（大姐）很不客气地对我说："除了看整风文件，你要抓紧一切时间，把这些课本读完，每一个标点符号都要学会，还要学会加减乘除，马虎一点也不行。"　　　（刘真，1962：15）

She... told me brusquely, "Aside from reading the material on rectification, I want you to use your time wisely and read these texts. When you've mastered them down to the last punctuation point, I want you to learn multiplication and division. And don't be even the slightest bit careless about it."　　　（Hunters, 1980: 595）

"When you're not reading rectification campaign material, I want you to use all your spare time on these texts. Don't miss a single period or comma. You must also learn to add, subtract, multiply and divide," she told me brusquely. "I won't tolerate any sloppiness."

（Shapiro, 1963: 37）

第五章　沙博理的恒定性翻译惯习：让世界了解真实的中国 | 147

　　例（67）倒过去竖过来她都有理："记录的时候，可以写快一点，回来一定要清清楚楚地抄一遍。"　　　　　　（刘真，1962：16）

　　But she had an answer for everything: "All right, you can write more quickly when you're taking notes, but you have to make a clean copy later on."
　　　　　　　　　　　　　　　　　　　　　　　　（Hunters，1980：595）

　　Big sister had an answer to everything. "You can write a little faster when you're taking notes," she said. "But when you come home, be sure to copy them over again clearly."　　　　　　　（Shapiro，1963：38）

　　以上两个例子的原文中，"大姐"用命令的语气对主人公"我"提出学习上的要求，"抓紧一切时间""每一个标点符号""马虎一点也不行""一定要"等话语将一个尽心竭力、严肃认真、一丝不苟的知识分子形象刻画地入木三分。沙博理在译文中同样使用"Don't…""you must…""I won't…""be sure to…"等祈使句来表达"大姐"话语中对不谙世事的小姑娘"我"在学习上的命令语气，忠实传达了"大姐"对小姑娘的期待：迫切希望小姑娘能多学知识，将来好为国家出一份力，不要因为年轻不懂事而错失学习的机会。胡志德在译文中使用的"I want you…""you have to…"等将原文中大姐的语气变得过于温和了。

　　例（68）她努力忍耐着，推开我说，"把你那些破烂东西扔过来，我给你收拾收拾。"　　　　　　　　　　　　（刘真，1962：20）

　　She controlled herself with some effort, pushed me away and said: "Why don't you let me pack up all those old rags you're using for clothes."　　　　　　　　　　　　　　　　　　　（Hunters，1980：602）

　　Controlling herself with an effort, she pushed me aside. "Throw those old rags of yours over here. I'll pack them for you."
　　　　　　　　　　　　　　　　　　　　　　　　（Shapiro，1963：48）

　　原文中主人公"我"要离开太行山，离开"大姐"，回到冀南平原去。"大姐"听到这个消息之后非常不舍，为了掩饰这种不舍，"大姐"故作坚强地提出帮"我"收拾行李。这番话夹杂着复杂的情感，"大姐"虽然装得若无其事，摆出一副严厉的模样，但难掩心中对主人公的不舍。

胡志德将其译成"Why don't you…"句型，将原文的命令语气转变成了建议的语气。沙博理仍以祈使句译出，不仅表现出"大姐"当时复杂的心理，还保留了"大姐"这一人物的语言特点。

二、遵守"忠实性叛逆翻译主张"的恒定性惯习

沙博理认为，文学翻译既要忠实传达原作的内容与风格，又要考虑读者的接受能力与兴趣。译者需要不断地在原作与读者之间找平衡，像是在他们之间"走钢丝"，偏向这边不行，偏向那边也不妥。由于两种语言之间的差异，要在这两者之间找到平衡，势必要牺牲语言形式，对原作进行一定程度的"叛逆"。从沙博理的翻译观中可以看出，他始终将"忠实"作为文学翻译的规范和标准。沙博理（1991：4）认为，原作的思想能否在目的语中得到忠实传达，译文是否"好懂"是关键，因此，译者要尽量遵守目的语的语言文学规范。由于中英两种语言、文化间存在差异，译者有时会在某种程度上背离中文的语言文学规范。沙博理本身所具有的西方读者的惯习和西方人的语言与文化资本使得其在对英语读者接受能力与兴趣的把握上得天独厚，知道英语读者喜欢什么样的文学作品，熟悉西方文学作品地道的语言表达及篇章结构规范。沙博理所具有的中国人的惯习和其中国人的语言与文化资本使他能理解中国文学作品中的思想内容，甚至是每个字词的含义。沙博理的这些惯习赋予其平衡原作与读者的能力，在翻译中巧妙找寻忠实于原作和易于读者接受这两个标准之间的契合点。

沙博理的"忠实性叛逆"之举主要体现在对诗歌、小说等文学作品的翻译上。沙博理在词语层面的"忠实性叛逆"主要表现为在译文中使用简洁精炼、通俗易懂的词语；他在句子层面的"忠实性叛逆"主要表现为采用浓缩、删减、改译、长句短译等技巧使译文更简洁与通俗，以及采用增译等技巧显化语义，令目的语读者更透彻理解原作。笔者将探究沙博理在小说题名翻译中的"忠实性叛逆"以及诗歌翻译中的"忠实性叛逆"。

（一）小说题名翻译中"忠实性叛逆"标准的遵守

题名①是文学作品的灵魂，也是其内容与主旨的浓缩。题名可以为

---

① 此处不称之为"书名"是因为沙博理翻译的文学作品除了中长篇小说，还包括短篇小说、散文、诗歌等，后三类一般不独立成书。

读者提供一部文学作品的关键信息，或提炼其内容，或概括其情节，或揭示其主旨，或暗示其线索，或介绍其人物，或提供其时间、地点等背景。此外，题名还具有吸引读者注意力的功能。概之，文学作品的题名一般具有紧扣原文内容与主旨、言简意赅和精彩夺目三个鲜明特点，译文也需要具备这三个特点才算到位。在题名的翻译过程中，译者要同时考虑译文是否忠实于原题名、是否对读者有足够的吸引力。如果在译入语中能找到相同的表达手段，直译固然是最好的选择；反之，译者需对题名进行灵活处理，采取意译的方法，但要把握好这种灵活的度。如果在原题名的基础上灵活变通还不能揭示原作主题，那么译者还可在原作的基础之上适当变通，但却不能超出原作的内容胡编乱造。沙博理就很会把握题名翻译的度，产出既忠实于原作又能满足目的语读者期待的好译文。

沙博理翻译的古典小说《水浒传》以及大部分红色小说、散文、诗歌等的题名以写实为主，符合西方题名的特点，而且他在翻译题名时极少使用修辞与典故，一般会采取直译的方式，以达到既忠实于原题名又切合目的语读者阅读与审美习惯的双重效果。在遇到直译无法保留和体现原题名内容与主旨或题名本身不符合目的语读者阅读与审美习惯的情况时，沙博理在翻译时会选择对原题名进行适度的"叛逆"，但沙博理对题名的"叛逆"绝非脱离原作内容与主题的自由发挥，他始终以揭示原作主题、概括原作内容为首要标准，兼及考虑目的语读者的理解与接受能力，使译文既简洁明晰，又符合英语文学作品题名以写实为主的特征。

对于不适合直译的题名，沙博理采用了增译、减译、改译、换译等技巧。对于直接揭示原作主题与内容的文学作品的题名，沙博理选择在原题名的基础上使用增译、减译、改译等技巧将原题名简化、归化、明晰化、具体化，经沙博理这样适度"叛逆"之后的题名更易于为目的语读者所理解，也比原题名更具吸引力。对于那些并非紧扣主题的以时间、地点、人物、事件等命名的题名，沙博理则完全"叛逆"原题名的内容与形式，采用换译的方式，在原作的基础上"另起炉灶"，启用更紧扣原作内容与主题的新题名。

1. 增译

增译主要是为了使题名更明晰化与具体化，更易于为目的语读者所理解，引发读者兴趣。比如老舍的作品《上任》讲述了一个曾经混迹在黑社会中的人物尤老二"上任"成为治安官吏后与以前同党发生纷争的故事。此短篇小说以"尤老二去上任"开篇，然后围绕这一事件对尤老二游走在黑白之间的无助和举步维艰的当官经历展开描写。沙博理将这一题名翻译成"Brother Yu Takes Office"，增加了主语兼主人公"Brother Yu"（尤老二），使题名更具体化与明晰化。邓榕所撰的《我的父亲邓小平："文革"岁月》是邓榕为其父亲邓小平所撰的回忆录。沙博理将这一题名翻译成"Deng Xiaoping and the Cultural Revolution—A Daughter Recalls the Critical Years"，其中，增译的"recall"一词明晰了这部作品的题材是回忆录。

2. 减译

减译是删去一些可有可无的、累赘的或违背译文语言习惯的词句，目的是产出更简洁、地道的译文。题名的减译是删去原题名中含有的但对于目的语读者来说却是累赘或无太大意义的词语。在茅盾的作品《大鼻子的故事》中，"故事"一词若译出略显啰唆，以"大鼻子"为题目的小说自然是关于大鼻子的故事。沙博理将这一题名译成"Big Nose"，既简洁又地道。周而复的作品《航行在大西洋上》被翻译成"On the Atlantic"也是同样的道理。"On"指接触表面的，接触大西洋表面的自然不是飞行，海洋上也不可能步行，自然就是"航行"了。

此外，沙博理还删除了原题名中一些可有可无的成分以突显原作的主题，比如 *Patriarch*（《杨老太爷》）、*Lingkuan Gorge*（《夜走灵官峡》）、*Typhoon*（《风雨黎明》）、*Peasant Woman*（《大围冲的农妇》）、*Three Tough Problems*（《李科长三难炊事班》）。"老太爷""灵官峡""风雨""农妇""三难"分别是以上原题名的主题内容，因此，将"杨""夜走""黎明""大围冲""李科长""炊事班"这些与主题关系不大的时间、地点、人物等删除，更能突显这些小说中真正的主旨，还会使译文更加简洁明了，达旨地道。再者，在译文中去掉这些具体的信息，更能制造悬念，引发读者的阅读兴趣。

3. 改译

改译是在原题名的基础上换一种说法，目的是使译文更地道、更简洁，使原题名所承载的主题更明晰、更具体。改译时既要忠实于原题名的思想又要照顾目的语读者的阅读与审美习惯，这是沙博理在题名翻译中采取的一种重要翻译技巧。

部分题名经沙博理改译之后解决了因文化差异而造成的目的语读者在理解方面的问题，比如浩然的作品《杏花雨》讲述了一阵雨成就一场好人奇遇的故事，展现了农村人乐善好施、积极上进、互相帮助的品格。"杏花雨"原意指清明时节所降之雨，时值杏花盛开，特指春雨，在这篇小说中既指杏花村下的那场雨，也指春雨，既是春天的雨，也是成就爱心传递的雨，因此，改译的"Spring Rain"比直译的"Apricot Rain""Qingming Rain"更易于为目的语读者所理解，还可在目的语读者中产生原题名中的双关效果。同理，*Spring in a Small Town*（《小城三月》）和 *Threshold of Spring*（《二月》）都属于此类改译法。

沙博理还会通过刻意改变词序来改译部分题名，改译后的题名更能凸显原作的主题，比如可以直译为"Clever Mistress"的熊塞声、梁彦的《巧媳妇》被沙博理改译成了"Mistress Clever"。这本连环画讲述了主人公"巧媳妇"利用其智慧，巧设高招，帮其一筹莫展的丈夫解决了皇帝的刁难，最后惩罚了皇帝的故事。"巧媳妇"的聪明与智慧贯穿全文。为了强化"巧"这一主旨，沙博理特意将"clever"后置。沙博理将茅盾的《残冬》改译成"Winter Ruin"，除了突出主题，还和 *Spring Silkworms*（《春蚕》）与 *Autumn Harvest*（《秋收》）的形式保持一致。

沙博理还将有些题名中的名词词组改换成句子，改译之后的题名更扣人心弦，更具吸引力。刘真的作品《长长的流水》讲述了一个美丽的故事，将看似平常而又动人的生活细节呈现在读者面前。故事中大姐对不懂事的"我"润物细无声的关心与照顾像一股涓涓暖流一直流淌在"我"的心中。Ted Hunters 将《长长的流水》直译成"The Long Flowing Stream"，而沙博理则将其改译成一个句子"Long Flows the Stream"，状语前置，主谓倒装，巧妙地保持了原文的词序。沙博理将"long"前置，强调这种对革命战士的关怀与爱护持续时间长、影响范围广。"Flows"以现在时态出现，再次形象生动地强调了代表革命精神与友谊的"stream"（溪水）的川流不息、永无止境。相比之下，"The Long Flowing Stream"就逊色不少。形容词"flowing"指正在流动的，既不指过去，也不强调未来，无法表达这种崇高的精神在"我"心目中留下美好与永久的回忆。另外，溪水源远流长、深入人心才是文章的主旨所在，胡译本的中心词是"stream"，而非其广度与深度，有些本末倒置。同样将短语改译成句子的题名还有 *The Planes are Ablaze*（《平原烈火》）和 *It Happened at Willow Castle*（《柳堡的故事》）。

部分题名经沙博理改译之后更能突出原作中的主要人物，比如 *The Builders*（《创业史》）、*The Child at the Lakeside*（《湖畔儿语》）等。突出主要人物是西方小说中喜闻乐见的题名策略（详细数据见潘建农等，2008：46）。

沙博理改译有些题名是为了显化隐含意义以更明晰地揭示主题，这种改译法主要适合那些语义"半含半露"或一词多义的题名。峻青的作品《水落石出》写的是一件谋杀案被侦破的故事。"开明士绅"陈云樵那地主恶霸的伪善面孔被层层撕开，最后被斗倒，解放区云散天晴。"水落石出"的表面意思是潮水退下去，水底的石头就露出来，喻义是事情终于真相大白，但原作中的结局是好是坏、是悲是喜无法从这一题名中获知。沙博理在理解原文的基础上，将《水落石出》明晰化为"Happy Ending to a Feud"，"a feud"点明主题：农民与地主阶级存在的宿怨与农民对地主阶级的仇恨；"happy ending"表明"水落石出"的真正结局：地主被揪出，农民胜利，皆大欢喜。这一译文既概括内容、揭示主旨，又表明作者的阶级立场，不失为一个好译文。经沙博理改译之后具有同样效果的题名还包括：*Like Father Like Son*（《王家父子》）、*Uprising of the "Sinners"*（《草原烽火》）、*Untimely Rain*（《清明雨》）、*The Marriage of Late Sister*（《桃园女儿嫁窝谷》）、*Big Sister Liu*（《春桃》）、*In the Same Boat*（《金江放舟》）、*A New Year's Gift*（《欢乐的除夕》）等。

4. 换译

换译指完全叛逆于原题名，在原作的基础上另起题名。这一技巧一般适用于那些不能明显揭示原作主旨的表意题名，包括象征性和隐蕴性题名。象征性题名指与其文学作品形成隐喻关系、并非仅仅停留在字面意义层面的题名；隐蕴性题名暗示文学作品的内容与主旨，可以是作品的线索，也可以是作品的局部，甚至还可能与作品毫无关联。这两类题名都与西方文学作品注重写实的题名惯例不一致。因此，沙博理希望通过换译的技巧来寻找更一目了然的题名来代替原题名。

端木蕻良的短篇小说《雪夜》讲述了一个为地主家卖了一辈子命的总管收账失败，返回途中在大雪中迷路，直至冻死路边的故事。在生死边缘，他回顾了自己的一生，感到为地主卖命的空虚和徒劳，以及对佃户的愧疚和同情，最终良心发现，将账本烧毁。题名"雪夜"交代了部分内容，即故事发生的背景，也象征了主人公的心理挣扎与贫农的生活困境。葛浩文将《雪夜》直译成"Snowing Night"，既忠实又优美，但对于目的语读者理解原作的主旨帮助甚微。沙博理将《雪夜》换译成"Lost"（迷路的、迷惘的），既概括了主人公雪中迷路的情节，也揭示了原作的主旨，展现了主人公对自己压迫佃农的帮凶身份感到迷惘的心理。由此可见，"Lost"比"Snowing Night"更能清晰揭示原作主旨，也更能引起读者的阅读兴趣。茅盾的短篇小说《小巫》讲述了一个小妾的悲惨命运及其所嫁的地主豪绅一家的彻底灭亡。被太太称为"小巫"的小妾菱姐受尽地主一家的凌辱与踩躏，最终死亡。"小巫"既指菱姐，也指与其有着共同悲惨命运的女人。此外，"小巫"出自"小巫见大巫"这一典故，暗示封建社会中女性的悲惨生活与地主阶级的残忍可恶只是这个社会之冰山一角。沙博理1962年将《小巫》直译成"Vixen"，后来可能意识到这一译法会对读者的理解造成一定的障碍，又将其换译成"Epitome"（典型、缩影），既通俗易懂，又切合原作的精神。具有相似换译技巧的题名还包括 *Wartime*（《右第二章》）、*You Don't Understand*（《春夜》）。

除了象征性的题名，沙博理对于隐蕴性的题名也基本采取换译的技巧。南丁的作品《检验工叶英》主要讲述了年轻的检验工叶英对不合格产品进行检查、报告以及改善的一系列故事，整个故事的主题都是围绕不合格的产品而进行，因此，沙博理将其翻译成"*Not up to Standard*"，揭示小说的主题。

（二）诗歌翻译中"忠实性叛逆"标准的遵守

诗歌是语言艺术的最高形式。与其他文学体裁不同的是，诗歌具有更高的概括性、浓缩性、含蓄性与艺术性，是内容与形式的高度统一，是通过凝练、含蓄、形象、富有韵律和节奏的语言来反映生活、抒发情感的艺术形式。朱光潜（1984：111）曾说："诗是具有音律的纯文学。"汉诗还通常以意象塑造形象、营造意境。由于具有以上特征，诗歌被认为是"在翻译中失去的东西"（Frost，转引自 Bassnett，1998：74）。译诗之难可想而知。许渊冲（2006：131）认为，汉诗英译要尽可能传达原诗的意美、音美和形美，意美最重要，音美次之，形美再次之。其中的意美指诗歌的意义，音美包括押韵、重复与节奏，而形美则包括句子的长短与对仗。由于汉英两种语言的差异以及诗歌本身的特殊性，要想在诗歌翻译中同时传达这"三美"难度很大。沙博理遵循其"忠实性叛逆"的翻译主张，通过适度的"叛逆"，努力保留汉诗的意美、音美与形美，使译文兼具忠实性与可接受性。

以下将探究沙博理在不同诗体英译中的圆满调和之举。这些诗体包括袁水拍的政治讽喻诗、《水浒传》中的诗歌以及其他长、短篇小说中所包含的民歌、民谣以及板话等。这些民歌、民谣、板话虽然都是变体的诗歌，但同样具有诗歌的"三美"。

1. 政治讽喻诗英译中忠实性与可接受性的圆满调和

袁水拍从抗日战争起就开始写诗，直至其 1982 年去世，创作了几百首自由诗与山歌，被收录在《人民》《向日葵》《马凡陀山歌》《解放山歌》《政治讽喻诗》《春莺颂》等诗集中。袁水拍的大部分诗歌都揭露并讽刺了国民党反动派与美帝国主义的凶残与虚伪，部分诗歌还涉及国际题材，成为国际上阶级与政治斗争的有力武器。沙博理共选择翻译了袁水拍从 1942 年到 1962 年这 20 年间所创作的政治讽喻诗中的 24 首，整理成名为 Soy Sauce and Prawns: Satiric Political Verse (《酱油与对虾：政治讽喻诗》) 的诗集，于 1963 年由外文出版社出版。这本诗集中有讽刺国民党反动派的，比如《一只猫》等；有嘲笑美帝国主义的，比如《纽约时装》等；也有国际主义题材的，比如《苏丹青年》等。

沙博理在翻译中将其认为累赘的内容进行了删减与浓缩，比如《大胆老面皮》这样包含八节的诗歌被节译成了五节，包含九节的诗歌《"我们的信仰"》被浓缩成了三节等。尽管如此，每首诗歌的意义与精神仍然得到了比较完整的保留。此外，沙博理以诗译诗，在句长、节奏、押韵等方面基本上做到与原诗大体一致。在有些政治讽喻诗的翻译中，沙博理通过适当调整句子的结构达到了忠实传达原诗歌中"三美"的效果。

例（69）头戴美国帽　　AN AMERICAN HAT ON HIS HEAD

头戴美国帽，　　An American hat on his head,
身穿美国衣，　　American clothes he wears,
脚登美国鞋，　　In American shoes he's shod,

满嘴 ABC。	In American slang he swears.
开口上帝罚，	At night in his fondest dreams,
闭口 Son of Bitch，	He becomes an American,
梦做美国人，	Though with the morning sun,
醒来黄脸皮！	He's "just a Chinese" again.
耳听美国话，	American words in his ears,
心窍美国迷，	His heart by America claimed,
拿着美国枪，	An American gun in his hand,
瞄准亲兄弟！	At his own countrymen aimed.
（袁水拍，1958：112）	（Shapiro，1963：7）

例（69）的原文是一首山歌，创作于1946年，揭露与讽刺了蒋介石领导的国民党反动派的洋奴本质与残害中国同胞的恶行。原诗用语率直、用词明白，句句击中国民党反动派之要害。"美国帽""美国衣""美国鞋""美国枪"等将国民党反动派的美奴形象刻画得入木三分。"黄脸皮""亲兄弟"等又将其助纣为虐、帮助美帝国主义残害中国同胞的可耻行为诠释得相当到位。全诗分为三节，每节四行，共12行。每一节为一整句，每节的内容都前后衔接，互相映衬。每行五个汉字，相互对仗，整齐划一。隔行押韵，都压/i/韵，韵律和谐，朗朗上口。

沙博理的译文同样分为三节，每节四行，共12行。每行四到六个英文单词，其中七行都是五个英文单词，与原诗每行的五个汉字对应。剩下的五行当中有两行是四个英文单词，三行是六个英文单词，而且行与行之间通过"in American""on his head""in his ears"等重复结构保持了对仗的工整。由此可见，沙博理在译文中忠实再现了原诗的形美。

沙博理同样忠实传达了原诗的音美。原诗隔行押同韵，译诗中也隔行押韵。由于英语诗歌中很少压同韵，所以沙博理在译诗中是采用十四行诗前一部分"aabbcc"式的押韵格式，每节押不同的韵，第一节押/z/韵，第二节押/n/韵，第三节押/d/韵。至于节奏，译文中每行基本上保持在九个音节，重复着两轻一重的节奏，非常富有音乐感。

译诗在内容上对原诗进行了小幅度调整，将第一节的最后一句"满嘴 ABC"与第二节的前两句"开口上帝罚"和"闭口 Son of Bitch"都融合到了"In American slang he swears"当中，置于第一节节末，剩下的后两句组成第二节。这种结构上的调整非但没有损失原诗的意义，反而使得整首诗歌结构更简单，意义更明晰了。原文中的"ABC""上帝罚""Son of Bitch"都是为了说明同一个事实，即国民党反动派满口英语。沙博理仅用"In American slang he swears"这一句话就将以上三句的意思传达到位，避免了累赘，而第二节后两句恰好可以单独构成一个意群，作为第一节的延伸与总结。沙博理对原诗结构与意义的这种处理的确不失为一种妙举，将意义重复的内容浓缩之后正好可以为充分以诗体语言表达"梦做美国人，醒来黄脸皮"腾出足够的空间。沙博理通过调整部分内容，整体上保留了原诗的"意美"。

沙博理措辞的精巧使译文兼具忠实性与可接受性。除了以上所述删除的内容，原诗中每个词的意义在译诗中都得到了保留。在第二节中，沙博理还增加了"fondest"（最美好的，最喜欢的）一词来讽刺梦想成为美国人的国民党反动派。沙博理还添加了"at night"和"with the morning sun"，清晰呈现了梦与醒的时间差距。动词的巧妙处理也是译文中的一大特色。第一节中三个不同的动词"戴""穿""登"分别被翻译成"on his head""wears"和"is shod"，以介词短语、动词以及形容词来传达原诗中"穿"的几个动词的差异性。这一动词的搭配模式在第三节中得到了沿袭，"耳听""心窍""瞄准"分别以同样的方式被翻译成了"in his ears""claimed""aimed"，此举还保证了节与节之间的对仗。

由此可见，沙博理对这首讽刺山歌的英译可谓是在适度"叛逆"之下传达"意美""音美"与"形美"的佳译。这类例子在沙博理英译袁水拍的政治讽刺诗中还有很多。篇幅所限，这里再择取一首佳译来供大家赏析，同时也可以进一步证明上述所言非虚。

例（70）酱油和对虾　　SOY SAUCE AND PRAWNS

酱油对虾过境，　　Neither canned prawns nor soy sauce,
美国政府不准。　　May America's borders cross;
奇闻轰动加拿大，　　Canadians, amazed, confused,
讽刺外带责问。　　Are irritated and amused.

第五章　沙博理的恒定性翻译惯习：让世界了解真实的中国 | 157

酱油影响安全，	Soy sauce endangers security,
道理不难说明：	The reason's there is for all to see,
颜色红得发紫，	So deeply red it's purple nearly
即此可定罪名。	—Criminal nature proven clearly.

再查对虾其人，	And as to Chinese big prawns canned,
武装到了头顶，	They obviously must be banned;
脑袋一煮便赤化，	In armour cased from tail to head,
可见思想不稳。	When boiled they turn a fiery red.

铁幕高挂白宫，	An Iron Curtain America blinds,
唯恐草木成兵。	Hysteria grips the White House minds;
如此战略物资，	"Strategic goods" —what if they're edible?
世界史上笑柄。	Such idiocy is scarcely credible.
（袁水拍，1959：42）	（Shapiro，1963：29）

例（70）中的原诗共计四节16行，沙博理的译文也是四节16行。原文每句为五个汉字，译文每句中为五到六个英文单词，句长与原文基本一致。由此可见，原诗歌的形美在沙博理的译文中得到了较好的保留。沙博理通过在每节中使用有规律的韵脚与重复轻重相间的节奏传达了原诗的音美。在意美方面，沙博理除了在译文中忠实传达原诗中的意义，还在"strategic goods"（战略物资）后增加了"what if they're edible？"（如果它们可以吃呢？）来显化原诗中作者对美帝国主义的辛辣讽刺，让目的语读者能充分理解原诗中的主题思想，即对美帝国主义肆无忌惮的行为的揭露与反抗。

2.《水浒传》诗歌英译中忠实性与可接受性的圆满调和

《水浒传》中出现了大量诗体，包括回目的对偶诗体与正文中的诗歌。这部长篇小说目前已有多个英译本，70回及以上的英译本就有四种。现有研究成果显示，沙博理主要采用直译法来翻译《水浒传》中的回目，保留形式之余，意义传达也非常到位（刘克强，2013：105）。比如沙博理将"柴进回家发现客人　林冲武艺受到考验"译为"Chai Jin

Keeps Open House for All Bold Men; Lin Chong Defeats Instructor Hong in a Bout with Staves"。此译文被认为是较理想的译文，因为它既忠实传达了原文的主要意义，也保留了原文的对仗形式。其他几个译本皆有顾此失彼之嫌，比如登特－杨父子的译文"Chai Jin Comes Home and Finds a Guest; Lin Chong's Mastery is Put to the Test"以英语英雄体诗歌的形式翻译，虽保留了形式美，但内容与原文有很大出入；赛珍珠的译文"Ch'ai Chin Welcomes to His Door Guests from Everywhere under Heaven; Ling Ch'ung Goes to Captain Hung with His Staff"被认为"不是很到位"；杰克逊的译文"Chai Jin Offers Hospitality; Lin Chong Hits Drill Instructor Hong with His Cudgel"简洁明了，但是原文的对仗形式消失殆尽。以上评价是刘克强在对这四个《水浒传》英译本的回目翻译进行了语料库的定量分析之后得出的结果。

上文对沙博理回目翻译的评价重点在形式与内容方面。其实从整体来看，沙博理在韵律上的把握也是比较到位的。上例译文中的两个句子音节数相当，具有强烈的节奏感。此外，沙博理大部分回目的翻译保留了原回目词语与音节的数量，以寻求节奏上的对等，比如他将"横海郡柴进留宾 景阳岗武松打虎"译为"Lord Chai Accommodates Guests in Henghai Country, Wu Song Kills a Tiger on Jingyang Ridge"，除句式与音节整齐之外，两个句子词性的一一对等也保证了韵律的整齐。

除了回目中的对偶诗体之外，《水浒传》中还出现了大量的古典诗歌。笔者将沙博理译本与赛珍珠译本进行比较，分析沙博理在中国古典诗歌英译中是如何通过平衡忠实性与可读性来传达原诗的意美、音美与形美的。

例（71）纷纷五代乱离间，一旦云开复见天！
草木百年新雨露，车书万里旧江山。
寻常巷陌陈罗绮，几处楼台奏管弦。
天下太平无事日，莺花无限日高眠。

（施耐庵、罗贯中，1999：2）

In the time of Five Kingdoms confusion reigned high,
But at last the clouds parted to show the clear sky.

第五章 沙博理的恒定性翻译惯习：让世界了解真实的中国 | 159

For a hundred years the grass and the trees
Received once more the sun and the dews.
Peace reigned again over river and hill,
Men walked in silk robes everywhere at will.
Forth from the houses did music sound,
Peaceful the days passed idly by;
Endless the songs of the golden birds,
Endless the life of the blooming flowers,
Though the sun was high, yet was sleep profound.
（Buck, 1933: 1）

After Five Dynasties' turmoil and strife,
The clouds dispersed and revealed the sky,
Refreshing rain brought old trees new life,
Cultural and learning once again were high.
Ordinary folk in the lanes wore silk,
Music drifted from mansions and towers,
Under the heavens all was serene,
Men dozed off at noon midst gay birds and flowers.
（Shapiro, 1999: 3）

例（71）中的原诗是一首七言律诗，改自北宋名士邵雍《观盛化诗》二首之一。作为整部小说的开场诗，全诗以"云""天""草""木""江""山""罗绮""管弦""莺""花"等意象呈现了宋代的开国盛况，从而反衬了《水浒传》这一故事发生的时代背景。全诗共四行八句，每行两句，每句七个字，诗句字数整齐划一，对仗工整，排列整齐。全诗每行押脚韵，首行入韵。每句节奏整齐，节奏为 2/2/3，前两个字为一拍，中间两个字为一拍，后三个字为一拍。全诗音韵和谐，读来朗朗上口。

比较两则译文，不难发现，在形美方面，沙博理的译文比赛珍珠的译文更胜一筹，主要表现在句长、音节数以及句子数量三个方面。赛珍珠的译文共 11 句，半数以上的句子超过了七个单词，最长的句子有 11

个单词;沙博理的译文共八句,除最后一句有 10 个单词,其他句子有六或七个单词,与原文每句的字数基本一致。赛珍珠译文每行的音节数与沙博理译文每行的音节数相差较大,赛珍珠译文每行的音节数为八至十二,而沙博理译文每行的音节数为九至十一。沙博理的译文与赛珍珠的译文都长短整齐,但就句子数量而言,沙博理的译文为八句,与原诗一致,而赛珍珠的译文则增加了三句。

在音美方面,从上述沙博理译文与赛珍珠译文的音节数量可知,沙博理对节奏的把握更到位。就韵律而言,沙博理与赛珍珠采用了不同的韵律形式,试图保留原诗的韵律美。赛珍珠的译文以随韵式押韵为主,韵脚基本工整;沙博理译文中前四句单行押韵,后四句双行押韵,韵脚与前四句不同,整首诗歌的韵式为"aabb"。

在意美方面,沙博理的译文与赛珍珠的译文各有千秋,但是沙博理在对意义的准确把握以及意象的保留方面更胜一筹。"纷纷五代乱离间",指五代时期的战乱给人民带来了妻离子散、背井离乡的苦难。"五代"指 907 年至 960 年这五十几年间出现的后梁、后唐、后晋、后汉与后周五个朝代。赛珍珠将"五代"译成"Five Kingdoms"(五个王国),其中的"kingdom"在牛津词典上被解释为"The territory or country subject to a king"(由一个国王统治的领土或国家),并非指跨越时间的不同朝代;沙博理将"五代"译成"Five Dynasties"(五个朝代),与原文中"五代"的含义完全契合。此外,沙博理还增加了文外注释"The Five Dynasties of Later Liang, Tang, Jin, Han and Zhou(907 – 960)"(后梁、后唐、后晋、后汉与后周五个朝代)使"五代"的含义更准确明了。"一旦云开复见天",指宋太祖赵匡胤推翻了后周政权,还天下以太平。沙博理译文中的"disperse"(消散)比赛珍珠译文中的"part"(分离)更强调"云"缓慢散开时"天"由暗渐明的意境,"reveal"(揭示)比"show"(显示)更能突出原诗中"复见天"中的"复"字。"草木百年新雨露,车书万里旧江山",历经百年的草木如今沐浴着新朝的雨露,欣欣向荣;万里江山虽如旧,但国家体制却已焕然一新。"车书"一词出自《礼记·中庸》:"今天下车同轨,书同文。"沙博理译文中的"cultural and learning"译出了"车书"原本的意思,赛珍珠译文中的"peace reigned"(天下和平)道出了原诗的真意,不过流失了典故的内涵。沙博理与赛珍珠在"车书"的翻译上各有得失。最后两行描述了天下统一之后人们的闲适生活:楼台上传来悠扬的音乐声,人们有的穿着绫罗绸缎在街头散步,有的日上三竿了仍然在睡梦中沉醉。沙博理译文中的"silk""mansions and towers""heavens""gay birds""flowers"保留了原诗"罗绮""楼台""天下""莺花"等所有的意象,而赛珍珠则省译了"天下""莺"这两个意象,泛化的"houses"也无法准确传达"楼台"这一意象,沙博理译文中的"mansions and towers"不仅保留了"楼台"的完整意象,也更富含诗意。

3. 其他诗体英译中忠实性与可接受性的圆满调和

沙博理所翻译的红色长篇小说中出现了大量的民歌、民谣等音、形、意三美兼具的诗体。沙博理对这些诗体的英译策略、方法与技巧与前文中所分析的政治讽刺诗和古典诗基本相同,所以此部分只探究沙博理对板话的英译。

《李有才板话》中有13个板话,每个板话都整齐押韵,其中五个板话为同一韵脚一韵到底,另外八个板话隔行交互押韵。译文采用双行押韵,保留了原文板话的韵律风格,传达了原板话中的音美。在意美方面,沙博理悉数保留了所有板话中的内容,忠实再现其意义。在形美方面,译文中的句子长短、对仗等都与原文基本一致。

例(72) 村长阎恒元,一手遮住天,Mayor Yan Hengyuan
　　　　　　　　　　　　　　　Is a might tower,
　　　　自从有村长,一当十几年。Since we've had the job
　　　　　　　　　　　　　　　He's remained in power.
　　　　年年要投票,嘴说是改选,For a "change in office"
　　　　　　　　　　　　　　　Though we vote each year,
　　　　选来又选去,还是阎恒元。When the votes are counted
　　　　　　　　　　　　　　　Yan's still there, no fear.
　　　　不如弄块板,刻个大名片,Why bother writing ballots
　　　　每逢该投票,大家按一按。When elections come about?
　　　　人人省得写,年年不用换,Just use a stamp with Yan's
　　　　　　　　　　　　　　　name,
　　　　用他百把年,管保用不烂。For years it won't wear out.
　　　　(赵树理,1949:2—3)(Shapiro,1950b:3-4)

例（72）中的原文以/an/为脚韵，朗朗上口、简短明快，深刻揭露了阎家山村长改选中存在的问题，批判了村长阎恒元在选举中的霸道行径。

在意美的传达方面，译文的前四行与原文的前四行在内容上完全对应。对于原文的后四行，沙博理缩减了部分累赘的内容，将八句高度浓缩为四句，但是意思仍然保持不变。比如译文中仅使用一个单词"bother"就传达了"人人省得写，年年不用换"这两句话的含义。

在音美方面，原文八行，一行两句，共 16 句，每句五个字，相当于加长版的五言律诗。译文将后八个句子整合成四个句子，共 12 句。沙博理在译文中比较严格地采用了英诗格律，韵调格式整体为"aabbcc"，而且原文每句五个音节，译文基本上亦然，以达到和原文相近的音韵效果。译文除了脚韵整齐之外，还有行内押韵，包括行内头韵，比如"Why bother writing ballots"中的"bother"与"ballots"；行内尾韵，比"Yan's still there, no fear"中的"there"和"fear"。

至于形美，沙博理以诗译诗，译文中的句子长短、对仗等基本与原板话一致。

第三节　本章小结

本章探究了沙博理的恒定性翻译惯习，主要侧重沙博理的初始惯习对沙博理在政治立场、文化立场、翻译标准选择等方面的影响。本章将沙博理的译作进行整体分析并将其部分译作与其他译者进行对比后发现，沙博理恒定性的特殊翻译惯习主要表现在以下几个方面：

第一，在翻译态度上，沙博理具有中立的政治与文化立场，并且支持中国的政治与文化立场。沙博理不仅忠实地保留了原作中批判与揭露一切黑暗势力、教育和转变落后分子、歌颂觉醒农民的内容，还通过增译、减译、释义等翻译技巧来强化英雄人物的正面形象、突出黑暗势力的罪恶等。

第二，在翻译标准上，沙博理遵循其"忠实性叛逆"翻译观的同时更倾向于践行当时"信、达、雅"的翻译主张，即寻求原作与读者之间最佳平衡的同时更倾向于忠实原作。沙博理"信、达、雅"的翻译主张表现在其对原作内容与风格的忠实之上，即忠实于原作的思想、文化内涵，忠实于原作的句法结构、修辞色彩等，不过，沙博理的这种忠实大部分都没有亦步亦趋的硬译或死译的痕迹。沙博理的"忠实性叛逆"之举亦非常明显：在题名翻译上，沙博理采用增译、减译、改译、换译等技巧对原题名进行"叛逆"；在篇章布局上，沙博理通过各种技巧使得译文遵循英语的篇章布局规范，包括删减原文中重复的词、句，调整原文中句子与段落的顺序，添加相应的主题句等。

可见，沙博理个人惯习中对新中国的热爱、对中国共产党的信任等要素，使得他在翻译中更倾向于忠实传播中国文化，向西方读者展示真实的中国。为了避免西方读者对中国共产党的误读，沙博理还在翻译中强化中国共产党的优秀品质，突出对日本帝国主义以及封建恶势力的批判。作为土生土长的美国人，沙博理精通英语，在翻译中通过使用不同的翻译技巧，对译文进行契合英语语言规范的调整，让译文读起来自然流畅，没有生硬牵强的痕迹。

第六章　不同翻译网络中沙博理翻译惯习的差异性：红色情怀逐日浓

> 由于惯习是历史的产物，所以它是一个开放的性情倾向系统，不断地随着经验而变，从而在这些经验的影响下不断地强化，或是调整自己的结构。
>
> ——布迪厄（1998：178）

在不同的翻译网络中，沙博理的翻译惯习既具有恒定性也存在一定的差异性。这些差异性主要源于两种情况：其一，不同行动者对译者的影响程度各异；其二，译者个人惯习的差异。由第四章可知，在第一个翻译网络中，对译者影响程度较大的为初涉译坛时沙博理的个人惯习；在第二个翻译网络中，对译者影响较大的为新中国的主流意识形态与诗学、主流翻译规范等；在第三个翻译网络中，对译者影响较大的为资深译者沙博理的个人惯习。由此可见，第二个翻译网络中的主导行动者为宏观行动者。第一个翻译网络与第三个翻译网络中的主导行动者虽都为微观行动者，即译者个人惯习，但是这两个翻译网络中沙博理的个人惯习又有所不同。第一个翻译网络中沙博理的个人惯习主要是他进入翻译场域之前的初始个人惯习，第二个翻译网络中沙博理的个人惯习主要由他的初始个人惯习以及在中国政府机构工作时形成的次级个人惯习组成。由于沙博理的个人惯习与当时中国的主流意识形态等高度契合，所以三个翻译网络中的主导行动者的差异程度不大，沙博理翻译惯习的差异也较细微。

初涉译坛时，沙博理刚来中国不久，其个人惯习中美国的语言与文化惯习的烙印还较深，因此，在第一个翻译网络中，沙博理更注重目语读者的阅读习惯，更注重译作的通达，其翻译惯习略微倾向于读者的阅读感受。

在第二个翻译网络中，新中国的主流意识形态与诗学、主流翻译规范等对沙博理的翻译惯习产生影响。在翻译标准方面，沙博理受当时翻译规范的影响，以忠实传达原作政治思想与文化内涵为主要准则。在翻译策略与方法方面，异化与直译的程度较之第一个翻译网络更大。在翻译选材上，沙博理倾向于选择革命战争题材的作品。这一个人惯习与当时主流意识形态的高度契合使得沙博理在第二个翻译网络中的选材惯习无太大改变，与第一个翻译网络中的选材惯习基本一致。在第二个翻译网络中，沙博理虽然努力在原作与目的语读者之间寻求平衡，但较之第一个翻译网络，更倾向于原作而非目的语读者。

在第三个翻译网络中，沙博理恢复了自由译者的身份，他的个人惯习又成为影响他翻译惯习的主导行动者。沙博理的个人惯习随着时间的推移与经验的累积不断发生变化，因此，第三个翻译网络中的翻译惯习与第一个翻译网络中的翻译惯习不尽相同。在其30余年的翻译实践中，沙博理似乎找到了原作与目的语读者之间的平衡点，其对归化与异化翻译策略的圆满调和在这一翻译网络中表现得尤为突出。

下文首先从内容的增删与重组、文化负载词的翻译以及副文本的使用这三个维度来探究沙博理在不同翻译网络中翻译惯习的差异，然后再概括沙博理在三个翻译网络中翻译惯习的整体差异。

第一节 不同翻译网络中沙博理
翻译惯习在不同维度上的差异

本章所选择的第一个翻译网络、第二个翻译网络以及第三个翻译网络中的典型译作分别为《新儿女英雄传》英译本、《创业史》① 英译本以

---

① 在第二个翻译网络中，中文编辑参与了对原作的删减，按理说这个网络中的译作无法作为衡量沙博理对原作内容删减这一翻译惯习的例证。但经考证，笔者发现这个网络中所产出的短篇小说及长篇小说《创业史》的英译本几乎无删减情况，并且其中所涉及的删减也与沙博理在其他翻译网络中的删减情况一致。另外，《新儿女英雄传》与《我的父亲邓小平："文革"岁月》都是长篇小说，本节选择同是长篇小说的《创业史》作为第二个翻译网络中的代表性译作进行对比分析，以避免因体裁不同而降低分析结果的可信度。

及《我的父亲邓小平："文革"岁月》英译本。下文将从内容的增删与重组、文化负载词的翻译以及副文本的使用三个维度对这三部译作进行定量统计，从统计结果中探究沙博理在三个翻译网络中所表现出的翻译惯习在这三个维度上的差异，必要时辅以实例加以说明。

一、内容的增删与重组之惯习差异

沙博理对原作内容的增删与重组的惯习主要体现在其对段落与句子的删减与压缩、段落与句子的增添、段落顺序与句子顺序的调整三个方面。本章所选三部小说中，沙博理在翻译时对原作内容的增删与重组策略存在一定的差异。由于所选三部小说的篇幅不同，因此，每部小说的译作中对原作内容的增删与重组的差异需要通过篇幅比例进行计算。《新儿女英雄传》约 17.8 万字；《创业史》约 30 万字，为《新儿女英雄传》的 1.7 倍；《我的父亲邓小平："文革"岁月》约 39 万字，为《新儿女英雄传》的 2.2 倍，《创业史》的 1.3 倍。

表 6-1 三部小说英译本中原作段落与句子的删减与压缩情况

小说题名	删减的段落数	删减的句子数	压缩的段落数	压缩的句子数	总计
《新儿女英雄传》	15	50	23	14	102
《创业史》	11	21	5	9	46
《我的父亲邓小平："文革"岁月》	21	16	6	6	49

表 6-2 三部小说英译本中段落与句子的添加情况

小说题名	添加的段落数	添加的句子数	总计
《新儿女英雄传》	5	50	55
《创业史》	0	3	3
《我的父亲邓小平："文革"岁月》	0	8	8

表 6-3 三部小说英译本中段落顺序与句子顺序的调整情况

小说题名	调整顺序的段落数	调整顺序的句子数	总计
《新儿女英雄传》	18	8	26
《创业史》	0	2	2
《我的父亲邓小平："文革"岁月》	1	1	2

整体来看,按照篇幅比例计算,《新儿女英雄传》英译本对原文的调改幅度最大,远远超过《创业史》英译本与《我的父亲邓小平:"文革"岁月》英译本对原文的调改幅度。这说明:在第一个翻译网络中,译者沙博理更倾向于保证译文简洁、通顺、易懂,在对原作的忠实程度方面低于后两个翻译网络;在第二个翻译网络中,沙博理以忠实原作为主;在第三个翻译网络中,沙博理在忠实原作的同时,考虑到了译文的连贯与通顺,照顾目的语读者的阅读习惯。

此外,沙博理在第一个翻译网络中主要以篇章为单位进行翻译,在第二个翻译网络中主要以句子为单位进行翻译,在第三个翻译网络中以句子或篇章为单位进行翻译,比较灵活多变。

二、文化负载词的翻译惯习差异

笔者对三个翻译网络中的宗教文化负载词、命名文化负载词、度量衡文化负载词、革命与政治文化负载词以及习语这五种文化负载词的异化、归化和异化与归化相结合的翻译策略进行统计,其中直译、音译、直译+音译的翻译方法属于异化策略(图中以"异化"代之);意译与省译属于归化策略(图中以"归化"代之);直译+释义和音译+释义属于异化与归化相结合的策略(图中以"异化+归化"代之)。笔者将成语、歇后语和俗语都统一为习语,以便从整体上把握三个翻译网络中文化负载词的翻译策略差异。

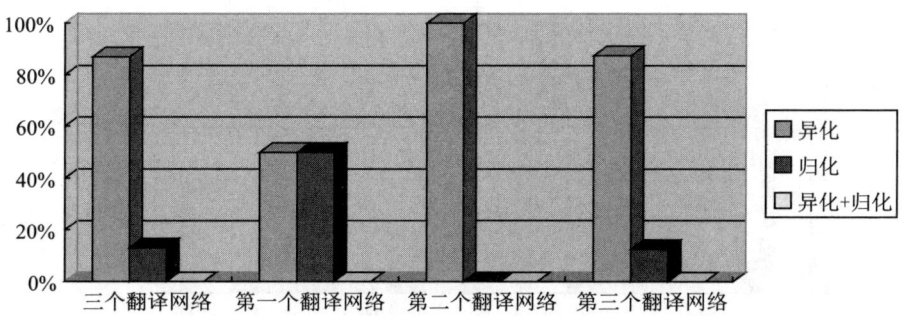

图6-1 三个翻译网络中宗教文化负载词翻译策略差异

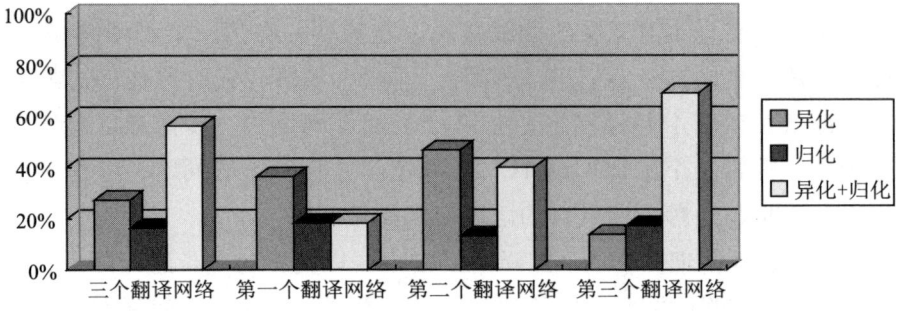

图 6-2　三个翻译网络中命名文化负载词翻译策略差异

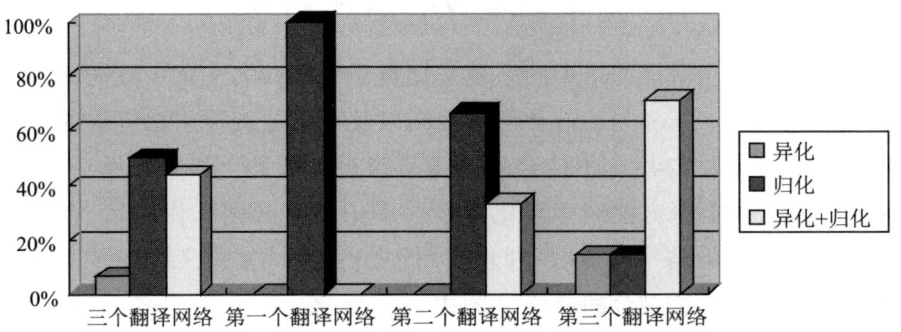

图 6-3　三个翻译网络中度量衡文化负载词翻译策略差异

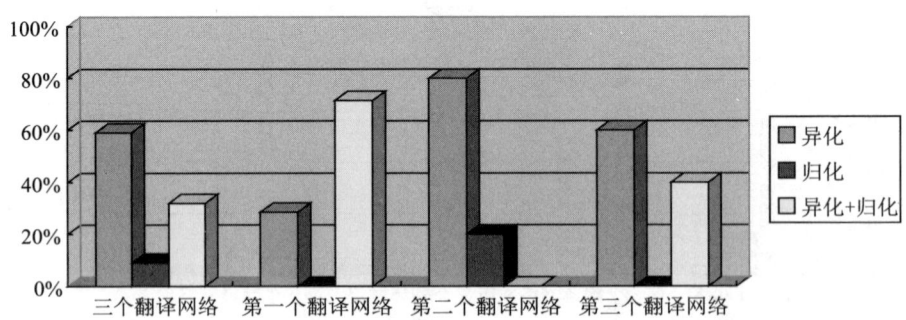

图 6-4　三个翻译网络中革命与政治文化负载词翻译策略差异

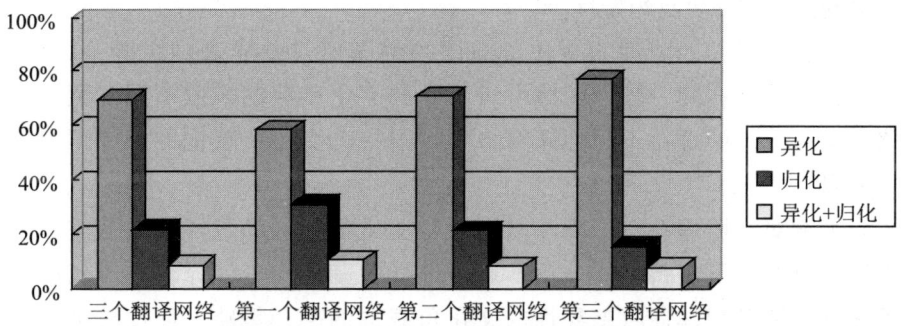

图6-5　三个翻译网络中习语翻译策略差异

根据图6-1可知，沙博理对宗教文化负载词的翻译以异化为主，更倾向于忠实原作。沙博理在第三个翻译网络中对宗教文化负载词所采取的异化策略的比例与三个翻译网络中的整体比例基本一致，都超过了80%；沙博理在第一个翻译网络中对宗教文化负载词所采取的异化和归化策略的比例相当，都为50%；在第二个翻译网络中，沙博理对所有宗教文化负载词都采取异化的策略，完全倾向于对原作的忠实。

图6-2显示，沙博理在命名文化负载词的翻译中，采取异化和归化策略的比例相当，归化与异化相结合的策略居多，整体上更倾向于在读者与原作之间寻求平衡。

图6-3表明，沙博理对度量衡文化负载词所采取的翻译策略整体上以归化策略、异化与归化相结合的策略为主，更倾向于照顾目的语读者的阅读习惯或兼顾读者与原作。

根据图6-4可知，沙博理对革命与政治文化负载词采取异化、异化与归化相结合的策略比例较大，整体上在兼顾读者与原作的同时更倾向于原作。在第三个翻译网络中，沙博理对革命与政治文化负载词所采取的异化翻译策略与三个翻译网络中的整体比例基本一致；在第一个翻译网络中，沙博理更倾向于选择归化与异化相结合的策略，兼顾目的语读者与原作；在第二个翻译网络中，沙博理更倾向于采用异化策略，更忠实于原作。

图6-5显示，从整体上看，沙博理对习语主要采取异化策略，倾向于对原作的忠实；就单个翻译网络来说，沙博理在三个翻译网络中对习语所采取的翻译策略比例相似。由此可见，较之其他文化负载词，沙博理对

习语的翻译惯习更具恒定性。

总的来说,沙博理的文化负载词的翻译惯习差异表现在两个方面:其一,沙博理在同一翻译网络中对不同的文化负载词采取不同的翻译策略;其二,沙博理在不同翻译网络中对同一类文化负载词的翻译惯习存在差异。

上文对沙博理在三个翻译网络中对文化负载词的翻译策略从整体上进行了分析,下文将具体分析本章所选择的三部代表性译作中能较明显地体现沙博理翻译惯习差异性的文化负载词的翻译策略,以便更细致地把握这种差异。

表6-4 《新儿女英雄传》中部分文化负载词的英译

原文	译文	翻译方法
800 斤	1,000 lbs.	意译
20 里	five miles	意译
160 亩	28 acres	意译
炕	kang * A brick oven-bed	音译+文外释义
爹	Tieh * Tieh is a familiar term for "father"	音译+文外释义
小李庄	Little Plum Village	直译
申家村	Shenchia Village	音译+直译
糟子糕	cake made of flour and eggs	意译
小瘦	the infant; the baby; her child	意译
小胖	Little Chubby	直译

表6-5 《创业史》中部分文化负载词的英译

原文	译文	翻译方法
600 斤	six hundred catties * One catty is equal to half a kilogramme or a little more than one pound	直译+文外释义
几百里	hundreds of li * One li is equal to a kilometer or roughly one-third of a mile	直译+文外释义
一亩二分	one and one-fifth mu * One mu is equal to one-fifteenth of a hectare or roughly one-sixth of an acre	直译+文外释义
梁三	Liang the Third * Meaning here the third child born in his family	直译+文外释义

(续表)

原文	译文	翻译方法
炕	kang * A brick platform, heated in winter from underneath, and used as a bed and for other purposes in a northerner's household	音译+文外释义
正月十二	the twelfth day of the first lunar month	直译
过年	at the New Year	意译
下堡村	Hsiapao	音译
馍	the griddle cakes	意译
白菜	white cabbage	直译

表6-6 《我的父亲邓小平:"文革"岁月》中部分文化负载词的英译

原文	译文	翻译方法
3斤2两	3 jin 2 liang (3.5lbs.)	音译+文内释义
30里	30 li	音译
八九分钱	8 or 9 fen (cents)	音译+文内释义
玉泉山	Yuquanshan (Jade Spring Hills)	音译+文内释义
白菜	bai cai (Chinese cabbages)	音译+文内释义
眠眠	Mianmian (Sleepy)	音译+文内释义
饺子	jiao zi (dumplings)	音译+文内释义
清明节	the Pure Brightness	直译
春节	the New Year (Spring Festival)	直译+文内释义

(注: *后为原文中脚注的内容)

上述三个表格整理了《新儿女英雄传》《创业史》与《我的父亲邓小平:"文革"岁月》这三部长篇小说中出现的度量衡单位、地名、人物别称、中国特有的食品和节日等文化负载词的原文与沙博理译文。从表6-4、表6-5、表6-6可知,沙博理对所选取的《新儿女英雄传》中文化负载词的翻译以意译为主、直译为辅,更重视目的语读者的理解与译文的通顺,即更倾向于读者;沙博理对所选取的《创业史》中文化负载词的翻译基本上以直译或直译+脚注为主、意译为辅,更重视对中国文化内涵的忠实传达,即更倾向于原作;沙博理对所选取的《我的父亲邓小平:"文革"岁月》中大多数文化负载词采取了直译+文内释义的翻译方法,既注重中国文化内涵的忠实传达,又重视读者的阅读体验。

三、副文本的使用惯习差异

在不同的翻译网络中，沙博理所使用的副文本在种类、数量与内容上都存在一定的差异。关于副文本的种类问题，《创业史》英译本中只有脚注，比较单一；《新儿女英雄传》英译本中除了脚注之外还增加了文内释义与对原作内容的简介；《我的父亲邓小平："文革"岁月》英译本中除了脚注与文内释义，还包括译者序、术语表和索引等副文本。由表6-7可知，《我的父亲邓小平："文革"岁月》英译本中的脚注与文内释义共计59例，其中文内释义多达45例，说明在第三个翻译网络中，沙博理在兼顾原作与读者的层面做出了很大的努力。就副文本内容而言，第一个翻译网络中的副文本是对命名类文化负载词所做的解释，比较注重故事思想与情节的传达；第二个翻译网络中的副文本是对度量衡单位所做的解释，更注重语言与文化的忠实保留，第三个翻译网络中的副文本除了忠实保留原作的语言与文化知识、传达原作的思想与情节，还添加了大量文化背景知识以便更大程度地传播中国文化。

表6-7 三部小说英译本中副文本的数量与内容

小说题名	脚注		文内释义	
	数量	内容	数量	内容
《新儿女英雄传》	6	对命名类文化负载词所做的解释	3	对命名类文化负载词所做的解释
《创业史》	9	对度量衡单位所做的解释	0	
《我的父亲邓小平："文革"岁月》	14	文化背景知识	45	对度量衡单位与命名类文化负载词所做的解释

第二节 不同翻译网络中沙博理翻译惯习的整体差异

上一节对三个翻译网络中的代表性译作《新儿女英雄传》英译本、《创业史》英译本和《我的父亲邓小平："文革"岁月》英译本中沙博理翻译惯习的差异性进行了不同维度的分析，主要包括沙博理在这三个翻译网络中对原作内容的删减与压缩、段落与句子的增添、段序与句序的调整、文化负载词的翻译以及副文本的运用方面的惯习差异。在第一个翻译网络中，沙博理对原作内容进行了较大幅度的删减与压缩，增加主题段落与主题句，调整段落与句子顺序，脚注通俗、简洁，在翻译文化负载词时使用意译法的频率高于其他两个翻译网络，整体上更倾向于保证译文通顺流畅、通俗易懂。在第二个翻译网络中，沙博理对原作内容删减与压缩较少，段落与句子顺序几乎无调整，脚注具体、详尽，在翻译文化负载词时使用直译法的频率与音译法高于其他两个翻译网络，整体上倾向于尽量保留原作的内容与风格。在第三个翻译网络中，沙博理对原作内容的增删、段落与句子顺序的调整都比较适度，对文化负载词的翻译以直译＋释义为主，在脚注与译者序中对一些政治术语和事件做了介绍。相对于前两个翻译网络，在第三个翻译网络中，沙博理还增加了术语表与索引供目的语读者查询。从整体上看，在第三个翻译网络中，沙博理兼顾对原作内容与风格的忠实和对目的语读者阅读习惯的关照。

综上所述，三个翻译网络中沙博理的翻译惯习存在以下细微差异：在第一个翻译网络中，沙博理的翻译惯习略微向读者倾斜；在第二个翻译网络中，沙博理的翻译惯习略微向原作倾斜；在第三个翻译网络中，沙博理的翻译惯习是在读者与原作之间寻求平衡。下文将以具体实例说明沙博理的翻译惯习在三个翻译网络中所呈现的上述差异。

一、第一个翻译网络中沙博理的翻译惯习略微向读者倾斜

沙博理在第一个翻译网络中主要以篇章作为翻译单位。他通过删除和浓缩原文中冗长的段落和句子，调整逻辑关系模糊不清的段落与句子顺序，增加多个主题句与部分主题段落，增加小说内容简介，使用简短的脚注，尽量意译度量衡文化负载词等方式，产出简洁、流畅、易懂的译文，重视目的语读者的阅读感受。

在段落与句子的删减方面，沙博理一般会将对情节发展无益、阻碍情节发展或重复累赘的冗长段落与句子尽数删除。笔者分别就沙博理对段落与句子的删减各举一例说明。

例（73）张金龙一路走，一路盘算怎么才能过这一关。到了区委会，黑老蔡戴了一副老式眼镜，正在桌子跟前看材料。他拧着眉

头子，紧闭着嘴唇，额上显出深深的皱纹，似乎在深思着什么问题。看见他们三个进来了，他慢慢摘下眼镜，望着张金龙严肃地说："你在斜柳村犯了什么错误，你自己交代交代吧！"张金龙拣个凳儿坐下，故意装糊涂说："我犯了什么错误啊？我就是端了敌人一个岗楼，抓了十几个俘虏，缴获了……"老蔡不等他说完，就霍地站起来，直勾勾地望着他说："张金龙，你别老鼠上秤钩——自称自！你在斜柳村吃喝嫖赌，破坏八路军的纪律，损害八路军的威信。调你回来，你倒敢违抗命令，你还想抵赖吗？"

张金龙知道是牛大水给他汇报了，心里又气又恨，只是望见黑老蔡威风凛凛的两只眼睛牢牢地盯着自己，不敢发作出来，就装腔作势地喊冤枉说："这都是牛大水造我的谣言！他嫉恨我，他和我有私仇，想挖我的'墙脚儿'，你们还不知道？"高屯儿早耐不住了，冲上来指着他说："你这小子，还猪八戒倒打一钉耙啊！刚才你把小梅打得鼻子里滴血葡萄，要不是我们把你拉开，还不定打成什么样儿呢。就凭这一条，就可以处分你！"张金龙嘴巴很厉害，马上反驳说："嘿，两口子打吵吵，也是常有的事，没什么了不起。反正一个巴掌拍不响，她要不跟我干仗，也引不起我的火。"双喜冷笑着说："哼，你倒怪有理，你打人家村长王福海，也是两口子打吵吵？"张金龙没想到这事也给上级发现了，一时答不上来，只好硬着头皮说："好吧，你们爱怎么说怎么说，我现在是倒霉了，谁也能往我脸上抹狗屎！"
（袁静、孔厥，1956：90—91）

例（73）中的原文出自《新儿女英雄传》第七章第五节的前两段，反复强调张金龙自命清高、不承认错误的负面形象，以此增加读者对这一反面人物的厌恶，突显共产党的宽容大度。然而，前文已多次提到共产党对此人用心良苦却屡遭拒绝，因此，此处稍显累赘。另外，张金龙并非此小说中的主要人物，无需着墨过多，因而译者将这两段删除，以免分散读者的注意力、破坏故事的完整性。

例（74）大水可比谁都勤谨……在生活检讨会上，他闹了个模范，许多人都夸他……后来程平同志在全体大会上，还提出牛大水的名字，表扬了一下，大水心里可乐啦。（袁静、孔厥，1956：27）

Ta-shui was the hardest worker in the school... At one of the regular meetings when the students reviewed how each of them had behaved in practical life, he was elected "model student" ....

(Shapiro, 1979a: 31)

在例（74）中，原文的整个段落主要是围绕大水受表扬展开话题：大水为何受表扬，如何受表扬，受表扬之后的表现等。例子中的最后一句是此段的末尾，讲述大水在别处又受到表扬以及受表扬后的反应，实际上是对前文内容的重复。此句稍显累赘，可能会增加目的语读者的阅读负担，将这一句删除可使译文更简洁。

沙博理在第一个翻译网络中还适当增加了一些段落与句子以便使译文更符合目的语的行文规范。关于句子的添加已在前文中举例说明，此处仅举一个段落添加的译例进一步加以说明。

例（75）Before it empties into Paiyang Lake, the Fu River divides into two streams to form a hollow square around a large tract of land athwart its flow. The town is located on this island and the river creates a natural moat all around its walls. The only land approach is a bridge running to the east gate from the shore. （Shapiro, 1979a: 231）

此段译文添加在黑老蔡带领牛大水一行准备攻打城里的鬼子和汉奸这一节节首。原文中，黑老蔡等人在分配任务之前用一句话简单介绍了攻入城中的困难，即"那儿北门南门外面都有浸堤水，不好进"，但这不足以说明当时城里的具体地形，使得后面黑老蔡的安排让读者不知所云。沙博理在译文中加入例（75）这一段话，说明小城四面被水环绕，通往东门的小桥是外界进入城里的唯一通道，易守难攻。由于小桥过于狭窄，如果在桥上与城里的敌人火拼会施展不开，这就解释了后文黑老蔡为什么没有带部队从小桥打进城去，而是先派人去打开东门，然后带领部队进入城中与敌人开战。

在第一个翻译网络中，沙博理关于段落顺序调整的例子在《新儿女英雄传》第七回的译文中表现最为突出。第七回第六节共12个段落，沙博理对其顺序进行了大幅度调整。原文主要按照时间顺序叙述，先是张金龙从小梅手中夺走小瘦,然后黑老蔡等人抓住张金龙进行教育,最后小梅与张金龙离婚。译文为了易于为目的语读者所理解,按照事件发展脉络进行叙述,归纳出两条主线,一条是黑老蔡对张金龙进行教育,另一条是张金龙与小梅产生争吵最后以离婚收场。译文在这一节的调整与融合对原作内容存在一定程度的不忠实,比如时间顺序被打乱、黑老蔡等人抓捕张金龙的过程被删除。但是张金龙因被教育而向小梅母子俩撒气最终导致其与小梅离婚这一逻辑关系比原文更加明确,更有助于读者理解原文。

在三个翻译网络中,沙博理对文化负载词的翻译方法虽然都存在以直译为主、意译为辅的共性,但是较之其他两个网络,沙博理在第一个翻译网络中对文化负载词的翻译意译倾向明显。

"斤""里""亩"在第一个翻译网络中无一例外地被意译成"lbs.""miles""acres",都是以英语中的度量衡单位直接替代汉语中的度量衡单位,更易于为目的语读者所理解。以"亩"为例,沙博理在第二个翻译网络中将其翻译成"mu"并加上脚注"one mu is equal to one-fifteenth of a hectare or roughly one-sixth of an acre",目的语读者不理解这个陌生的"mu",需要打断阅读去查看脚注中关于"mu"的解释,还要耗费一定的精力去进行"mu"与"acres"的换算,之后再回到原文继续阅读。读者不仅为了重新找到原来的阅读内容而费时费力,而且需要重新回想之前因被打断而忘记的内容。总之,这一脚注使读者的阅读流畅度大打折扣。在第三个翻译网络中,沙博理改进了第二个翻译网络中加上文外脚注影响读者阅读的缺陷,将"亩"直接音译成"mu",译文虽简洁,但并非能让所有目的语读者读懂。虽然对于已经很熟悉"亩"这个单位的目的语读者来说,这种处理既能保留原作文化又易于理解,但是对于不熟悉这个中文度量衡单位的目的语读者来说,理解起来就有一定的困难。相比之下,在第一个翻译网络中,沙博理是最在乎目的语读者的阅读习惯的。

二、第二个翻译网络中沙博理的翻译惯习略微向原作倾斜

从第四章可知,第二个翻译网络中译者被限制了编辑的权利,原文在被送达译者翻译之前就已经由中文编辑或作者编辑过,因此,第二个

翻译网络中译作内容的增减、压缩与调整等基本上都无法用来作为判断译者惯习的佐证。但从宏观上判断，沙博理在第二个翻译网络中对原作中的内容很少进行删减与压缩、段落与句子的顺序也极少调整，即使存在一些添加内容的现象，也只是为了对原作内容进行显化而进行的词语、短语和少量短句的添加，与第一个翻译网络中对内容的处理存在明显的差异。相比之下，沙博理在第二个翻译网络中更忠实于原作的内容。

较之第一个翻译网络，在第二个翻译网络中，沙博理对文化负载词的翻译更倾向于直译。同样以度量衡单位为例，"斤""里""亩"在第二个翻译网络中基本上都被音译成"jin""li""mu"并加上详细的脚注。以"里"为例，在第二个翻译网络中，沙博理将其音译成"li"并加上脚注"one li is equal to a kilometer or roughly one-third of a mile"。这一处理同时准确、详尽地传达了这个度量衡单位的读音"li"、其所代表的具体距离以及其与英语度量衡单位"mile"之间的换算关系。在第一个翻译网络中，沙博理将"里"翻译成"mile"，未能在译文中充分传达"里"这一中国度量衡单位的真正内涵。在第三个翻译网络中，沙博理将"里"直接翻译成"li"，未用脚注解释这个中国度量衡单位的含义，也丢失了一部分文化内涵。

同样是使用脚注，第二个翻译网络中的脚注比第一个翻译网络中的脚注更为详尽与具体。比如"炕"被翻译成"Kang"并加上脚注"A brick platform, heated in winter from underneath, and used as a bed and for other purposes in a northerner's household"，解释了"炕"是"一个石头制成的、冬天可以从下面加热、在北方家庭中可以用作床也可以有其他用途的台子"，从材料、用途、功能、使用范围等方面向目的语读者介绍中国特有的"炕"。在第一个翻译网络中，"炕"的脚注是"A brick oven-bed"，虽然也介绍了炕的材料、形状和用途，但是远不如第二个翻译网络中的内容全面与具体。

三、第三个翻译网络中沙博理的翻译惯习在原作与读者之间趋于平衡

《我的父亲邓小平："文革"岁月》英译本中对段落与句子顺序的调整较少，各有一处。下文从段落的删减、句子的删减、句子的压缩、句子的添加以及文化负载词的翻译五个方面来分析沙博理在第三个翻译

网络中寻求原作与读者之间平衡的惯习。

虽然《我的父亲邓小平:"文革"岁月》英译本中对原文段落的删减数量达到了 21 处,但多为一些无关紧要或重复的内容。

> 例(76)二姑姑也是在妈妈的"领导"下长大的,她的工作安排,她的婚事,都是由大嫂安排的。她的两个孩子,生下来后都是放在我们家,由奶奶和妈妈带大的。直到"文革"爆发,1967 年 2 月,家里的情况越来越坏,妈妈才让我把两个幼小的弟妹送回四川。六年没见了,二姑姑多想大哥大嫂啊。 (邓榕,2000:202)

此段的前一段交代作者的二姑姑与二姑父坐火车来江西,已经抵达南昌,后一段是"我"去南昌火车站接二姑姑。这两段之间有一段关于二姑姑与"我"家,尤其是与"我"妈妈之间关系的段落,若译出,会使译文不够连贯,沙博理在译文中将此段删除,使译文更符合逻辑,也更连贯与通顺。

沙博理之所以删除一些句子,大都是因为其重复、难懂,若译出,反而会影响译文的流畅性。下面举例说明。

> 例(77)妈妈请工厂同车间的女工找了一点好的米酒曲子,拿回来后,奶奶把蒸好的糯米发酵做成醪糟,每天早上做醪糟鸡蛋给我们吃。 (邓榕,2000:146)

这句是在段末,本段是作者夸赞爸爸、妈妈和奶奶在厨房各显身手,爸爸和奶奶会做饭,妈妈从旁协助。以上关于做醪糟的这句话在本段中没有特殊意义,而且里面包含中国饮食文化中制作醪糟的过程,不易于为目的语读者所理解。沙博理在译文中将其删除既不影响原作的意义,又保证了译文的流畅性。

下面举例说明沙博理是如何通过压缩句子来寻求原作与目的语读者之间平衡的。

> 例(78)春天过去,夏天来临了。那是一个酷热的夏。
> 天气越来越热,热得让人汗流浃背,心情烦躁。北大聂元梓一

派抓有邓小平的子女在手……（邓榕，2000：83）

Springtime passed. It was followed by an oppressively hot sweltering summer.

Nie Yuanzi's rebel faction at Peking University was determined to take advantage of its seizure of the children of Deng Xiaoping...

（Shapiro，2002：83）

在例（78）中，原文第一段描写了夏天的酷热。第二段主要是讲述聂元梓一派对邓小平子女的迫害情况，但"天气越来越热，热得让人汗流浃背，心情烦躁"这句话占据了主题句的位置，因此，沙博理将其融合到第一段当中，既压缩了重复的内容，又凸显了第二段的主题句，使译文更加简洁、易懂。词组"an oppressively hot sweltering summer"将夏天的闷热表现得淋漓尽致，融简洁与传神于一身。

除此之外，译者还增加了少量的句子以显化原作的内容或补充目的语读者缺少的背景知识，这些知识在原文中未被提及，但是对于读者能否正确理解原文非常重要。

例（79）我的小姑姑邓先群和姑父栗前明，从工作的天津回北京过年。（邓榕，2000：171）

My young aunt, Deng Xianqun and her husband, who were working in Tianjin, returned to their home in Beijing for the New Year (Spring Festival) holiday. She was Papa's younger sister.

（Shapiro，2002：171）

在例（79）中，原作的读者看到"小姑姑"这个词便知道邓先群是爸爸的妹妹，但是译文中与"小姑姑"对应的词"young aunt"是一个多义词，不仅可以指"小姑姑"，也可以指"小姨妈""小舅妈"甚至是"年轻的阿姨"等。为了让目的语读者更清楚"aunt"在原文中的具体意思，译者加了一句"She was Papa's younger sister"（她是爸爸的妹妹），明确了人物关系。

在第三个翻译网络中，沙博理对于文化负载词的翻译融合了前两个翻译网络中的翻译策略与方法，多采取直译+文内释义或音译+文内释义的方法。以"斤"的翻译为例，沙博理在第三个翻译网络中将"斤"翻译成"jin（lbs.）"，在文内注释中将原文中的"jin"直接换算成"lbs."，既保留了中国的度量衡单位"jin"，又易于为目的语读者所理解，还不打断读者的阅读，实在称得上是信与达的圆满调和。相比较而言，沙博理在第二个翻译网络以长的脚注"one catty is equal to half a kilogramme or a little more than one pound"来释义"jin"，虽然也保留了中国文化，但破坏了读者阅读的流畅性，而沙博理在第一个翻译网络中将"斤"意译成"lbs."，没有忠实传达原文的度量衡文化。

第三节　本章小结

上一章已经详述，沙博理的恒定性翻译惯习整体表现为其在原作与目的语读者之间寻求平衡，但由于不同翻译网络中的不同行动者对沙博理的影响程度各异，其翻译惯习呈现出一定的差异性。本章详细分析了沙博理在不同翻译网络中翻译惯习的差异。沙博理在三个翻译网络中翻译惯习的差异在具体的译作中表现如下：

第一，在内容的增减与重组方面，沙博理在第一个翻译网络中的表现最为突出；在第二个翻译网络中，沙博理几乎未对原作的内容进行增删与重组；在第三个翻译网络中，沙博理在这方面的表现居于前两个翻译网络之间。

第二，在文化负载词的翻译策略与方法上，在第一个翻译网络中，沙博理更倾向于采用归化策略；在第二个翻译网络中，沙博理更倾向于采用异化策略；在第三个翻译网络中，沙博理倾向于将归化策略与异化策略相结合。在这三个网络中，沙博理对度量衡文化负载词的翻译策略的差异最为明显。在第一个翻译网络中，沙博理直接以英语中的度量衡单位"lbs.""mile""acre"代替原文中的度量衡单位"斤""里""亩"；在第二个翻译网络中，沙博理对于度量衡单位的翻译方法是音译+脚注或直译+脚注，比如"亩"被翻译成"mu"并加上脚注"one mu is equal to one-fifteenth of a hectare or roughly one-sixth of an acre"，忠实再现原文的文化内涵；在第三个翻译网络中，沙博理无一例外地采用直译+文内释义或音译+文内释义的方法，比如"3斤2两"被翻译成"3 jin 2 liang（3.5 lbs.）"，在保留原文文化内涵的同时，提升了目的语读者的阅读体验，保证了其阅读的流畅性。

第三，在副文本的使用上，在第三个翻译网络中，沙博理使用的副文本种类最多、数量最大、内容最丰富，致力于在忠实与易懂之间寻求平衡，补充原文中所涵盖的中国历史文化背景，更大限度地传播中国文化；在第二个翻译网络中，沙博理使用的副文本种类最少，只有脚注，数量也少，脚注内容皆是对度量衡单位的详细解释，更注重数字的精确性，与《翻译守则》的规定相符，即"忠实于事实，数字和时间"（转引自Xiuhua，2014：13）；在第一个翻译网络中，沙博理使用的副文本种类包括脚注与文内释义，主要是对命名文化负载词进行解释，更注重故事中涉及的人物介绍与情节发展。

综上所述，在第一个翻译网络中，沙博理对原作的内容进行了大量的增删与重组，在文化负载词的翻译上更倾向于采用归化策略，在副文本的使用上更侧重人物介绍和情节发展。可见，沙博理在第一个翻译网络中的翻译惯习更倾向于照顾目的语读者的接受能力与审美期待，更注重译文的流畅性。在第二个翻译网络中，沙博理几乎未对原作的内容进行增删与重组，在文化负载词的翻译上更倾向于采用异化策略，最大程度地保留原作中的中国文化，较少使用副文本，少量副文本的使用也仅仅是为了解释度量衡单位。可见，沙博理在第二个翻译网络中的翻译惯习更倾向于忠实于原作。在第三个翻译网络中，沙博理对原作内容增删与重组的尺度少于他在第一个翻译网络对原作内容增删与重组的尺度，多于他在第二个翻译网络对原作内容增删与重组的尺度；在文化负载词的翻译上，沙博理对大部分命名文化负载词采取了异化与归化相结合的策略，兼顾原作与读者；在副文本的使用上，沙博理在这一翻译网络中使用的副文本种类最多、数量最大、内容最丰富。可见，沙博理在第三个翻译网络中的翻译惯习更倾向于在忠实原作与照顾目的语读者的阅读期待之间寻求平衡。

第七章 结语

  我们至今仍在探索如何构建一个融通世界的话语体系。讲述好中国故事,传播好中国声音,展示好中国形象,沙博理成了一个标杆和楷模。他不懈地探索几十年,所有的努力就是为了融通中西。

——周明伟(转引自刘彬,2014)

第一节 结论

  本书借鉴布迪厄的社会实践理论与拉图尔的行动者网络理论构建了以分析译者翻译惯习为中心的译者研究理论框架——"场域—网络"理论框架,通过将沙博理50余年的翻译生涯重构在三个不同的翻译网络中,对译者沙博理的翻译观及翻译活动进行了系统与全面的考察,重点探究了沙博理在不同翻译网络中的恒定性与差异性翻译惯习及其成因,并得出以下结论。

  第一,沙博理翻译了200部中国文学作品,其中199部为红色文学作品,对中国红色文学的对外传播做出了不可磨灭的贡献,他在50余年的翻译实践中形成了自己的"忠实性叛逆"翻译观。

  沙博理翻译并促成了中国红色小说在美国出版。沙博理完成了国内外学者大加赞赏的《水浒传》100回译本的翻译工作。沙博理编译的 *The Law and the Lore of China's Criminal Justice* 使外国读者对中国的刑法产生了极大兴趣。沙博理编译的 *Jews in Old China: Studies by Chinese Scholars* 在国内外研究犹太人的学术界引起了轰动。沙博理留下的中国文学作品的英译本为探索不同体裁、不同风格的红色文学作品的英译策略与方法留下了一笔宝贵的财富。

沙博理在超过半个世纪的翻译实践中积累了丰富的经验，曾发表鞭辟入里的翻译见解，主要有三点。

其一，沙博理认为翻译的目的是让世界了解真实的中国，他反对那些为了谋取经济利益而随意改动中国文学作品的翻译行为。

其二，沙博理认为译者应以同时忠实于原作与读者为目标，在忠实于原作而导致译文不为目的语读者所理解的情况下，译者应对原作的形式进行适度的"叛逆"，但"叛逆"的前提是不能改变原作的根本内容。

其三，沙博理认为译者不仅要具备基本的语言素养，还应掌握相关的历史文化知识。此外，译者还必须要有立场、有观点、有责任心。

第二，将布迪厄的社会实践理论与拉图尔的行动者网络理论相结合能更全面与系统地研究沙博理的译者行为。

首先，本书根据沙博理翻译活动中主导行动者的差异，将沙博理50余年翻译生涯中所涉及的主要翻译活动划分为三个翻译网络。第一个翻译网络涉及沙博理初涉译坛时的翻译活动，这个翻译网络中的主导行动者为初涉译坛时沙博理自身的个人惯习；第二个翻译网络涉及沙博理作为中国政府机构译者的翻译活动，这个翻译网络中的主导行动者为中国当时的主流意识形态与诗学以及主流翻译规范；第三个翻译网络涉及沙博理从中国政府机构退休之后的翻译活动，这个翻译网络中的主导行动者为资深译者沙博理的个人惯习。

其次，沙博理在三个翻译网络中的翻译惯习具有一定的恒定性，这种恒定性主要表现在以下几个方面。

其一，沙博理在翻译中表现出对中国共产党以及中国文化的浓厚情感。其二，沙博理具有较高的双语双文化素养，能准确把握英汉语言的差异与中西文化的异同，这使他能在翻译中圆满调和中西语言与文化。其三，沙博理在翻译中表现出对目的语读者的阅读习惯与接受能力的明显关照。

再次，沙博理在不同翻译网络中的翻译惯习又呈现出一定的差异性，这种差异性主要体现在：在第一个翻译网络中，沙博理的翻译惯习略微向读者倾斜；在第二个翻译网络中，沙博理的翻译惯习略微向原作倾斜；在第三个翻译网络中，沙博理的翻译惯习倾向于平衡目的语读者与原作。

最后，沙博理在不同翻译网络中的翻译惯习受到多种行动者不同程度的影响。沙博理的恒定性翻译惯习与他的初始个人惯习这一微观行动者有着相当密切的联系。沙博理所具有的典型的美国读者惯习使他在翻译中表现出明晰的读者意识；沙博理对中国和中国文化的热爱之情使得沙博理在翻译中表现出浓厚的中国情怀；浸润在中西两种文化中的沙博理具有准确把握汉英语言与中西文化异同的惯习，这使他能在翻译中圆满调和译文的忠实性与可接受性；沙博理在翻译中致力于融合中西语言与文化。

沙博理的差异性翻译惯习主要源于不同网络中主导行动者的差异性。第一个翻译网络中的主导行动者为初涉译坛时沙博理的个人惯习这一微观行动者，因此，沙博理在第一个翻译网络中更注重译文是否更容易被目的语读者理解与接受，更注重译作的通达，其翻译惯习略微倾向于照顾目的语读者的阅读习惯。第二个翻译网络中的主导行动者为新中国的主流意识形态、诗学、主流翻译规范，因此，沙博理更倾向于忠实原作。第三个翻译网络中的主导行动者为资深译者沙博理的个人惯习，因此，沙博理在这一网络中表现出圆满调和原作与读者的倾向。

第三，沙博理的翻译惯习随着个人惯习和翻译网络的变化而变化，其初始惯习与集体惯习对其翻译活动的影响范围和程度各异。

一方面，沙博理的初始惯习更多地影响他对译作的选择和他在语言层面的表达。沙博理对冒险精神的青睐以及对拓荒精神的崇尚使得他喜欢选择革命战争题材的作品来翻译。凭借母语为英语的优势，沙博理在翻译中能游刃有余地使用地道的英文表达；通过增、减、换、改等技巧使译文符合英语的篇章布局规范，包括删减原文中的词、句等语言单位，调整原文中句子与段落的顺序，添加相应的主题句，遵守英语的分段规范等。

另一方面，沙博理的集体惯习（也称次级惯习）更多地影响其在文化层面的翻译策略。沙博理成为外文出版社的译者之后，其个人惯习受到当时新中国的主流意识形态、主流诗学和主流翻译规范的影响，倾向于践行"信、达、雅"的翻译主张。这种翻译主张更注重"信"，确切地说，是对原文内容的忠实保留。这主要表现在，彼时的沙博理在对原文文化元素进行翻译时，会尽可能使用异化策略，努力保留中国的文化元素。

第二节 启示

本书结合布迪厄的社会实践理论与拉图尔的行动者网络理论建构了以分析译者翻译惯习为中心的译者行为研究理论框架,可为译者研究提供一定的启示;对沙博理翻译惯习的深入探究,可为中国文化"走出去"在较为理想的译者选择上提供有益借鉴。

一、"场域—网络"视角对译者研究的启示

20世纪80年代的"文化转向"在译界掀起了一股译者研究的热潮。学者们纷纷从文化、社会、政治等角度研究译者的翻译行为、翻译策略以及翻译思想等。

国内对于翻译家的系统性研究始于20世纪80年代(穆雷、诗怡,2003:13)。尽管起步较晚,但也取得了一定的成果。目前,国内学者对翻译家的研究大致可分为以下四大类:一是对翻译家的整体性研究,包括译者生平介绍、翻译活动管窥、翻译策略与翻译风格研究及翻译思想的探讨等,比如《东西方思维模式的交融——杨宪益翻译风格研究》(禹一奇,2009);二是对翻译家译作等的介绍,比如《郑振铎的翻译活动》(克己,1987);三是对翻译家翻译观或翻译思想的探讨,比如《葛浩文翻译观探究》(文军等,2007);四是对翻译家影响力的考察,比如《论译界楷模朱生豪在中国及世界的深远影响》(曹树钧,2013)。以上研究大都是通过分析译者译作并辅之以译者生活经历以及时代历史背景来总结其翻译策略、翻译风格等,但是有些研究由于缺乏对原始史料的鉴别以及对翻译过程的考察,所得出的结论有待商榷。有学者认为沙博理对《家》的翻译删减太多,把大部分与中国文化相关的东西都删除了,由此判断沙博理根本不懂中国文化。对于这位学者的这一评价笔者有两个疑问:其一,这位学者是通过《家》的哪个版本来对比分析沙博理的译作 *Family*。据金宏宇(2003:241)考察,巴金本人对《家》"修改了八次",最后一个版本与第一个版本相比共修改了14000多处,几乎是每章、每段甚至每句都有所修改。其二,这位学者是否考察了沙博理翻译《家》的时候所在单位的具体翻译流程。据本研究考察,译者当时基本没有编辑原作的权利,文学作品在到达译者手上之前已经由中文编

辑进行过编辑，而且据杨宪益回忆，译者翻译过程中的任何删减都需要请示中文编辑。关于《家》的翻译，沙博理拿到的是中文编辑请巴金删减并已定稿的中文底本。巴金就《家》的英文版删减现象的回忆就是一个很好的证明："……删改全由我自己动笔，当时我只是根据别人的意见，完全丢开了自己的思考……他的意见我全部接受。大段大段地删除……"（巴金，1987：255）

　　综上所述，国内外译界在译者研究领域取得了重大的成果，尤其是布迪厄社会实践理论的引进为译者翻译行为的合理性找到了依据。这种依据虽然有史实的支撑，但也由于缺乏对译者在翻译过程中真正角色与地位的描述而沦为学者主观臆测的工具。在译者并未参与的翻译阶段所呈现出的最终结果能否作为评价译者行为的依据呢？答案当然是否定的。目前，已有学者意识到译者研究中存在这个问题，因此，学者们倡导在对译作与原作进行对比分析前一定要对其版本进行慎重考察，最好能够找到译者的手稿以分析译者的行为，这不失为一种对译者做出公允与客观评价的好方法。对于部分已过世的译者，准确的版本信息都不易获得，更何况其手稿。这时就需要借助拉图尔的行动者网络理论通过大量历史文献"跟随行动者"，追踪其翻译过程，尽量厘清各个行动者在翻译过程中的地位与作用，以及其对于最后的翻译产品（译作）的作用程度，以便更合理地解释译者的行为与结果。

　　译者研究中之所以存在上述问题，是因为学者们过于关注宏观与微观研究，忽略中观研究。社会实践理论与行动者网络理论结合之后的新视角摒弃翻译研究中"一分为二"的宏观与微观研究方法论，采取方梦之所推崇的"一分为三"的宏观、中观与微观研究方法论，既注重以文本为主的内部研究，即微观研究，也关注以翻译活动的文化与社会因素为主的外部研究，即宏观研究，更未忽视以翻译过程为主的宏观与微观之间的研究，即中观研究。本研究的宏观、中观与微观方法论与方梦之所述的不尽相同。方梦之是针对整个翻译研究而言，高屋建瓴地将翻译理论划分为宏观理论（翻译本体论等）、中观理论（翻译策略等）与微观理论（翻译技巧等）（方梦之，2015：9）。本研究是针对译者沙博理的研究，主要围绕沙博理的翻译活动展开，因此，本研究中宏观研究关注翻译活动的社会文化历史背景对翻译活动的影响；中观研究注重每个翻译活动的具体内容，重点厘清每个具体翻译活动中各种因素的相互作用；微观研究借助文本分析探究沙博理的翻译策略及翻译观。宏观和中观研究为微观研究提供充足的分析与解释基础，纯粹的文本分析是纸上谈兵，其研究结果可能毫无意义。中观研究更是如方梦之（2015：8）所述，"在宏微之间桥接"，修补了宏观与微观研究的断裂，将社会文化因素对翻译文本的影响具体化、明细化，避免了天马行空，毫无根据的主观臆测。

二、沙博理的翻译惯习及其影响因素研究对中国文化"走出去"之启示

对沙博理的翻译惯习及其复杂的影响因素进行研究，可为中国文化如何通过翻译"走出去"提供一定的启示，具体包括中国文化"走出去"译者模式的选择、翻译活动发起人的选择以及翻译策略与方法的选择等方面。

（一）对中国文化"走出去"译者模式选择之启示

当今，文化越来越成为综合国力和国际竞争力的重要因素，如何提升国家文化软实力已经成为世界各国共同关注的问题。国家文化软实力建设，需要从不同的方面着手，文化传播是其中一个重要方面。近几个世纪以来以西方为主的国外传播媒介向国外受众所提供的关于中国文化的信息不仅片面，而且往往带有严重偏见，导致国外受众对中国文化产生误解。为匡正西方人心目中错误的中国印象，应该加强对外文化传播，通过不同的方式向世界展示真实、立体、全面的中国。由于国与国之间的语言壁垒，中国文化的对外传播大都需要过翻译这一关。周明伟（2011）曾表示："中国文化走出去的第一关是翻译关"，可见，翻译对中国文化的对外传播起到了关键作用。胡安江（2010：12）曾提及，最理想的译者模式应该符合四个条件：中国经历、中文天赋、中学底蕴以及中国情谊。符合这四个条件的除了遴选出的汉学家，还有居住于海外的华人译者与居住在中国的外裔译者，即"离散译者"（刘红华、黄勤，2015：61—65）。前者包括沙博理、戴乃迭、路易·艾黎等，后者包括王际真、乔治高等。这些离散译者并非都在翻译中真实再现中国文化，还要视翻译活动中具体的社会环境以及赞助人而定。前三位是在中国政府的赞助下翻译中国文学作品的译者，受到当时新中国的政治场域、文学场域、翻译场域等因素的影响，致力于真实再现中国文化。后两位中，

被夏志清称为"中国文学翻译的先驱"的王际真于1922年赴美国留学,先后就读于威斯康辛大学与哥伦比亚大学,随后终身在哥大任教,翻译过《红楼梦》《战国策》《吕氏春秋》《儒林外史》《镜花缘》等中国古代文学作品,也翻译过中国现当代短篇小说,介绍了鲁迅、老舍、张天翼、叶绍钧、凌叔华、巴金和沈从文等中国现当代作家。他所翻译的短篇小说都收录在哥大出版的《阿Q及其他——鲁迅小说选》(*Ah Q and Others: Selected Stories of Lusin*, 1941)、《中国传统故事集》(*Traditional Chinese Tales*, 1944)和《现代中国小说选》(*Contemporary Chinese Stories*, 1944)中。王际真为中国文学的外译做出了不可磨灭的贡献,遗憾的是,他的译作多数为节译本,不能展现中国文学与文化的全貌,而且其译作中归化程度颇大,基本是在原作的基础上进行再次创作。乔治高是在美国受教育并在哥大任教的中国文学的著名英译者,也是港澳台地区最早向西方英译中国文学、最受海外读者欢迎的杂志《译丛》(*Renditions*)的创办人与主编。他对中国文学的翻译目前极少有学者研究。他所创办的《译丛》的出版宗旨是"向西方读者提供中国文学的学习阅读素材,主要内容涉及古今2000年的文学作品",与《中国文学》的创刊宗旨相比,更倾向于满足受众的学习需要。王际真与乔治高这位离散译者未受到政治意识形态与赞助人的影响,在翻译中可能虽未扭曲中国文化,但也未见得传播了中国文化的全貌。

对以上各位离散译者在翻译中的行为进行分析可知,具有中国经历、中文天赋、中学底蕴以及中国情谊的译者的确具备准确而真实保留原作文化内涵的能力,但他们在实际的翻译当中不一定会准确而真实地保留并传播中国文化,因为影响译者在翻译中所做决策的除了译者本人的能力与情感因素,还有社会历史、经济状况等外部的客观因素。因此,在选择译者时,不能只考虑译者的个人惯习与能力,还要考虑各种外部因素。沙博理热爱中国与中国文化,致力于中国文化的对外传播,以"向世界介绍真实的中国"为翻译的主要目标与职责。从这一层面来讲,沙博理在翻译过程中不会为了迎合目的语读者而故意扭曲中国形象以及淡化中国文化,在一定程度上保证了中国文化在传播过程中的准确性与真实性。

(二)对中国文化"走出去"翻译活动发起人选择之启示

翻译活动发起人,即传播学视角的译介主体,主要指发起翻译活动的翻译机构、出版机构以及个人。基于前文内容,不是真心为了对外传播中国文化的翻译机构、出版社甚至个人都不应该成为中国文化"走出去"翻译活动发起人。Berman(1992:149)认为,所有文化从本质上讲,对外来事物都是抵制的,一个文化在需要吸收外来"他者"补充的同时,也会抵制外来的"异质",以确保本族文化的"纯粹性"与"完整性"。国外翻译机构与出版社会对外语文本和文化实施"民族中心主义的暴力","透明的""流畅的"归化翻译就是这一"暴力"实施的具体表现。可见,若由国外翻译活动发起人翻译中国文学作品,可能会使作品中的文化元素流失,因此,中国文化"走出去"翻译活动的发起人应该以中国的翻译机构、出版社等为主。"各国文学的外译离不开政府的支持"(马士奎,2013:36—37),而且"主动'送出去',特别是政府牵头'送出去',已成为除英语国家之外多数国家(地区)文学外译的常态,并取得了良好的效果"(韩子满,2016:105)。中国政府主导的翻译活动在推进中国故事和中国声音的全球化表达方面发挥了重要作用,为中国文化在国际舞台上的传播做出了积极贡献。

(三)对中国文化"走出去"翻译标准、翻译策略与方法选择之启示

翻译标准是指导译者翻译实践的准则,影响译者对译材、翻译策略与方法等的选择。"忠实"是保证中国文化准确传播的前提,而"关照读者"是保证中国文化能准确而轻松被目的语读者理解与接受的前提,黄友义(转引自马海燕,2014)就曾建议将沙博理提出的"让外国人看得懂"作为中国文化"走出去"的基本原则。因此,可以考虑将沙博理的"忠实性叛逆"翻译标准作为翻译中国文学作品的准则之一。"忠实性叛逆"的翻译标准要求译者尽量做到忠实原作。由于两种语言与文化之间存在差异,对原作内容与形式的完全忠实可能会产生佶屈聱牙、令人费解的译文,鉴于此,"忠实性叛逆"就在所难免了。

"忠实性叛逆"翻译标准指导之下的翻译策略与方法就是圆满调和归化与异化、平衡直译与意译。译界在翻译中同时存在归化与异化、直译与意译这一点上已经基本达成共识,但是如何把握归化与异化、直译与意译在翻译中的使用程度与比例,从而更好地推动中国文化对外传播,这些问题仍悬而未决。沙博理在翻译过程中对这两种策略与方法的使用可为解决上述问题提供一定的借鉴。就文化与语言层面而言,沙博理倾向于在文化层面尽量采取异化策略,在语言层面尤其是篇章布局层面尽

量采取归化策略,在采用异化策略时要考虑读者的理解与接受能力。沙博理认为,"异化翻译可以用,但要讲清楚"(洪捷,2012:63),他通过脚注、尾注、文内释义等多种补偿策略为读者将"异域"的中国文化解释清楚;沙博理在采用归化策略的同时还在译文中保留了中文的部分语言形式,以平衡由于语言层面的归化而导致的中国语言文化的损失。

第三节 局限

诚然,由于笔者的理论水平与研究能力有限,本书也存在一定的局限:

第一,受篇幅所限,本书所选取的沙博理译作仅18部,较之其200部的译作只是冰山一角,尚不能完全呈现沙博理在中国文学作品外译中所起的举足轻重的作用。

第二,将布迪厄的社会实践理论与拉图尔的行动者网络理论相结合是社会翻译学研究的新趋势。由于以下两个原因,本书对这一理论框架的建构还不够完善:其一,这两个社会学理论比较深奥,并非用几年时间就能理解透彻;其二,笔者不懂法语,未能阅读这两位社会学理论大师的法语原著,理论学习存在一定的局限性。

第三,本书肇始时期,在还未来得及采访沙博理本人时,他就溘然长逝。书中所述沙博理的观点都转引自其他学者或记者的一手资料,不能完全保证这些资料的准确性、完整性与全面性。

为了突破以上局限,笔者将继续对沙博理进行深入研究。在努力寻找其译文手稿、日记等一手资料的同时对本书中尚未分析的沙博理的其他译作进行深入分析,以进一步挖掘其翻译观与翻译实践对中国文学作品外译的宝贵价值。

参考文献

[1] Kristiina Abdallah, Actor-Network Theory as a Tool in Defining Translation Quality, Paper presented at the Conference "Translating and Interpreting as a Social Practice", Graz University, Austria, 2005.

[2] Kristiina Abdallah, Translators' Agency in Production Networks, Tuija Kinnunen and Kaisa Koskinen (eds.), *Translator's Agency*, Tampere: Tampere University Press, 2010, pp. 11 – 46.

[3] Kristiina Abdallah, Towards Empowerment: Students' Ethical Reflections on Translating in Production Networks, *The Interpreter and Translator Trainer*, Vol. 5, No. 1, 2011, pp. 129 – 154.

[4] Kristiina Abdallah, *Translation Quality in Production Networks: Reflections on Agency, Quality and Ethics*, University of Eastern Finland, 2012.

[5] Kristiina Abdallah, Social Quality: Key to Collective Problem Solving in Translation Production Networks, Gunta Ločmele and Andrejs Veisbergs (eds.), In *Translation Quality Costs: Proceedings of the 6th Riga Symposium on Pragmatic Aspects of Translation*, Riga: The University of Latvia Press, 2014a, pp. 5 – 18.

[6] Kristiina Abdallah, The Interface Between Bourdieu's Habitus and Latour's Agency: The Work Trajectories of Two Finnish Translators, Gisella M. Vorderobermeier (ed.), *Remapping Habitus in Translation Studies*, Amsterdam/New York: Rodopi B. V., 2014b, pp. 111 – 132.

[7] Mona Baker, Corpus-Based Translation Studies: The Challenges that Lie Ahead, Harold Somers (ed.), *Terminology, LSP and Translation: Studies in Language Engineering in Honour of Juan C. Sager*, Amsterdam/Philadelphia:

John Benjamins, 1996, pp. 175 – 186.

[8] Thierry Bardini, *What is Actor-Network Theory*? http://carbon. cudenver. edu/~mryder/itc_data/ant_dff. html, 2003. (访问时间：2023 年 7 月 22 日)。

[9] Susan Bassnett, Translating the Seed: Poetry and Translation, Susan Bassnett and André Lefevere (eds.), *Constructing Cultures: Essays on Literary Translation*, Clevedon: Multilingual Matters, 1998, pp. 57 – 75.

[10] Jacques Bidet, Questions to Pierre Bourdieu, *Critique of Anthropology*, Vol. 4, No. 13 – 14, 1979, pp. 203 – 208.

[11] Shoshana Blum-Kulka and Levenston Edward A., Universals of Lexical Simplification, Klaus Faerch and Gabriele Kasper (eds.), In *Strategies in Interlanguage Communication*, London: Longman, 1983, pp. 119 – 139.

[12] Anna Bogic, *Rehabilitating Howard M. Parshley: A Socio-Historical Study of the English Translation of Beauvoir's "Le deuxieme sexe", with Latour and Bourdieu*, University of Ottawa, 2009.

[13] Pierre Bourdieu, *Outline of Theory of Practice*, Nice Richard (trans.), Cambridge: Cambridge University Press, 1977.

[14] Pierre Bourdieu, *Distinction: A Social Critique of the Judgment of Taste*, Nice Richard (trans.), Cambridge Mass: Harvard University Press, 1984, p. 101.

[15] Pierre Bourdieu, *In Other Words: Essays Toward a Reflexive Sociology*, Adamson Mattew (trans.), Stanford: Stanford University, 1990.

[16] Pierre Bourdieu, *The Logic of Practice*, Nice Richard (trans.), Stanford: Stanford University Press, 1992a.

[17] Pierre Bourdieu and Wacquant Loic J. D., *An Invitation to Reflexive Sociology*, Wacquant Loic J. D. (trans.), Cambridge: Polity, 1992b.

[18] Pierre Bourdieu and Randal Johnson (ed.), *The Field of Cultural Production: Essays on Art and Literature*, New York: Columbia University Press, 1993a.

[19] Pierre Bourdieu, *Sociology in Question*, Nice Richard (trans.), London: Sage, 1993b, p. 76.

[20] Pierre Bourdieu, The Forms of Capital, Alan R. Sadovnik (ed.),

Sociology of Education: A Critical Reader, New York: Routledge, 2007, pp. 83 – 95.

[21] Pearl S. Buck (trans.), *All Men are Brothers*, New York: The John Day Company, 1933, p. 1.

[22] Pearl S. Buck, *China Past and Present*, New York: The John Day Company, 1972, p. 74.

[23] Hélène Buzelin, Opening the Black Box: Towards a Study of Translation as a Production Process, Paper presented at the Conference "Translating and Interpreting as a Social Practice", University of Graz, Austria, 2005a.

[24] Hélène Buzelin, Unexpected Allies: How Latour's Network Theory Could Complement Bourdieusian Analyses in Translation Studies, *The Translator*, Vol. 11, No. 2, 2005b, pp. 193 – 218.

[25] Hélène Buzelin, Independent Publisher in the Networks of Translation, *TTR*, Vol. 19, No. 1, 2006, pp. 135 – 169.

[26] Hélène Buzelin, Translations "in the Making", Michaela Wolf and Alexandra Fukari (eds.), *Constructing a Sociology of Translation*, Amsterdam/Philadelphia: John Benjamins, 2007, pp. 135 – 169.

[27] Hélène Buzelin and Folaron Debbie, Introduction: Connecting Translation and Network Studies, *Meta*, Vol. 52, No. 4, 2007, pp. 605 – 642.

[28] Michel Callon and Latour Bruno, Unscrewing the Big Leviathan: How Actors Macro-Structure Reality and How Sociologists Help Them Do So, Karin, Knorr-Cetina and Aaron V. Cicourel (eds.), *Advances in Social Theory and Methodology: Toward an Integration of Micro-and Macro-Sociologies*, Boston: Routledge and Kegan Paul, 1981, pp. 277 – 303.

[29] Michel Callon, The Sociology of an Actor-Network: The Case of the Electric Vehicle, Michel Callon, John Law and Arie Rip (eds.), *Mapping the Dynamics of Science and Technology: Sociology of Science in the Real World*, London: Macmillan Press, 1986a, pp. 19 – 34.

[30] Michel Callon, Some Elements of a Sociology of Translation: Domestication of the Scallops and the Fishermen of Saint Brieuc Bay, John Law (ed.), *Power, Action and Belief: A New Sociology of Knowledge ?*, Keele:

Sociological Review Monograph, 1986b, pp. 196 – 223.

[31] Michel Callon, Actor-Network Theory—The Market Test, *The Sociological Review*, Vol. 47, No. S1, 1999, pp. 181 – 195.

[32] Serrano Córdoba, Sierra María, La Fiction Québécoise Traduite en Espagne: Une Question De Réseaux, *Meta*, Vol. 52, No. 4, 2007, pp. 763 – 792.

[33] Jean Delisle and Judith Woodsworth (eds.), *Translators through History*, Amsterdam/Philadelphia: John Benjamins, 1995.

[34] Henri Giroux, Power and Resistance in the New Sociology of Education: Beyond Theories of Social and Cultural Reproduction, *Curriculum Perspectives*, Vol. 2, No. 3, 1982, pp. 1 – 13.

[35] Jean-Marc Gouanvic, The Stakes of Translation in Literary Fields, *Across Languages and Cultures*, Vol. 3, No. 2, 2002, pp. 159 – 168.

[36] Jean-Marc Gouanvic, A Bourdieusian Theory of Translation, or the Coincidence of Practical Instances: Field, "Habitus", Capital and "Illusio", *The Translator*, Vol. 11, No. 2, 2005, pp. 147 – 166.

[37] Raila Hekkanen, Fields, Networks and Finnish Prose: A Comparison of Bourdieusian Field Theory and Actor-Network Theory in Translation Sociology, Dries De Crom (ed.), *Translation and the (Trans)formation of Identities: Selected Papers of the CETRA Research Seminar in Translation Studies 2008*, Leuven: University of Leuven, 2009.

[38] Theo Hermans, Translation as Institution, Mary Snell-Hornby, Zuzana Jettmarová and Klaus Kaindl (eds), *Translation as Intercultural Communication*, Amsterdam/Philadelphia: John Benjamins, 1997.

[39] Theo Hermans, *Translation in Systems: Descriptive and System-Oriented Approaches Explained*, Manchester: St. Jerome Publishing, 1999.

[40] James Holmes S, The Name and Nature of Translation Studies, Lawrence Venuti (ed.), *The Translation Studies Reader*, London and New York: Routledge, 2000, pp. 172 – 185.

[41] Ted Hunters (trans.), The Long Flowing Stream, Kai-yu Hsu (ed.), *Literature of the People's Republic of China*, Bloomington: Indiana University Press, 1980, pp. 592 – 605.

［42］Moira Inghilleri, Habitus, Field and Discourse. Interpreting as a Socially Situated Activity, *Target*, Vol. 15, No. 2, 2003, pp. 243 – 268.

［43］Moira Inghilleri, Mediating Zones of Uncertainty: Interpreter Agency, the Interpreting Habitus and Political Asylum Adjudication, *The Translator*, Vol. 11, No. 1, 2005a, pp. 69 – 85.

［44］Moira Inghilleri, The Sociology of Bourdieu and the Construction of the "Object" in Translation and Interpreting Studies, *The Translator*, Vol. 11, No. 2, 2005b, pp. 125 – 145.

［45］Harold R. Isaacs (ed.), *Straw Sandals: Chinese Short Stories, 1918 – 1933*, Cambridge: MIT Press, 1974, pp. 274 – 301.

［46］Francis Jones, Embassy Networks: Translating Post-War Bosnian Poetry into English, John Milton and Paul Bandia (eds.), *Agents of Translation*, Amsterdam/ Philadelphia: John Benjamins, 2009, pp. 301 – 325.

［47］Robert Kaplan B, Cultural Thought Patterns and Inter-Cultural Education, *Language Learning*, No. 16, 1966, pp. 1 – 20.

［48］Tuija Kinnunen and Kaisa Koskinen, Introduction, Tuija Kinnunen and Kaisa Koskinen (eds.), *Translators' Agency*, Tampere: Tampere University Press, 2010, pp. 4 – 10.

［49］Tuija Kinnunen, Agency, Activity and Court Interpreting, Tuija Kinnunen and Kaisa Koskinen (eds.), *Translators' Agency*, Tampere: Tampere University Press, 2010, pp. 126 – 164.

［50］Kaisa Koskinen, Agency and Causality: Towards Explaining by Mechanisms in Translation Studies, Tuija Kinnunen and Kaisa Koskinen (eds.), *Translators' Agency*, Tampere: Tampere University Press, 2010, pp. 165 – 187.

［51］Szu-Wen Kung C, *Translation Agents and Networks, with Reference to the Translation of Contemporary Taiwanese Novels*, http: //isg. urv. es/ publicity/isg/publications/trp_2_2009/index. htm, 2009. （访问时间：2023年7月22日）。

［52］Bruno Latour, *Science in Action: How to Follow Scientists and Engineers through Society*, Cambridge: Harvard University Press, 1987.

［53］Bruno Latour, The Sociology of a Few Mundane Artifacts, Wiebe

Bijker and John Law (eds.), *Shaping Technology/Building Society: Studies in Sociotechnological Change*, Cambridge: MIT Press, 1992.

[54] Bruno Latour, On Actor-Network Theory: A Few Clarifications Plus More than a Few Complications, *Soziale Welt*, No. 47, 1996, pp. 369 – 381.

[55] Bruno Latour, *Reassembling the Social: An Introduction to Actor-Network-Theory*, New York: Oxford University Press, 2005.

[56] Bruno Latour, Agency at the Time of the Anthropocene, *New Literary History*, Vol. 45, No. 1, 2014, pp. 1 – 18.

[57] Andre Lefevere, Translation Practice(s) and the Circulation of Cultural Capital: Some Aeneids in English, Susan Bassnett and André Lefevere (eds.), *Constructing Cultures: Essays on Literary Translation*, Clevedon: Multilingual Matters, 1998, pp. 41 – 56.

[58] Lescaze Lee, China: Once-in-a-Lifetime Choice, *Washington Post*, November 4, 1979.

[59] Ray Lustig, Peking's Sidney Shapiro, *Washington Post*, August 18, 1980.

[60] Nathan Mao K. and Winston L. Yang Y, The Unglovable Hands, Kai-yu Hsu (ed.), *Literature of the People's Republic of China*, Bloomington: Indiana University Press, 1980, pp. 494 – 502.

[61] Reine Meylaerts, Translators and (Their) Norms: Towards a Sociological Construction of the Individual, Anthony Pym, Miriam Schlesinger and Daniel Simeoni (eds.), *Beyond Descriptive Translation Studies: Investigations in Homage to Gideon Toury*, Amsterdam/Philadelphia: John Benjamins, 2008, pp. 91 – 102.

[62] Peter Newmark, *Paragraphs on Translation*, Clevedon: Multilingual Matters Ltd, 1993.

[63] Parks Gerald, Towards a Sociology of Translation, *Rivista internazionale di tecnica della traduzione (International Journal of Translation)*, No. 3, 1998, pp. 25 – 35.

[64] Anthony Pym, *Method in Translation History*, Manchester: St Jerome Publishing, 1998.

[65] Anthony Pym, Cross-Cultural Networking: Translators in the French-

German Network of Petites Revues at the End of the Nineteenth Century, *Meta*, Vol. 52, No. 4, 2007, pp. 744 – 762.

[66] Quirk, et al, *A Comprehensive Grammar of the English Language*, London: Longman, 1985.

[67] Rakefet Sela-Sheffy, Models and Habituses as Hypotheses in Culture Analysis, *Canadian Review of Comparative Literature / Revue Canadienne de Littérature Comparée*, Vol. 24, No. 1, 1997, pp. 35 – 47.

[68] Rakefet Sela-Sheffy, How to Be a (Recognized) Translator: Rethinking Habitus, Norms and the Field of Translation, *Target*, Vol. 17, No. 1, 2005, pp. 1 – 26.

[69] Sidney Shapiro, In Scolding China, Washington Loses Face, *New York Times*, March 20, 1994.

[70] Sidney Shapiro (trans.), Old Customs, *Rhymes of Li Youcai and Other Stories*, Beijing: Culture Press, 1950a, pp. 110 – 128.

[71] Sidney Shapiro (trans.), Rhymes of Li Youcai, *Rhymes of Li Youcai and Other Stories*, Beijing: Culture Press, 1950b, pp. 1 – 66.

[72] Sidney Shapiro (trans.), The Marriage of Young Blacky, In *Rhymes of Li Youcai and Other Stories*, Beijing: Culture Press, 1950c, pp. 86 – 109.

[73] Sidney Shapiro (trans.), *The Living Hell*, Beijing: Foreign Languages Press, 1955.

[74] Sidney Shapiro (trans.), *Annals of a Provincial Town*, Beijing: Foreign Languages Press, 1959a.

[75] Sidney Shapiro (trans.), Yenan People, *Chinese Literature*, No. 7, 1959b, pp. 52 – 66.

[76] Sidney Shapiro (trans.), The Unglovable Hands, *Chinese Literature*, No. 1, 1961, pp. 44 – 57.

[77] Sidney Shapiro (trans.), Shadows on Egret Lake, *Chinese Literature*, No. 4, 1962, pp. 54 – 62.

[78] Sidney Shapiro (trans.), Long Flows the Stream, *Chinese Literature*, 1963, pp. 33 – 52.

[79] Sidney Shapiro (trans.), *Soy Sauce and Prawn: Satiric Political*

Verse, Beijing: Foreign Languages Press, 1963.

[80] Sidney Shapiro (trans.), *Builders of a New Life*, Beijing: Foreign Languages Press, 1977.

[81] Sidney Shapiro (trans.), *Family*, Beijing: Foreign Language Press, 1978.

[82] Sidney Shapiro (trans.), *Daughters and Sons*, Beijing: Foreign Languages Press, 1979a.

[83] Sidney Shapiro (trans.), Spring Silkworms, *Spring Silkworms and Other Stories*, Beijing: Foreign Languages Press, 1979b, pp. 1 – 26.

[84] Sidney Shapiro (trans.), "A True Chinese Patriot", *Spring Silkworms and Other Stories*, Beijing: Foreign Language Press, 1979c, pp. 192 – 203.

[85] Sidney Shapiro (trans. and ed.), *A Sampler of Chinese Literature from the Ming Dynasty to Mao Zedong*, Beijing: Foreign Language Press, 1996.

[86] Sidney Shapiro, *My China: The Metamorphosis of a Country and a Man*, Beijing: New World Press, 1997.

[87] Sidney Shapiro (trans.), *Deng Xiaoping and the Cultural Revolution—A Daughter Recalls the Critical Years*, Beijing: Foreign Languages Press, 2002.

[88] Daniel Simeoni, Translating and Studying Translation: The View from the Agent, *Meta*, Vol. 40, No. 3, 1995, pp. 445 – 460.

[89] Daniel Simeoni, The Pivotal Status of the Translator's Habitus, *Target*, Vol. 10, No. 1, 1998, pp. 1 – 39.

[90] Daniel Simeoni, Translation and Society: The Emergence of a Conceptual Relationship, Paul St-Pierre and Prafulla C. Kar (eds.), *In Translation: Reflections, Refractions, Transformations*, Delhi: Pencraft International, 2005, pp. 3 – 14.

[91] David, Swartz, *Culture & Power: The Sociology of Pierre Bourdieu*, Chicago: University of Chicago Press, 1997.

[92] Şehnaz Tahir-Gürçağlar, Chaos Before Order: Network Maps and Research Design in DTS, *Meta*, Vol. 52, No. 4, 2007, pp. 724 – 743.

［93］Gideon Toury, A Handful of Paragraphs on "Translation" and "Norms", Christina Schaffner (ed.), *Translation and Norms*, Clevedon and Philadelphia: Multilingual Matters, 1999, pp. 9 – 32.

［94］Maurice H. Tseng (trans.), The Natives of Yenan—Old Hei and His Wife, Kai-yu Hsu (ed.), *Literature of the People's Republic of China*, Bloomington: Indiana University Press, 1980, pp. 314 – 327.

［95］Studs Terkel, Sidney Shapiro Discusses Life in China, *Studs Terkel Radio*, September 21, 1987.

［96］Alexander Tytler F, Essay on the Principles of Translation, Amsterdam: John Benjamins B. V., 1978.

［97］Sergey Tyulenev, Why (not) Luhmann? On the Applicability of the Social Systems Theory to Translation Studies, *Translation Studies*, Vol. 2, No. 2, 2009, pp. 147 – 162.

［98］Sergey Tyulenev, *Translation and Society: An Introduction*, London and New York: Routledge, 2014.

［99］Ria Vanderawera, *Dutch Novels Translated into English: The Transformation of a "Minority" Literature*, Amsterdam: Rodopi, 1985.

［100］Jean-Paul Vinay and Darbelnet Jean, *Comparative Stylistics of French and English: A Methodology for Translation*, Juan C. Sager and Marie-Josée Hamel (trans. and ed.), Amesterdam/Philadelphia: John Benjamins, 1995.

［101］Chi-chen Wang (trans.), Spring Silkworms, *Contemporary Chinese Stories*, New York: Columbia University Press, 1944a, pp. 143 – 158.

［102］Chi-chen Wang (trans.), "A True Chinese", *Contemporary Chinese Stories*, New York: Columbia University Press, 1944b, pp. 159 – 164.

［103］Michaela Wolf, Translation Activity between Culture, Society and the Individual: Towards a Sociology of Translation, Keith Harvey (ed.), *CTIS Occasional Papers*, Manchester: UMIST, 2002, pp. 33 – 43.

［104］Michaela Wolf, The Female State of the Art: Women in the "Translation Field", Anthony Pym, Miriam Shlesinger and Zuzana Jettmarová (eds.), *Sociocultural Aspects of Translating and Interpreting*, Amsterdam/Philadelphia: John Benjamins, 2006.

［105］Michaela Wolf, Introduction: The Emergence of a Sociology of Translation, Michaela Wolf and Alexandra Fukari (eds.), *Constructing a Sociology of Translation*, Amsterdam/Philadelphia: John Benjamins, 2007a, pp. 1–36.

［106］Michaela Wolf, The Location of the "Translation Field": Negotiating Borderlines Between Pierre Bourdieu and Homi Bhabha, Michaela Wolf and Alexandra Fukari (eds.), *Constructing a Sociology of Translation*, Amsterdam/Philadelphia: John Benjamins, 2007b, pp. 109–119.

［107］Michaela Wolf, Sociology of Translation, Yves Gambier and Luc van Doorslaer (eds.), *Handbook of Translation Studies*, Amsterdam/Philadelphia: John Benjamins, 2010, pp. 337–343.

［108］Michaela Wolf, The Sociology of Translation and Its "Activist Turn", *Translation & Interpreting Studies: The Journal of the American*, Vol. 7, No. 2, 2012, pp. 129–143.

［109］Xiuhua Ni, Translation as Political Act: The Outward Translation of Chinese Literature in the First Seventeen Years of the PRC, *Translation Quarterly*, No. 72, 2014, pp. 1–40.

［110］Vasso Yannakopoulou, *Norms and Translatorial Habitus in Angelos Vlahos: Greek Translation of Halmet*, https://www.arts.kuleuven.be/cetra/papers/files/yannakopoulou, 2008. （访问时间：2023 年 7 月 22 日）。

［111］Vasso Yannakopoulou, The Influence of the *Habitus* on Translatorial Style: Some Methodological Considerations Based on the Case of Yorgos Himonas' Rendering of *Hamlet* into Greek, Gisella M. Vorderobermeier (ed.), *Remapping Habitus in Translation Studies*, Amsterdam/New York: Rodopi B. V., 2014, pp. 163–182.

［112］Howard Goldblat (trans.), *Red Night*, Beijing: Chinese Literature Press, 1988.

［113］Gouanvic, Jean-Marc, Is Habitus as Conceived by Pierre Bourdieu Soluble in Translation Studies?, Gisella M. Vorderobermeier (ed.), *Remapping Habitus in Translation Studies*, Amsterdam/New York: Rodopi B. V., 2014, pp. 29–42.

［114］Duanmuhongliang, The Sorrows of Egret Lake, Howard Goldblatt (trans.), *Red Night*, Beijing: Chinese Literature Press, 1988, pp. 12 – 24.

[115] 巴金:《一篇序文》,见巴金:《巴金六十年文选》,上海:上海文艺出版社1987年版,第253—255页。

[116] 巴金:《家》,北京:人民文学出版社2013年版。

[117] 布迪厄、华康德:《实践与反思》,李猛译,北京:中央编译出版社1998年版。

[118] 曹万生:《中国现代汉语文学史》(第二版),北京:中国人民大学出版社2010年版。

[119] 陈登科:《活人塘》,北京:人民文学出版社1954年版。

[120] 陈福康:《中国译学理论史稿》,上海:上海外语教育出版社1992年版。

[121] 陈梅、文军:《中国典籍英译国外阅读市场研究及启示——亚马逊(Amazon)图书网上中国典籍英译本的调查》,载《外语教学》,2011年第4期,第96—100页。

[122] 陈毅:《陈毅副总理谈外语学习》,载《人民教育》,1962年第4期,第1—4页。

[123] 楚宏伟:《爱上了凤也爱上了龙——沙博理和〈我的中国〉》,载《出版广角》,2002年第4期,第38页。

[124] 戴延年、陈日浓:《中国外文局五十年大事记》(一),北京:新星出版社1999年版。

[125] 邓榕:《我的父亲邓小平:"文革"岁月》,北京:中央文献出版社2000年版。

[126] 丁庆龙:《不辞长作中国人》,载《华人世界》,2011年第5期,第56—59页。

[127] 丁跃忠、范学凤:《华籍美国人和中国演员的跨国婚恋》,载《中国建材报》,2006年7月1日。

[128] 董兵:《汉译英何时断句?》,载《上海科技翻译》,1998年第2期,第12—14页。

[129] 杜鹏程:《延安人》,载《文艺月刊》,1958年5月,第101—121页。

[130] 端木蕻良:《鹭鸶湖的忧郁》,载《文学》,1936年第7卷第2号,第377—383页。

［131］方梦之：《中观翻译研究——宏微之间的探析》，载《上海翻译》，2015年第1期，第8—15页。

［132］冯亦代：《漫谈翻译》，载《中国翻译》，1983年第2期，第2—4页。

［133］冯亦代：《用纯洁的祖国语言译出原作的风格》，载《译林》，1983年第4期，第201—202页。

［134］凤子：《迎接新婚——八十自述之一》，见凤子：《人间海市》，上海：上海文艺出版社1998年版，第346—390页。

［135］高宣扬：《布迪厄的社会理论》，上海：同济大学出版社2004年版。

［136］高云览：《小城春秋》，北京：人民文学出版社1956年版。

［137］耿强：《文学译介与中国文学走向世界——"熊猫丛书"英译中国文学研究》，上海外国语大学学位论文，2010年。

［138］郭沫若：《理想翻译之我见》，见罗新璋编：《翻译论集》，北京：商务印书馆1984年版，第331—333页。

［139］郭沫若：《谈文学翻译工作》，见罗新璋编：《翻译论集》，北京：商务印书馆1984年版，第498—499页。

［140］郭沫若：《关于翻译标准问题》，见罗新璋编：《翻译论集》，北京：商务印书馆1984年版，第500页。

［141］何琳、赵新宇：《沙博理与〈中国文学〉》，载《文史杂志》，2010年第6期，第35—38页。

［142］何珊：《从语境角度论〈林家铺子〉的等效翻译》，上海交通大学学位论文，2007年。

［143］何雁：《沙博理：爱上了凤也爱上了龙》，载《人民日报》（海外版），2005年7月25日。

［144］贺建芹：《拉图尔眼中的科学行动者》，济南：山东大学出版社2014年版。

［145］洪捷：《五十年心血译中国——翻译大家沙博理先生访谈录》，载《中国翻译》，2012年第4期，第62—64页。

［146］胡安江：《中国文学"走出去"之译者模式及翻译策略研究——以美国汉学家葛浩文为例》，载《中国翻译》，2010年第6期，第10—16页。

[147] 胡安江、胡晨飞:《再论中国文学"走出去"之译者模式及翻译策略——以寒山诗在英语世界的传播为例》,载《外语教学理论与实践》,2012 年第 4 期,第 54—61 页。

[148] 胡德清:《流水句的理解与英译》,载《外语与外语教学》,1999 年第 3 期,第 46—49 页。

[149] 胡曙中:《英汉对比修辞研究初探》,载《外国语》,1989 年第 2 期,第 40—53 页。

[150] 胡壮麟:《语篇的衔接与连贯》,上海:上海外语教育出版社 1994 年版。

[151] 黄德先:《翻译的网络化存在》,载《上海翻译》,2006 年第 4 期,第 6—11 页。

[152] 黄德先:《翻译的自律与他律——赫曼斯访谈录》,载《外语教学与研究》,2007 年第 3 期,第 227—229 页。

[153] 黄勤、党梁隽:《沙博理的文化身份对其"农村三部曲"英译本的影响》,载《外语与翻译》,2019 年第 4 期,第 21—25 页。

[154] 黄勤、刘红华:《"忠实性叛逆":沙博理之文学翻译观》,载《外国语文》,2016 年第 4 期,第 111—115 页。

[155] 黄友义:《汉学家和中国文学的翻译——中外文化沟通的桥梁》,载《中国翻译》,2010 年第 6 期,第 16—17 页。

[156] 江昊杰:《西德尼·沙博理译者行为研究:制度化翻译视角》,中国海洋大学学位论文,2014 年。

[157] 子人:《一对异国爱侣文化生涯漫录——为追思凤子简访沙博理》,载《新文化史料》,1997 年第 1 期,第 44—48 页。

[158] 金积令:《汉英词序对比研究句法结构中的前端重量原则和末端重量原则》,载《外国语》,1998 年第 1 期,第 28—35 页。

[159] 金介甫:《中国文学(一九四九——一九九九)的英译本出版情况述评》,查明建译,载《当代作家评论》,2006 年第 3 期,第 67—76 页。

[160] 金人:《论翻译工作的思想性》,载《翻译通报》,1951 年第 2 期,第 9—10 页。

[161] 李红满:《布迪厄与翻译社会学的理论建构》,载《中国翻译》,2007 年第 5 期,第 6—9 页。

［162］李菁、王烟朦：《文本视野下沙译〈水浒传〉的译者主体性解读》，载《北京科技大学学报（社会科学版）》，2015年第5期，第81—86页。

［163］李晶：《翻译与意识形态——〈水浒传〉英译本不同书名成因探析》，载《外语与外语教学》，2006年第1期，第46—49页。

［164］李克、朱虹宇：《翻译修辞视角下的译本认同建构——以〈保卫延安〉沙博理英译本为例》，载《外国语文》，2022年第1期，第107—115页。

［165］李美：《母语与翻译》，上海：上海外语教育出版社2008年版。

［166］李清柳、刘国芝：《外文出版社版英译中国当代小说在美国的传播》，载《中国翻译》，2016年第6期，第31—38页。

［167］李新：《论"红色经典"文学中的"复仇"》，山东大学学位论文，2012年。

［168］连淑能：《论中西思维方式》，载《外语与外语教学》，2002年第2期，第40—46页。

［169］连淑能：《英汉对比研究》，北京：高等教育出版社1994年版。

［170］林煌天：《中国翻译词典》，武汉：湖北教育出版社2005年版。

［171］林辉主编：《中国翻译家辞典》，北京：中国对外翻译出版公司1988年版。

［172］刘彬：《追忆沙博理：架在中国与世界之间的桥》，载《光明日报》，2014年10月26日。

［173］刘红华：《沙博理的中国文学外译观探究》，载《湖南工业大学学报》（社会科学版），2018年第5期，第117—122页。

［174］刘红华：《文学外译者沙博理的基本素养》，载《海外英语》，2018年第18期，第32—33+45页。

［175］刘红华、黄勤：《论沙博理〈小二黑结婚〉英译本中的叙事建构》，载《外语与外语教学》，2016年第3期，第129—135页。

［176］刘宏照：《试析〈水浒传〉部分专名的英译》，载《湖北社会科学》，2008年第2期，第129—131页。

［177］刘克强：《〈水浒传〉四英译本翻译特征多维度对比研究》，上海外国语大学学位论文，2013年。

［178］刘立胜：《翻译规范与译者行为关系研究的社会学途径》，山东大学学位论文，2012年。

［179］刘晓峰、马会娟：《社会翻译学主要关键词及其关系诠释》，载《上海翻译》，2016年第5期，第55—61页。

［180］刘晓峰、马会娟：《社会翻译学视域下的译者能力及其结构探微》，载《外语教学》，2020年第4期，第92—96页。

［181］刘玉娟：《从沙博理的特殊文化身份透视其翻译思想》，山东师范大学学位论文，2013年。

［182］刘真：《长长的流水》，载《人民文学》，1962年第10期，第14—22页。

［183］柳青：《创业史》（第一部），北京：中国青年出版社1960年版。

［184］骆萍：《"场域—惯习"论下鲁迅的翻译实践活动》，载《外国语文》，2013年第4期，第110—113页。

［185］骆雯雁：《行动者网络理论的"翻译"模式与铭文概念及其对社会翻译学研究的意义》，载《外语研究》，2022年第3期，第86—91页。

［186］吕俊：《歇后语的汉英翻译》，载《中国翻译》，1983年第12期，第30—32页。

［187］吕叔湘、朱德熙：《语法修辞讲话》，北京：中国青年出版社1979年版。

［188］吕叔湘：《汉语语法分析问题》，北京：商务印书馆2007年版。

［189］马海燕：《送别翻译家沙博理：此心安处是吾乡》，载《中国新闻网》，2014年10月24日。

［190］马丽：《〈家〉沙氏英译本之文体学分析》，上海外国语大学学位论文，2013年。

［191］马祖毅、任荣珍：《汉籍外译史》，武汉：湖北教育出版社1997年版。

［192］毛泽东：《在延安文艺座谈会上的讲话》（一九四二年五月二

日),《毛泽东文集》(第三卷),北京:人民出版社1991年版,第847—879页。

[193] 茅盾:《春蚕》,载《现代》,1932年11月第2卷第1期,第234—257页。

[194] 茅盾:《"一个真正的中国人"》,见茅盾:《烟云集》,上海:上海良友图书印刷公司1937年版,第158—180页。

[195] 茅盾:《"直译"与"死译"》,见罗新璋编:《翻译论集》,北京:商务印书馆1984年版,第343—344页。

[196] 茅盾:《为发展文学翻译事业和提高翻译质量而奋斗》,见罗新璋编:《翻译论集》,北京:商务印书馆1984年版,第501—517页。

[197] 茅盾:《茅盾译文选集》,见罗新璋编:《翻译论集》,北京:商务印书馆1984年版,第518—521页。

[198] 聂炜、张白桦:《外来翻译家沙博理研究综述——基于中国"红色"翻译时期(1949—1966)的分析》,载《上海理工大学学报》(社会科学版),2020年第1期,第21—28页。

[199] 潘建农、潘国彦:《中西文学书名差异的初步解读》,载《出版发行研究》,2008年第8期,第46—48页。

[200] 潘文国:《译入与译出——谈中国译者从事汉籍英译的意义》,载《中国翻译》,2004年第2期,第40—43页。

[201] 任东升:《从国家叙事视角看沙博理的翻译行为》,载《外语研究》,2017年第2期,第12—17页。

[202] 任东升、段杨杨:《沙博理小说翻译中女性话语的创造性写作》,载《外国语言与文化》,2020年第2期,第105—113页。

[203] 任东升、吕明:《〈小城春秋〉沙博理译本中的语篇重构》,载《东方翻译》,2017年第2期,第46—53页。

[204] 任东升、马婷:《基于语料库的〈水浒传〉沙博理英译本意合句式研究》,载《外语研究》,2015年第1期,第64—70页。

[205] 任东升、张静:《沙博理:中国当代翻译史上一位特殊翻译家》,载《东方翻译》,2011年第4期,第44—52页。

[206] 任东升、张静:《试析沙博理的文化翻译观——以"我的父亲邓小平"英译本为例》,载《中国海洋大学学报》(社会科学版),2012年第1期,第105—109页。

[207] 任东升、朱虹宇：《从认知叙事学看〈平原烈火〉沙博理英译本之萃译》，载《解放军外国语学院学报》，2021 年第 4 期，第 125—132 + 160 页。

[208] 任东升：《中国翻译家沙博理》，http：//www. catti. net. cn/2014 - 11/08/content_650867. htm. （访问时间：2023 年 7 月 22 日）。

[209] 任东升：《意象整体和思维整体的再现——评沙博理译"满江红·和郭沫若同志"》，载《外语与翻译》，2016 年第 2 期，第 6—11 页。

[210] 任生名：《杨宪益的文学翻译思想散记》，载《中国翻译》，1993 年第 4 期，第 33—35 页。

[211] 沙博理、李士钊：《水浒新英译本前言及翻译前后》，妙龄译，载《水浒争鸣》，1985 年第 4 期，第 404—414 页。

[212] 沙博理：《中国文学的英文翻译》，载《中国翻译》，1991 年第 2 期，第 3—4 页。

[213] 沙博理：《我的中国》，宋蜀碧译，北京：北京十月文艺出版社 1998 年版。

[214] 沙博理：《让中国文化走出去》，载《人民日报》，2010 年 2 月 3 日。

[215] 邵璐：《翻译社会学的迷思——布迪厄场域理论释解》，载《暨南学报》，2011 年第 3 期，第 124—130 页。

[216] 邵婷婷：《〈铁木前传〉沙博理译本误译分析》，载《河北北方学院学报》（社会科学版），2015 年第 2 期，第 82—109 页。

[217] 申小龙：《语文的阐释》，沈阳：辽宁教育出版社 1991 年版。

[218] 施耐庵、罗贯中：《水浒传》（汉英对照），沙博理译，北京：外文出版社 1999 年版。

[219] 宋安妮：《卢曼的社会系统理论与翻译研究探析——论翻译研究的社会学视角》，载《外国语文》，2014 年第 3 期，第 132—134 页。

[220] 粟长江、李修平：《沙博理的翻译"档案"》，载《兰台世界》，2014 年第 1 期，第 12—13 页。

[221] 苏予：《追思凤子大姐》，见凤子：《人间海市》，上海：上海文艺出版社 1998 年版，第 346—390 页。

[222] 孙建成、温秀颖、王俊义：《从〈水浒传〉英译活动看中西

文化交流》，载《外语与外语教学》，2009年第5期，第52—55页。

［223］孙建成：《〈水浒传〉英译的语言与文化》，上海：复旦大学出版社2008年版。

［224］唐家龙：《〈熊猫丛书〉走向世界》，载《对外传播》，1995年第1期，第11—13页。

［225］唐蓉：《碧海青天慕神州——记三上银幕的老专家沙博理》，载《国际人才交流》，1989年第1期，第36—38页。

［226］唐艳芳：《赛珍珠〈水浒传〉翻译研究——后殖民理论的视角》，华东师范大学学位论文，2009年。

［227］屠国元：《布尔迪厄文化社会学视阈中的译者主体性——近代翻译家马君武个案研究》，载《中国翻译》，2015年第2期，第31—36页。

［228］汪宝荣：《葛浩文英译〈红高粱〉生产过程社会学分析》，载《北京第二外国语学院学报》，2014年第12期，第20—30页。

［229］汪宝荣：《社会翻译学学科结构与研究框架构建述评》，载《解放军外国语学院学报》，2017年第5期，第110—118+160页。

［230］王洪涛：《"社会翻译学"研究：考辨与反思》，载《中国翻译》，2016年第4期，第6—13页。

［231］王洪涛：《中国社会翻译学研究十年（2006—2016）：思考、回顾与展望》，载《上海翻译》，2016年第5期，第49—55页。

［232］王洪涛：《中国古典文论在西方英译与传播的理论思考——社会翻译学的观察、主张与方略》，载《中国翻译》，2021年第6期，第38—45+191页。

［233］王树槐：《译者介入、译者调节与译者克制——鲁迅小说莱尔、蓝诗玲、杨宪益三个英译本的文体学比较》，载《外语研究》，2013年第2期，第64—71页。

［234］王晓燕：《新中国（1949—1966）"红色"小说英译研究——以沙博理〈新儿女英雄传〉英译为例》，中国海洋大学学位论文，2013年。

［235］王艳艳：《从目的论看〈李有才板话〉的英译》，郑州大学学位论文，2012年。

［236］王悦晨：《从社会学角度看翻译现象：布迪厄社会学理论关

键词解读》，载《中国翻译》，2011年第1期，第5—13页。

[237] 魏在江：《英汉语篇连贯认知对比研究》，上海：复旦大学出版社2007年版。

[238] 温志宏、周明伟：《我与沙老的十年——中国外文局局长谈沙博理》，载《今日中国》，2014年第11期，第56—59页。

[239] 文军、罗张：《国内〈水浒传〉英译研究三十年》，载《民族翻译》，2011年第1期，第39—45页。

[240] 伍小君：《论汉语长句断句译法》，载《外语教学》，2006年第2期，第75—76页。

[241] 武光军：《翻译社会学研究的现状与问题》，载《外国语》，2008年第1期，第75—82页。

[242] 武际良：《沙博理的中国情》，载《纵横》，1988年第8期，第35—39页。

[243] 奚兆炎：《在高于句子的层次上翻译》，载《中国翻译》，1996年第2期，第2—5页。

[244] 夏乙琥：《漫谈汉译英的段落组织》，见《中国翻译》编辑部编：《中译英技巧文集》，北京：中国对外翻译出版公司1992年版，第129—135页。

[245] 谢天振：《译介文学作品不妨请外援》，载《中国文化报》，2013年1月10日。

[246] 邢杰、陈颢琛、程曦：《翻译社会学研究二十年：溯源与展望》，载《中国翻译》，2016年第4期，第14—20页。

[247] 徐婧：《析〈水浒传〉沙博理英译本中的创造性叛逆》，西南交通大学学位论文，2012年。

[248] 徐敏慧：《从〈柏子〉英译本结尾的改变谈起——翻译社会学视角》，载《中国翻译》，2013年第4期，第74—78页。

[249] 徐学平：《试谈沙译〈水浒传〉中英雄绰号的英译》，载《湛江师范学院学报》，2001年第10期，第96—99页。

[250] 许燕：《二十年来的〈水浒传〉英译研究》，载《山东外语教学》，2008年第2期，第87—91页。

[251] 许渊冲：《翻译的艺术》，北京：五洲传播出版社2006年版。

[252] 鄢佳：《布尔迪厄社会学视角下的译者葛浩文翻译惯习研

究》，山东大学学位论文，2013年。

[253] 闫怡恂、葛浩文：《文学翻译：过程与标准——葛浩文访谈录》，载《当代作家评论》，2014年第1期，第193—203页。

[254] 杨全红：《向世界撒播中国文学——翻译家沙博理先生印象》，载《英语世界》，2013年第12期，第121—122页。

[255] 杨全红：《增减换改 圆满调和——从短篇小说的翻译感知沙博理先生的翻译技巧》，载《英语世界》，2014年第12期，第80—84页。

[256] 杨宪益：《漏船载酒忆当年》，薛鸿时译，北京：北京十月文艺出版社2001年版。

[257] 杨宪益：《杨宪益对话集：从〈离骚〉开始，翻译整个中国》，北京：人民日报出版社2011年版。

[258] 杨晓华：《翻译社会学的理论构架与研究——以中国语言服务产业为例》，载《上海翻译》，2011年第3期，第7—12页。

[259] 杨战江：《沙译〈水浒传〉中人物绰号的翻译探析》，湖南师范大学学位论文，2008年。

[260] 杨自俭：《小议汉语几类句子的英译》，载《中国翻译》，1991年第1期，第32—35页。

[261] 叶君健：《关于文学作品翻译的一点体会》，载《中国翻译》，1983年第2期，第8—16页。

[262] 叶君健：《我和中国文学的对外译介》，载《人民文学》，1989年第10期，第106—109页。

[263] 亦歌：《"透瓶香"和"进门倒"——谈赛珍珠和沙博理的〈水浒〉》，http：//club.kdnet.net/dispbbs.asp？id＝633691&boardid＝（访问时间：2022年7月22日）。

[264] 袁静、孔厥：《新儿女英雄传》，北京：人民文学出版社1956年版。

[265] 袁水拍：《马凡陀山歌》，北京：人民文学出版社1958年版。

[266] 袁水拍：《讽刺诗两篇》，载《诗刊》，1959年第5期，第42页。

[267] 苑茵：《往事重温——叶君健和苑茵的人生曲》，上海：华东

师范大学出版社 2008 年版。

[268] 张贺：《"带着理想去翻译"》，载《人民日报》，2010 年 12 月 3 日，第 17 版。

[269] 张洁洁：《沙博理文化身份下的翻译行为"春蚕"译本个案分析》，载《湖北函授大学学报》，2015 年第 10 期，第 163—173 页。

[270] 张经浩、陈可培：《名家名论名译》，上海：复旦大学出版社 2005 年版。

[271] 张静：《译者身份与译者行为——沙博理翻译模式研究》，中国海洋大学学位论文，2012 年。

[272] 张寿康：《文章学概论》，济南：山东教育出版社 1983 年版。

[273] 张晓：《沙博理与〈水浒传〉》，载《国际人才交流》，2016 年第 7 期，第 12—15 页。

[274] 张玉民：《汉译英技巧与英语外位结构》，北京：新时代出版社 1990 年版。

[275] 赵树理：《李有才板话》，天津：新华书店 1949 年版。

[276] 赵树理：《赵树理小说选》，太原：山西人民出版社 1979 年版。

[277] 赵树理：《套不住的手》，载《人民文学》，1960 年第 11 期，第 19—24 页。

[278] 赵树理：《小二黑结婚》，沈阳：东北书店 1947 年版。

[279] 赵树理：《小二黑结婚》（汉英对照），匿名译，见野莽主编：《中国文学现代小说卷》，北京：外语教学与研究出版社 1998 年版，第 406—455 页。

[280] 钟再强：《刍议赛珍珠英译〈水浒传〉的国外影响》，载《外语研究》，2014 年第 3 期，第 71—75 页。

[281] 周鹏飞：《近年来对〈水浒传〉沙博理译本的翻译研究综述》，载《才智》，2013 年第 28 期，第 248—249 页。

[282] 周翔：《沙博理：在中国"旅行"一生》，载《三联生活周刊》，2014 年第 45 期。

[283] 周扬：《新的人民的文艺》，见中华全国文学艺术工作者代表大会宣传处编：《中华全国文学艺术工作者代表大会纪念文集》，北京：新华书店 1950 年版。

［284］周扬:《周扬文集》(第一卷)，北京：人民文学出版社 1984 年版。

［285］朱光潜:《诗论》，北京：生活·读书·新知三联书店 1984 年版。